远方不远

刘国光　著

沈阳出版发行集团
沈 阳 出 版 社

图书在版编目（CIP）数据

远方不远 / 刘国光著 . -- 沈阳 : 沈阳出版社，2023.1

ISBN 978-7-5716-3072-0

Ⅰ . ①远… Ⅱ . ①刘… Ⅲ . ①游记 – 作品集 – 中国 – 当代 Ⅳ . ① I267.4

中国版本图书馆 CIP 数据核字 (2023) 第 024159 号

出版发行：沈阳出版发行集团 ｜ 沈阳出版社
（地址：沈阳市沈河区南翰林路 10 号　邮编：110011）
网　　址：http://www.sycbs.com
印　　刷：三河市华晨印务有限公司
幅面尺寸：185mm × 260mm
印　　张：17.25
字　　数：350 千字
出版时间：2023 年 1 月第 1 版
印刷时间：2023 年 3 月第 1 次印刷
责任编辑：周　阳
封面设计：优盛文化
版式设计：优盛文化
责任校对：李　赫
责任监印：杨　旭

书　　号：ISBN 978-7-5716-3072-0
定　　价：98.00 元

联系电话：024-24112447
E - mail：sy24112447@163.com

简　介

2006 年，一位年过花甲的老人为了兑现他 30 年前在心中为妻子许下的诺言，开启了伉俪相携的自由旅行之路。之后的十来年时间中，花甲伉俪不仅行遍了祖国各大城市、名山大川，领略了多样的城市风光、体味了大好河山的秀美与壮丽，还踏足了四大洲的十八个国家，感受了海外的异域风采、触摸了多元的世界文化。最终以老人的所见、所闻、所行、所感、所思凝结为此书《远方不远》，通过华夏之旅篇、海外游历篇、户外篇三部分内容，向大家展示了这个世界多姿的风景与深邃的文化。

序

刘国光先生乃湖北理工学院机电专业著名教授，杏坛辛勤耕耘三十余载，在师生中享有崇高赞誉。极为敬业，桃李满天下。博学多才，文采奕奕。热爱生活，尤热爱祖国之大好河山，钟情世界之美景。退休后，历经十四年之久，几近游历了祖国之山山水水，放眼了世界之美丽风光。真可谓是读万卷书，行万里路也。

世上无难事，只怕有心人，刘教授是之。其将十五年来，与慧贤夫人一道，亲历之所见所闻所思所想，用独特之视角、感人之言辞，洋洋洒洒三大部，二十余篇，35万字绘声绘色地展示了国内外之宏图美景，并冠名为《远方不远》。妙哉！妙哉！

通读刘教授之佳作，仿佛一位娴熟干练之导游，引领尔品味祖国之大好河山，世界之壮丽美景。深有身临其境讲解沁心之感，岂不美哉！妙哉！余一气读完，回味无穷，至今仍沉浸在其所描绘之仙境中……

前几日，刘教授抬爱余。嘱余为其作序。余既感万分荣幸之至，又觉鄙人才疏学浅不胜担此大任。余心忐忑不安，诚惶诚恐。鉴于刘教授乃余之业内兄长，恭敬不如从命。于是之，硬着头皮，厚着脸皮，欣然应允。胡诌拙言，权作书序。

邓祥义

2023年春日于湖北理工学院

我的父亲母亲

生活不止眼前的苟且，还有诗和远方的田野。其实每个人的内心深处，都拥有一种与生俱来的渴望：对远方那份无限的向往。远方，经常是充满着憧憬、希望、未来和精彩的代名词，仿佛远方存在另一个世界，让人心生悸动欲罢不能。

正是这种对远方的向往，使很多人都怀有一份畅游天地之间、纵览大好河山的内心夙愿，这份夙愿在如今这交通便利、海陆空线路四通八达的条件下，已经不再是鸿沟，而是演变成了一个触手可及的“远方”，是为——《远方不远》。

虽然在空间距离上，“远方”依旧遥远，但在如今发达的交通条件下，即使距离远达万里，也能够轻松跨越和解决；虽然在文化和心理上，“远方”仿佛跨越了多重地域和民族，但在如今全球多元文化彼此交融彼此渗透的背景下，即使不同文化背景、不同国度之间的交流和沟通也变得极为顺畅。可以说如今的“远方”，看似遥远却近在咫尺，此时此景，远方不远。如今的远方不远，完全建立在祖国的快速发展和综合国力不断提升的基础上。

在我父母相识相知相恋的年代，“远方”完全是无法逾越的鸿沟，那时的“远方”，真的很远。如今坐动车只要半小时的距离在那时需要步行一小时去坐四小时的绿皮火车，再转坐一小时的过江轮渡才能到达祖母家，也就是我父亲长大的地方。

我父亲长大的地方在中华人民共和国成立前属于德租界，所以那里的房子很特别，一人多高的双推大木窗户，只要一出太阳整个客厅的木地板上都是晃眼的阳光。儿时的我就喜欢在上面爬来爬去。说是客厅，其实客厅也就是全部的家了。我的父亲就在这个仅十九平方米的家里长大。

1975 年，父亲刚刚从辽宁调回湖北不久，经人介绍认识了我的母亲并相恋，当时家中极为拮据，父亲是老大，下面还有两个妹妹。结婚时，家中没有一件像样的家具，他用从东北带回的木头，打了两个可以把我装进去的大箱子，对母亲说，这个能装东西还可以当饭桌。母亲红着脸说：“好。”

我的母亲是一个非常喜欢看文学作品的女性，这在那个年代并不多见。一次她拿着一本写法国巴黎的小说指给父亲看。你看这里，还有这里。真美啊，多想去看一看。说者无心听者有意，父亲在心中埋下了一份愿景，一定要送给母亲一份浪漫的礼物：去巴黎。虽然因为家中条件父亲无法及时兑现这份愿望，但在心中定下了承诺：条件允许之后，一定多带母亲出去走走，并让每一次旅游都成为他们的婚礼。

但心中这份承诺，在当时那个交通水平和经济条件都极为有限的时代，完全是难以想象且难以实现的梦想，空间上的遥远距离和文化上的无法交融，宛若一道天堑横断了这个梦想。

婚后的前四年，两人一直处在两地分居的状态，为了照顾家庭并不再两地分居，父亲成了一名光荣的人民教师。在这之后的数十年间，繁忙且充实的工作让他不得不压下心中那份走出去自由旅行的夙愿。

2003 年，母亲被确诊为子宫颈癌，父亲请了整个工作历程中唯一一次事假，第一次坐飞机，送母亲到当时治疗子宫颈癌最好的医院——佛山第一人民医院自费做手术，最终母亲的病得以痊愈。这次经历也让他开始正式将两人共同的旅游梦想提上日程。

2006 年，父亲在心中定下那份承诺三十年后，终于光荣退休，为了兑现“旅游结婚”这份承诺，他进入广东这个高速公路发展最早且最好的省份，应聘为珠海一所大学的代课老师，开始计划利用周末和假期的时间开启与母亲相携的自由旅行。家中生活条件的巨大变化、祖国综合实力的快速提升，都为父亲埋在心底的那份承诺的兑现提供了支持和机会，从这之后父母两人相携走遍了祖国的大江南北，更从 2010 年开始跨出了国门走向了海外，足迹遍布世界各地。

在这条自由旅行之路上，科技水平的不断进步让这条路走得愈发顺畅，这条路不仅拉近了父母与世界曼妙风光的距离，同时也拉近了现实与梦想的距离。在旅游过程中，父亲每到一处都会有感而发并记录下所见所闻、所思所感，十余年时间汇集成了八百余篇旅行游记，在此集结成册来体现父母追寻旅游梦想并逐步实现对向往的远方的路径，终成本书——《远方不远》。

刘晓毅（刘国光之子）

2022 年 10 月

前　言

我儿时，趴在地图上，看着城市交通网线，远方很远；大学时，北上大连，笃学而无暇顾及其他，提及旅行，远方很远；任教时，三尺讲台授业解惑，恪守本职，台下兢兢业业，刻苦攻关，一心为国工作三十春秋，全身心投入，远方依旧很远；退休时，旅行梦重燃，我与老伴旅居珠海八载，挎起背包，拿起相机，踏上旅途，从此，远方不远。

2014年回黄石，直至2019年疫情爆发，我与老伴每年出游。从跟团游过渡至自由行，实现真正意义之“旅行”。每趟自由行对我们而言，均极其耗费精力，需提前制定出行计划与路线，把握出行时间，预判会出现之各种情况，但我们仍乐此不疲，尤其到俄罗斯、英国、西欧及东欧自由行，几乎提前三个月做计划，从签证、旅馆、交通，乃至订歌剧票，事无巨细，亲力亲为，还得为克服语言障碍，作充分准备。

而每到一处，均会将所见所感记录成游记，发表在QQ、新浪博客及“我的图书馆”上，与朋友共享。至此，洋洋洒洒已成文八百余篇，现将其浓缩编辑成书《远方不远》，望能为读者，尤其老年人自由行参考与借鉴。

首篇为华夏之旅篇，我们之足迹遍及全国23个省、5个自治区、4个直辖市、2个特别行政区。从原始神谧、圣洁纯净之新疆喀拉斯，到雄伟壮丽、崇阁巍峨之西藏布达拉宫。从状貌奇特、熔岩涌动之五大连池，至异域情调、美丽神奇之西双版纳。欣赏到泰山之“俯首元齐鲁，东瞻海似杯”、洞庭湖之“遥望洞庭山水翠，白银盘里一青螺”、宁夏沙坡头的“大漠孤烟直，长河落日圆”、乌衣巷的“旧时王谢堂前燕，飞入寻常百姓家”。在纳木错湖畔，低吟仓央嘉措之“纳木错湖等了我多少年，我便等了你多少年”，在长城之巅，高唱毛泽东之“不到长城非好汉，屈指行程二万”。我们沉浸在烟雨蒙蒙的江南水乡而不舍，流连在气势如虹的壶口瀑布而忘返。

第二篇为海外游历篇，讲述我们历时十载的异国之行，行程数十万里有余，遍赏国外人文景观。游览了俄罗斯之克里姆林宫和伏尔加河、奥地利的哈尔施塔特小镇和多瑙河、瑞士的日内瓦和皮拉图斯山、柬埔寨的《高棉的微笑》和湄公河，埃及的金字塔和尼罗河……。参观了顶级的博物馆和美术馆，目睹了达·芬奇的《蒙娜丽莎》与《最后的晚餐》、梵高的《向日葵》、毕加索的《梦》、伊万·尼古拉耶维奇·克拉姆斯柯依的《无名女郎》等名画。米开朗基罗·博那罗蒂的《大卫》、罗丹的《思想者》、亚力山德罗斯的《断臂的维纳斯》等著名雕塑。

户外篇名为户外行记，是我们在珠海旅居时，参加珠海户外团队，摘其十余精华游记，精心整理加工后，集成此篇。在此，特向珠海户外团队之组织者们致谢，是他们让我学会了旅行。

本书贯穿于游历中之所观、所感、所叹与所憾，既新鲜生动，又触目可见。既能读到国内之行因贻误时间紧追慢赶的惊险情节，又能读到欧洲旅行因误算时差留宿车站的尴尬场面等境遇，均于此书中。

合上此书，能粲然一笑：远方不远。

刘国光

目　录

华夏之旅篇

开篇即见五岳三山

仁者乐山，智者乐水。其实至此起笔时，单篇游记已作八百余篇，累五百万字之多，当决定成书，摘其精华之章节反复细思开篇，最终决定以五岳三山开始，以了心愿。

华夏名山首推五岳，五岳以中原为中心，按东、西、南、北、中方位命名，有远古山神崇拜，有历朝帝王封禅，景观中有文化，文化中现景观，各有特色，其东岳泰山之雄，西岳华山之险，南岳衡山之秀，北岳恒山之奇，中岳嵩山之峻，早已闻名世界。三山之名却历来争论不休，至今广为流传的是安徽黄山、江西庐山和浙江雁荡山。

五岳三山都曾先后登顶，因此此书开篇就想说说那五岳三山之旅，不按排名按先后登临顺序，五岳三山已征服，那远方还会远吗？

五岳之东岳泰山

泰山为五岳之首，崛起于华北平原之东，凌驾于齐鲁平原之上，主峰玉皇顶海拔1545米，山体绵亘山东泰安、济南、淄博三市之间。承载着丰富的地理历史文化内涵，自秦朝到清朝，先后有13代帝王亲登泰山封禅或祭祀，他们刻石记功，借助泰山的神威巩固统治，将泰山之神圣抬到了无以复加的程度。

泰山极顶

2007年8月初，同老伴儿相携攀登泰山，上午8:30由红门起步，11:10来到壶天阁，11:48登上了中天门，俯视山下，群峰低首，众山拱立。再向前行，令人望而生畏的泰山十八盘赫然出现。整段石阶虽不足一公里，但陡然升高四百米，倾角70至80度，其险难以想象。一些肤色黝黑的挑山工却能肩挑重担步伐稳健经过，不由令人佩服。

15:30 征服了十八盘到达南天门，一种“不登泰山，不知天地之大”的感怀陡然而生。出南天门即为天街。沿天街东行，经望吴圣迹坊、孔子庙、碧霞祠来到大观峰，石壁巍然屹立，壁上石刻遍布，洋洋大观。诸多影视剧作品都曾在这里取景拍摄。

沿大观峰西侧盘道而上，16:13 到达了泰山极顶玉皇顶，海拔 1545 米。极目远眺云海漫漫，天地之间蔚为壮观，感叹五岳之首的绝美之时，也为祖国大好河山无比自豪。对于两位老人而言，近八个小时能登顶泰山已无憾，回首来时路，遥望远山间，不禁豪言脱口而出:“八十岁要再来登泰山！”老伴儿粲然一笑，她也还要来。

五岳之南岳衡山

衡山位于中国湖南省中部偏东南，绵亘于衡阳、湘潭两盆地间，衡山的命名，据战国时期《甘石星经》记载，因其位于星座二十八宿的轸星之翼，犹如衡器，可称天地，故名衡山。衡山是中国著名的道教、佛教圣地，环山有寺、庙、庵、观 200 多处。

衡山顶

2008 年中秋节三天假期，决定独自到南岳衡山走一趟，一为观景，二为祈福。早上 7:15 来到衡山脚下。

穿过南岳古镇，跨过寿涧桥，面前是祭南岳圣帝的南岳庙，始建于隋代，为中国南方规模较大、总体布局最完整的古宫殿建筑群之一，素有“南国故宫”之称。然后由胜利坊开始攀登，眼前有一座南岳忠烈祠，1942 年落成，仿南京中山陵式格局，安葬了抗日阵亡的国民党第九战区和第六战区将士。

徒步到半山亭，它因位于南岳镇和祝融峰的正中，故名。亭始建于齐梁年间（480—557），清朝光绪四年（1878）改亭为观，并取名玄都观。由这里去往南天门之路可乘索道，可乘环保车，亦可步行。选择徒步前行。经紫竹林道观、邺侯书院、寿佛殿、铁佛寺、烟霞茶院、湘南寺，来到了南天门。据传此地为天人分界之所在，故名。这里也是观赏衡山山色的最佳之处，春观花，夏看云，秋眺日，冬赏雪，赏心悦目，不一而足。

开始向祝融峰挺进。途中有狮子岩、率舞亭、高台寺、念庵松。登上山顶平台，右边一座上封寺，隋朝以前叫光天观，隋朝大业年间改建为寺，以其为“敕建”，故名“上封”。出寺后，不远处就是南岳的标志性建筑“祝融峰”三字刻石。峰上祝融殿前有一汉白玉栏杆倚护的平台，平台中央有一刻石，上书“南岳衡山”鎏金大字，引得游客们到此拍照留念。

祝融峰是衡山七十二峰的最高峰，海拔 1290 米。由于它独立于地势相对低洼的湘南盆地之中，更显得它峻极天穹，因此登高一望，湘南风景尽收眼底。祝融殿始建于明万历二年（1574），清朝乾隆十六年（1751）重建。从祝融殿右侧小石门走出来到望月台，就到了南岳衡山真正的最高点。

清代思想家魏源有句名言：“泰山如坐，华山如立，恒山如行，嵩山如卧，惟衡山独如飞。”的确，一个“飞”字，包含了太多奥妙，太多精彩，太多朝气蓬勃，太多意气风发；男儿立于当世，更应有飞一般的激情，飞一般的力量才能不畏艰险，勇闯前方，最终开拓出属于自己的一片天地。

五岳之西岳华山

2012 年 7 月初来到华山，其雅称为“太华山”，海拔 2154.9 米。南接秦岭山脉，北瞰黄渭，自古以来就有“奇险天下第一山”的说法。

7:45 乘缆车上山，8:04 由智取华山道攀登。

沿山脊而行，8:27 攀上北峰顶。2003 年 10 月 8 日金庸先生登上华山、在华山顶峰上说侠论剑演绎了一场现实中的“华山论剑”。

站在峰顶看去，东峰、西峰、南峰三峰在云雾中若隐若现，景色绝美。南行不远处是擦耳崖，再经卧牛石、日月岩、金天洞、王母宫、御道，来到苍龙岭下的都龙古庙。有华山天险之称的“苍龙岭”赫然呈现眼前。苍龙岭后继续前行进入五云峰，因此峰位居东、西、南、北四座主峰中央，古时也称“中峰”。

苍龙岭到金锁关仅二里山道，但山势逶迤，岭陡而路狭，最窄处仅容一人通过，是去华岳三峰的咽喉要道。“自古华山一条路”的险境也由此终结。金锁关右行，经镇岳宫、小苍龙岭到达西峰。

由西峰去往南峰，南峰西面有一松孤立崖上，枝干苍劲多曲，形如躬身伸臂作迎客状，也因此得名“迎客松”，吸引游客驻足观赏。

华山南峰

13:20 登顶南峰，其 2154.9 米海拔乃华山最高主峰，也是五岳中最高峰，古人尊称它为“华山元首”。

下南峰往东，转过避诏崖进到南天门，再经石峡通道来到升表台，此一丈见方，三面悬绝的巨石相传轩辕帝曾在此与群仙会聚，因而也称“聚仙台”。由此上行，13:39 登顶东峰。

由峰顶下山来到云梯处，那梯高十余米，与地面呈九十度垂直，中上部向外突出，游人挽索而攀，身体无法贴近崖壁，只能随索摆动，如腾云驾雾，令人心旌神驰，“云梯”因此得名。14:11 回到中峰，然后，乘缆车下山。至此，历时九个多小时，遍游华山五峰。

华山之奇险，不止于“自古华山一条路”，它会让你在攀登途中不断反问自己为什么要来这里爬这么难的山，还会生出无数次半途而废的念头。但当你登临山顶时，那种征服的愉悦却是无价的，它令你忘却过程中的痛苦与疲惫。同时还会因没有放弃而提升信心，这是一种不曾有过的价值观的升华。当征服华山，再试问自己，距离登临余下的北岳恒山、中岳嵩山还会远吗?

五岳之北岳恒山

恒山为五岳之北岳，是道教主流全真派圣地，1982 年被国务院批准列入第一批国家级风景名胜区名单。主峰天峰岭海拔 2016.8 米，被称为“人天北柱”“绝塞名山”。

2013 年 8 月中旬来到了恒山，早上，天下着蒙蒙细雨，我们竟然成为当天第一位到达恒山的游客！

7:32 开始顺山路上行，出现一个岔路，往左是登山大路，往右有条小路通往“恒宗”石刻，右行一会儿看到那峭壁上的大字，遒劲刚健，横直如栋梁，点捺大如牛，气势巍巍。返回到岔路，沿左路继续攀登，连接“恒宗”与“恒宗殿”的一段路叫“步云路”，林茂树密，烟云缭绕，踏上步云路，犹穿行于浓云迷雾中，因此又有“云路春晓”之说，为恒山古十八景之一。

沿步云路上行，便到了著名的虎风口。地处风口，与不远处屹立着一株参天古松“悬根松”相合，美称“虎口悬松”，为恒山古十八景之一。出了虎风口到了果老岭，岭上弯曲小路由一块块青石天然连接而成，其中一块硕大的青石上有许多自然形成的石坑，看上去很像人的足迹和毛驴的脚印。

由此再往上走便是第二检票口，也是寺庙群的入口，门口牌楼为清朝道光皇帝御笔亲

恒山之巅

题“人天北柱”。经白虚观，玄井亭向东，来到著名的“苦甜井”。一井水甜美清凉，一井水苦涩难饮，虽相隔一米，却截然不同。对面是拥有一百零八个台阶的恒宗庙，又称贞元殿，是道家文化最为浓郁的地方，也是观赏恒山全景的最佳地点，更是拍摄恒宗庙全景的最佳位置。

向东来到飞石窟，属恒山十八景之一，飞石窟内有一大平台，东岩龛下建有北岳寝宫和后土夫人庙。回到主路，沿路上行来到崇灵门，门后一百单三级台阶颇有威慑，且无扶手，上易下难。上行来到贞元殿，其为明朝弘治十四年（1501）所建。向东远望，在翠壁丹崖处，有白石累累，在浮动的白云下犹如吃草的绵羊，称为“玉羊游云”，为恒山十八景之一。沿藏经楼西北上行不远到“集仙洞”，洞内依崖建有“会仙府”古建筑群。会仙府又名“集仙阁”，相传自古为仙人炼丹之处。会仙府四周悬崖上汇集了大量的摩崖题刻，历朝历代各种书体应有尽有，笔画如椽，字大过丈。尤以明代的“天地大观”“壁立万仞”最为醒目，字体雄浑磅礴，气势宏伟，称得上是仙笔神书。

通过凌极门，果老洞和姊妹松，山路越来越陡，也没有庇荫的树木，爬到汗流浃背，气喘吁吁。

陡阶尽头有一个凉亭，可稍事歇息，然后右转上行，10:24 到达北岳之巅天峰岭。那光秃秃的峰顶仅有一块写有海拔 2048.1 米的石碑，无二处景观，令人有些失望。

作为中国最有名的山岳之一，恒山有着禅道学说的千年传承，再加上峻急的山川远峰、清新的泥土味，一如古诗词中的经典隐逸之境，让都市人浮躁的小心脏在此慢慢沉淀下来，在“守拙归真”与“逍遥山水”之间，体验到精神和身体的双重体验。

■ 五岳之中岳嵩山

嵩山分为少室山和太室山两部分，最高峰连天峰位于少室山，海拔 1512 米，主峰峻极峰位于太室山，海拔 1491.7 米。历史上唯一的女皇帝武则天一改其他皇帝到泰山封禅的传统，开创了嵩山封禅的先例，并派使臣胡超，将她祈告上天的一封金简投放在峻极峰上。

2015 年 8 月中旬来到嵩山，老伴儿感冒未愈只能游览嵩阳书院，因此只好独登太室山。

上午 8:03 到达嵩山公园，9:40 到达中岳行宫。这里原为历代帝王封禅中岳，登游嵩山中途的休息场所。建筑为仿唐风格，古色古香中又有一分皇家气象。自中岳行宫而上，山势逐渐陡峭，来到十八限天梯，被游人视为畏途。手扶铁栏，一步一级登爬陡峭的天梯，对体力和毅力则是一番考验，每当看到一个平台，希望会是石阶尽头时，可没想到又是一段更陡更长的台阶，因此好多游客直接喊道："这么长！啥时候是个头啊？"

嵩山峻极峰

走过一段段没完没了的台阶后，终于在 11:22 来到了峻极峰巅的登封坛。坛仅剩遗址，难以想象出当时封禅的盛况。近四个小时才征服了 1491.73 米的太室山，真的非常不容易，嵩山之峻由此深刻心间。

下山去往卢崖瀑布，沿途景观不多，视野不能及远，问了一些当地人，均劝原路返回。仍决定独行，不枉嵩山一遭，可始终未见一名游客，心中颇有忐忑。沿途两三座寺院，均已落败不堪。

手扶石阶铁栏，一路辗转来到玉镜峰嵩山国家基准气象站。沿着山路向前行走，眼前视野突然开阔，山路像一条灵蛇向山下蜿蜒而去，不时把身段隐藏在山峰树林之间。站在这样的一个高点上，看着沿着山脊蜿蜒而去的山路，竟然有些像是长城，在郁绿的树林之间，有一条白色的躯干行走在苍山之间，此时方知是在太室山起伏山脊上行走。

小心走过继续下行，终于来到卢崖瀑布。这里不见瀑布高悬飞流直下，空有一座水流冲刷形成痕迹的山崖，令人瞬间失望。经十潭峡谷、迎驾桥、滑草场。此时 15:05，下山已用去三个半小时。

一趟嵩山之行，大半时间一人独行，但养心养眼，酣畅淋漓！兼具华山之险、泰山之雄、衡山之秀、恒山之幽的嵩山，要不是身临其境，实难有同样的感受。收获的不止风景，更能丰富自己的人生体验。调节一下生活方式，创造些快乐，给未来的生活增加预见的可能性。

三山之雁荡山

2007 年五一长假来到了雁荡山，住宿一宿，颇觉山中夜景奇美。

白日登临此山，不需艰苦攀登，只要山间小径边走边看即可到达山巅。而那国内四大名瀑的大龙湫瀑布，似白虹饮涧，玉龙下山。

大龙湫瀑布与灵岩、灵峰被称为“雁荡三绝”，灵岩正当其中，处东内谷西端深处，为山中最为深藏的景区之一。而灵峰则以悬崖叠嶂、奇峰怪石、古洞石室、碧潭清涧而著称，共有一百三十二处。

雁荡山断肠崖

灵峰日景耐看，夜景更销魂，晚上再次进入景区看夜景。灵峰夜景的朦胧美妙不可言，常为游人津津乐道，也是灵峰及雁荡山各大景区游览中最具特色和代表性的景色。靠路边的大岩石，酷似一老婆婆。后脑勺一个发髻，稀疏的头发，宽额头，高颧骨，瘪嘴巴，生动逼真。

巍巍的群山弥漫在朦胧的夜色之中，灵峰一变白日的两掌合十的形象，而门变成为美妙无比的“夫妻峰”。

温州人如此精明，一座座冰冷的石头山峰，都被赋予了富有人情味的想象力，使本无生命力的自然景物仿佛像人一样具有思想、情感、意志和心理活动。人和自然景物交感共鸣。被吸引而至的四面八方游客才能乐不思归，心甘情愿地流连忘返于雁荡山中。

三山之庐山

在 20 世纪 80 年代，一部电影《庐山恋》横空出世，展示了绝美的庐山风光的同时，也通过经典的“中国银幕第一吻”，打开了当年人们的羞涩爱情观。

2008 年 9 月底来到庐山，走进芦林 1 号的毛泽东同志旧居，现已为庐山博物馆。一个八角亭子是毛主席曾经住过的休息室，陈列着床、沙发、躺椅、办公桌、衣柜、立柱台灯等简单的家具，反映出了伟人的生活简朴。

午饭过后，沿着林间小路走向黄龙寺，寺庙系明代僧人释彻空于万历年间肇建。沿石阶下行，黄龙与乌龙两潭相邻。山路前行来到花径，在唐代，这里被人们誉为“匡庐第一境”，唐朝大诗人白居易曾在此咏《大林寺桃花》。

庐山有处看日出的好地方叫含鄱口，它是含鄱岭和对面汉阳峰之间形成的一个巨大壑口，大有一口汲尽山麓鄱阳湖水之势，因而得名。

含鄱口左侧的五老峰，俨若五老并坐，唐朝大诗人李白曾有诗赞曰："庐山东南五老峰，青天削出金芙蓉。九江秀色可揽结，吾将此地巢云松。"上午九点徒步登峰，时间充裕，边走边看，两个小时先后登上五座山峰。

庐山五老峰

稍做停留，一路下山，14:30 来到三叠泉，只一刹那，那掩盖了游人声音的瀑布轰鸣，仿佛荡涤着心灵，全然感觉像是置身事外。再一刹那，游人攒动，喧嚣依旧，瀑布依然响声震天。

老伴儿无力再徒步返回，送她乘坐缆车下山后，继续一路挥洒汗水返回山脚。

庐山上有座别墅群，始建于 19 世纪末，636 幢别墅聚集了十六个国家的建筑风格，形态各异，与庐山大自然环境和谐协调，形成庐山别墅的独特风格。游览别墅，那些老一辈无产阶级革命家曾经居住的地方简单古朴。其中美庐里简单的家具和陈列的展览，以它独有的风姿和魅力，吸引着众多的海内外的游人到此参观。

在这天地之间，山水之中，深蕴着自然承载之道，盈溢着自然源本之气，是谓"人法地，地法天，天法道，道法自然"，即此，天、地、人三者浑然一体，"天人合一"。"读万卷书，行万里路"，由此而得自然之道，聚万物之精气者，怎能不因感化而得以灵秀，怎能不因感悟而明事理，怎能不因聚能而得以雄才大略，怎能不因超然而得以造化，即"此心光明"矣！

■ 三山之黄山

黄山有"天下第一奇山"之称，明代地理学家徐霞客曾两度游历黄山，写下"五岳归来不看山，黄山归来不看岳"的感叹。但对于老人来说，山腰看松，云海看景，登顶三大主峰，探幽西海大峡谷，也就无憾。

2009 年 8 月底来到黄山。正值下雨，乘云谷索道到达白鹅新站，向上攀登去始信峰，沿途可见黄山十大名松其六，你看那黑虎松冠盖如墨，如黑虎卧于坡上；连理松并蒂齐肩，如夫妻千般恩爱；龙爪松支根裸露，似龙爪探于地面；竖琴松挺直如伞，似竖琴拨动琴弦；探海松侧枝前伸，犹如苍龙探海；接引松横枝直抵，如仙人接引渡桥，六松各有景致，美不胜收。连理松旁有一座桥，据说叫连心桥，上面挂满了连心锁，同老伴儿在桥上合影喻志。

沿着修葺好的石路，到达了始信峰，登上峰顶，尽览四周奇石风光，石笋矼上石笋林立，妙笔生花与笔架峰相映成趣。返回黑虎松，沿雨伞松北上，来到狮林酒店稍事休息。酒店附近有株五百树龄的麒麟松，名列黄山十大名松之内，你看那树干分两枝斜展伸长，高枝如麟角，低枝似麟尾，树皮如麟甲，酷似瑞兽麒麟于山野之间，令人惊奇。由此向西到达曙光亭，东望群峰林立，奇幻多姿。随后，来到清凉台，远处的猪八戒吃西瓜、猴子观海、十八罗汉朝南海等景观各有情趣。

黄山猴子观海

继续向上，登上狮子峰顶，心情瞬间舒畅。

下山去往预订的排云楼宾馆，沿途见一老松铁根盘结，一松六茎五干围抱，乃是著名的团结松。

到了酒店安顿好，决定不休息，探幽西海大峡谷，老伴儿摆摆手说声不去。西海大峡谷沟壑蔓延，悬崖耸立，其险峻令人望而却步。由宾馆附近排云亭出发，一路看过奇石，来到大峡谷北入口，穿过一线天山洞，沿山腰而行，其不断上下的石阶在云雾中弥漫，十分小心才能走过。由陡峰进入峡谷，一直下行，幽深险幻，令人生畏。

来到一环上路口，沿着绝壁，用双手抓住栏杆，脚下是万丈深渊，手机也顿失信号，令人惊悚胆怯；继续前行，来到二环上路口，那人工栈道如玉带悬于山腰，奇险蜿蜒，惊心走过已感乏累。

西海之美，在乎险奇。沿着悬崖绝壁继续前行，在意外之处，眼前豁然开朗。内中群峰缥缈，万壑深渊不可测；断崖绝壁千仞，清雄险峻而惊厥；愈险愈奇，愈奇愈险，险奇而至美。行到如此奇绝处，仿佛魂飞魄散，不禁大惊失色。此处险绝，景致美绝。气势磅礴，吞吐万物。

好不容易走到栈道，双腿酸胀，几乎只能贴着山体挪动，终于经步仙桥由大峡谷南入口而出，从北入口到南入口，行程 7.1 公里，历时三小时二十分。在此为探秘大峡谷的游客做个提醒：一是一环和二环要按路标指示走，否则容易绕迷路；二是道路漫漫而险峻，一定要走路不看景，看景不走路，否则经容易耗尽体力；三是下午五点半前必须离开，否则天色暗下来会造成诸多不便。

第二天凌晨五点和老伴儿登上黄山的丹霞峰，观看到了绝美的日出景象。远处北海景区的石笋矼，号称“黄山第一奇观”，矼上石柱参差林立，奇松奇石风姿各异，“十八罗汉朝南海”惟妙惟肖，引人入胜。

早餐过后开始攀登主峰莲花峰，一路上经过绝胜的鳌鱼峰，险峻的一线天，看到了鳌鱼驮金龟、老僧入定、老鼠偷油等奇石，到达百步天梯。一直上行，体力渐有不支，几次休息后终于来到莲花峰半山腰。莲花峰封山无法再攀爬，遗憾不能登顶。

由莲花峰回索道，著名的迎客松豁然出现在眼前。它是黄山十大名松之首，是黄山标志性景观，也是安徽省象征之一。松树破石而生，寿逾千年，姿态苍劲。枝叶平展如盖，有侧枝横空斜出，似在展臂迎客，雍容大度，姿态优美，已成为中国与世界人民和平友谊的象征，吸引着全世界的游人到此一睹它的风采。1990 年曾到此，19 年后重上黄山感受颇多，争取再过 19 年后，我俩还能旧地重游，再与迎客松合影。

决定去另一主峰天都峰，但老伴儿已无体力登山，只好独探天都峰。

9:38 到达著名的鲫鱼背。它因颇似出没于波涛之中的鲫鱼之背而得名，坡陡达 85 度左右，以奇险著称。虽两侧有石柱与铁索，但低头可见的悬崖峭壁仍令人胆寒却步。整个过程，周围无一人。时隔多年，每每回想起来这段经历仍有些后怕。

到玉屏峰上与悠闲观山景的老伴儿会合后，一起往山下走，位于文殊台西道旁的送客松，其虬根盘错、一枝斜出，状如作揖。迎客松与送客松的一送一迎，彰显出了黄山的待客之礼。

五岳归来不看山，黄山归来不看岳。雨中黄山犹如在仙境，云雾缭绕，虚虚实实，一趟黄山游留下了很多美好的回忆，也留下了很多遗憾。这些遗憾也会成为再去黄山的理由。虽然很多景色在雨中无法观其美，但一份美好的心情，也能带来一次快乐的旅行。

或许，人生就像雨中观山色，只有留下了遗憾才会觉得美好吧。

浙江省亲行

我父亲生于浙江鄞县（今鄞州区，下文不再一一说明），16岁到汉口。去世后葬于鄞县，与我爷爷奶奶在一起。我于2007年和2016年两次到鄞县省亲祭祖，先后到鄞县、宁海、黄岩、雁荡山、普陀山、溪口古镇和溪口雪窦山，还有嘉兴南湖、乌镇游览。

国内现存的唯一以印度阿育王命名的千年古刹——阿育王寺

来到鄞县鄮山南麓阿育王寺，这是一座素有“东南佛国”之称的千年古寺。因珍藏有释迦牟尼的真身舍利及玲珑精致的舍利宝塔而闻名中外，吸引着大量的游客来瞻仰其寺宝的风光。寺内从下往上为山门、二山门、放生池、天王殿、大雄宝殿、舍利殿、法堂和藏经楼，左右两侧设有配殿。

落笔至此，已对中国寺庙的基本布局有所了解，便借此写下，后文再遇同样布局也就不再赘述。

首先是朝向，寺庙一般为坐北朝南，但也有诸如西藏大昭寺、小昭寺那样的特殊朝向，后文遇到会作以说明。其次是布局，中轴线由外及内形成山门、天王殿、大雄宝殿、法堂、毗卢殿或藏经楼（阁）、方丈室的重重院落。一般由天王殿、钟楼、鼓楼组成第一重院落，大雄宝殿与东西配殿组成第二重院落。讲经堂、法堂、禅堂，藏经楼（阁）与其两侧配殿组成第三重院落。其中，大雄宝殿是整座寺庙的核心建筑，气势宏大，也是僧众朝暮集中修持的地方。第三是寺内供奉，天王殿正中供奉有弥勒佛像，背后是韦陀菩萨像，左右两侧是四大天王像。大雄宝殿供奉释迦牟尼佛像或者“三世佛”像，背后是菩萨像，两侧为十八罗汉像。大雄宝殿两旁有东西配殿，东为伽蓝殿，供奉波斯匿王、柢陀太子、给孤独长者，但大多数的寺庙会供奉关羽，西为祖师殿，专祀该宗奠基与功绩卓著的祖师。藏经楼（阁）常为一座两、三层阁楼，作为储藏佛经之用，内设释迦牟尼佛像，胁持二菩萨像。有些寺院建有佛塔，寺院亦是以塔著名，如杭州西湖净慈寺雷峰塔，北京北海妙应寺白塔，云南崇圣寺三塔等等。还有的寺院内有舍利塔，像此次游览的阿育王寺就是以舍利宝塔而出名。而寺中舍利殿后壁高足有1米的四尊天王像石刻，也堪称宁波乃至浙江地区元代造像石刻中的精品，令人不由称赞古人的精湛技艺。

禅宗五大名刹之一天童寺

同在鄞县的天童寺，依山傍水，风景如画，据说由僧人义兴创建于西晋永康元年，迄今已有1700多年。寺内有伏虎亭、古山门、内外万工池、七浮图、照壁、天王殿、大雄宝殿、法堂（藏经楼）、先贤堂、罗汉堂等。天童寺同阿育王寺一样，都是只有钟楼没有鼓楼。寺中法堂与藏经楼为一体建筑，上层为藏经楼，下层是法堂。寺最高处有降龙泉，水清见底，其上放一枚硬币，据说硬币浮在水上时间越长，财运会越好，吸引了大量游客到此尝试。寺后面还有国家森林公园、飞来峰、太白山，但是老伴和儿子都不喜欢登山，只好作罢，去往天一阁。

世界上现存最古老三大家族图书馆之一——天一阁

天一阁非常著名，国内有些建筑均仿天一阁而建，可见其建筑的经典。到了宁波，不去一趟天一阁，总是说不过去的。天一阁、尊经阁、秦氏支祠、闻氏支祠、陈氏宗祠构成“二阁三祠”，点缀有亭、碑、斋、堂、轩等一应俱全，江南庭院式园林建筑早已蔚然成格局，只天一阁独此一座，所以清代学者阮元曾说：“范氏天一阁，自明至今数百年，海内藏书家，唯此岿然独存。”而黄宗羲所写《天一阁藏书记》开篇即为“尝叹读书难，藏书尤难，藏之久而不散，则难之难矣！”的感叹，加上当代作家余秋雨所写《风雨天一阁》，天一阁由此声名大振。

天一阁

晚上侄女带领着来到市里的天一广场，宽大的广场上处处洋溢着现代化气息，号称亚洲最大的音乐喷泉呈现出七色“水光舞台”，通透明亮，令人目不暇接。

第二天来到宁海县的梁皇山，沿山路而上，山势突转出现一处幽谷，两旁桃花盛开，树叶吐翠，好似世外桃源。再向前行，沿路潭水和瀑布接连出现，来到山顶，天门瀑布势如猛虎喷涌而下，水声滔天。其上虎跳崖周围水潭却安静到不起波澜，一动一静，让人心旷神怡。

随后来到浙江黄岩，这里曾是古代采石形成的洞窟，以石窟风光、洞庭瀑布、空山泛舟、天然岩画等为主要特色。更值得称赞是的，无论是“石梁飞泄”的惊险，还是“天音流韵”的气概，旅游线路的设计皆折射出创意独特，说是化腐朽为神奇，也不算是虚夸。出石洞去往雁荡山，由此开始了却有生之年征服五岳三山的心愿。

中国佛教四大名山之一——普陀山

普陀山是首批国家重点风景名胜区。普陀山主要景点有三寺：普济禅寺（前寺）、法雨禅寺（后寺）、慧济禅寺（佛顶山寺），并称为普陀山三大禅寺，架构着普陀山观音道场。普陀山三宝，亦称佛国三宝：指九龙藻井、杨枝观音碑、多宝塔（太子塔）。

我们从大榭总码头乘船。上岸后步行前往西天景区，西天景区以自然风貌为主。首先到达观音古洞，内供二十五圆通塑像。在观音古洞的小路上可以远远看见南海观音铜像。

观音古洞眺望

二龟听法石：一龟蹲踞崖顶，一龟缘石直上，形态传神，令人惊叹。相传两龟受龙王之命前来探听观音菩萨说法，因听之入迷，误了归期，遂化成石。

磐陀石由上下两巨石相叠而成，下块底阔顶尖，周长约20余米，中间凸处将上石托住，称为磐；上块顶平底尖，高达3米，宽近7米，呈菱形，称为陀。两石险如滚卵，安稳如磐。

磐陀石

西天门即由三块巨石架成的一道天然石阙，石阙狭窄，仅容一人弯腰通过。由此可上达摩峰。这个就是佛界与俗界的交叉点。

“心字石”圆浑平滑，中镌一巨大的“心”字，整个字可容近百人打坐，为普陀山最大的石刻文字。据传观世音菩萨曾在此石上讲说“心经”。

此古樟树龄逾千年，树高20米，胸径2米，树冠东西40米，南北36米。其树龄之高，树冠之大，在国内香樟树中实属罕见。

圆通禅林位于被称为“海天佛国”的普陀山西天景区之顶，海拔150米，康有为游山居此，题此庵为“海山第一庵”。圆通宝殿1997年重建，木质结构。正中供奉观音大士铜像。正法明如来铜殿，现为全国最大的铜铸殿宇。殿内供奉由缅甸请来的正法明如来玉佛一尊。

普济寺，又名“前寺”，普陀山三大寺之一，为普陀最大的寺院。明万历三十二年（1604）敕建圆通宝殿并赐额。清康熙二十八年（1689）又敕建佛殿，三十八年重修大殿，赐寺额“普济群灵”，改名普济禅寺。

百步沙位于宝塔东约百多米处海边，沙质纯净、滩形优美。百步沙海滩有一大片岬角伸向水际，俗称狮子尾巴，岬谷上的巨石名为“师石”，其下刻有“形奇怪，俗气绝，耐风雨，质坚洁。能挡怒潮，能磨顽铁。如斯如斯足可师，卓哉米颠拜而悦”的诗句。此外，苍茫大海的边缘还镌刻有“回头是岸”四个大字，内蕴佛法，使人心生敬畏。

前往紫竹林风景区，包括紫竹林禅院、不肯去观音院、南海观音立佛等六个风景点，是普陀山的精华所在。

紫竹林禅院，传说为观音菩萨修道居住处。背山面海，古朴典雅，原为不肯去观音院旧址，旧称“听潮庵”，此为聆听潮音洞潮音最佳去处。明末僧人照宁创建，清雍正年间重修，道光二年（1822）改称至今。1919年康有为题“紫竹林禅院”额，现在的“补怛紫竹林”乙未年四月为山阴魏征年书。

不肯去观音院：唐咸通年间，日本僧人慧锷从五台山请得观音佛归国，途经莲花洋，触礁受阻，由潮音洞旁登岸，在当地张姓居民住宅供奉，这就称“不肯去观音院”。古庵早废，1980年在原址重建。

院前有大士桥、澹澹亭、光明池、抗倭石刻、潮音洞，构成院、亭、桥、碑、洞一组精致景点。

“南海观音”铜像是1997年建成的标志性的巨型露天铜像，从下往上看，四大天王把守天门，蓝天白云下，观音菩萨高高在上。观音脸部呈满月形，这是唐朝观音的审美，眉如柳叶，双目低垂。

前往法雨寺。法雨寺是普陀山三大寺之一。清康熙三十八年（1699）康熙皇帝赐帑金续建，拆金陵（南京）明故宫移此，重建为圆通宝殿（又称九龙殿），赐额“天花法雨”，改称“法雨禅寺”。

九龙殿系法雨寺的主殿。清康熙三十八年（1699）从南京明故宫拆迁来的，是国内寺院建筑最高规格的一座佛殿。殿内八根金柱的柱础是精致的雕龙砖。藻井是按古朴典雅的九龙戏珠图案雕刻的，一条龙盘顶，八条龙环八根垂柱昂首飞舞而下，正中悬吊一盏琉璃灯，宛若一颗明珠，组成九龙戏珠的立体图案。

南海观音铜像

出了法雨寺向右走到车站，再向右走一段小山路，就是杨枝庵。庵内正大殿供有杨枝观音碑，是普陀山上的三宝之一。300 多年来，殿宇几经废兴，此碑得以幸存。

前往佛顶山景区。景区以普陀山三大寺之一慧济寺为核心，有海天佛国崖、普陀鹅耳枥树、刀劈石、天灯台等。

法雨寺到慧济寺，共有 1088 级台阶，名叫香云路。石阶上每隔三五级，都雕有莲花图案。一路上见那些虔诚的信徒，每走三步便跪拜一次，其虔诚之态实为令人感动。

途中可以看到许多石刻，但有些已模糊不清了。“海天佛国”出自明代抗倭名将侯继高的手笔。在海天佛国崖上又叠一石，高插云海，险而且玄，石上刻着“云扶石”三字。石上有一小潭，如碗若钵，承受天露，日积月累，清冽不腐。

慧济寺位于普陀山佛顶山上。普陀鹅耳枥，普陀三宝之一，树龄 200 年以上，据说此树先由缅甸僧人来普陀朝山时引进，因其繁殖率极低，在其原产地早已绝迹，是世界上唯一的一棵，被列为国家一级保护树种。因此它也就成了普陀的象

佛顶山上远眺

征，成了佛界的菩提。

站在海拔 300 多米的佛顶山上远眺壮阔的海景，不远处的洛迦山。像一尊慈眉善目的观音菩萨安详地躺在海面之上呢！

前往梵音洞景区。景区有梵音洞、飞沙岙、善财洞、祥慧净院等。

梵音洞庵建于大士灵现瑞相之处的梵音洞上方。兴潮洞合称“两洞潮声”的梵音洞。庵内大殿供鳌鱼观音立像，西侧罗汉堂供 30 公分高的樟木罗汉 500 尊。

梵音洞山色清黔，峭壁危峻，距崖顶数丈的洞腰部，中嵌横石如桥，宛如一颗含在苍龙口中的宝玉，两陡壁间架有石台，台上筑有双层佛龛，名“观佛阁”，是梵音洞观潮最佳处，清康熙三十八年（1699），康熙御书“梵音洞”额赐挂于此。佛阁下海潮翻滚，拍崖涛声如万马奔腾、龙吟虎啸，日夜不绝。因此，梵音洞又与潮音洞并称为“两洞潮音”，是普陀山上最适宜听潮观海的两个地方。

前往南天门景区。景区以轮船码头为核心，有正山门广场、海岸牌坊、短姑道头、南天门。

南天门位于南山，与短姑圣迹相对峙。山悬海中，潮落始通，原和普陀山本岛隔一天然石门，后建一石桥，称环龙桥，又称大观桥，自此两山连接相通。过环龙桥，沿山曲径面上，濒海处两堵石壁对峙似门，上横一条石，题“南天门”三字。

进门一宽广平台，凭栏眺望，天水茫茫，山岛耸立，北边狮子石，高大如屋，镌有“山海大观”“海印发光”等题刻。

梵音洞景区

门内群岩耸秀，门前碧波浩渺。门里有梵宇琳宫，宇旁有一巨岩。岩顶平坦，有两处小水潭，潭水清淳发光，俗称狮子眼。岩石上锲有“龙华大会”“砥柱南天”“海岸孤绝处”等石刻。据传这是八仙过海时聚会的地方。

普陀山之行，净化了我的心灵，学习了不少佛门知识。

奉化雪窦山

雪窦山位于浙江省宁波市奉化区溪口镇西北，为四明山支脉的最高峰，海拔 800 米，被誉为“四明第一山”，是中国五大佛教名山之一的弥勒佛的道场。

景区以雪窦古刹和千丈岩瀑布为中心，四周围环列，东有五雷、桫椤、东翠诸峰；西有屏风山；南有天马、翠峦；西南有象鼻峰、石笋峰、乳峰，中间是一片广阔的平地，阡陌纵横，山水秀丽，气候宜人，有千丈岩飞瀑、妙高台、徐凫岩峭壁、商量岗林海、三隐潭瀑布等景观。

雪窦寺，全称雪窦资圣禅寺（位于浙江省奉化市溪口镇西北），在溪口镇雪窦山上。晋时建于千丈岩瀑布口，称瀑布院。唐会昌元年移建今址。景福元年扩建，南宋时与杭州灵隐、天台国清、宁波天童诸寺齐名。

雪窦寺规模宏大，梵宫深邃，占地面积为 85 847.4 平方米，现有建筑面积 19 873.4 平方米。依中轴线自外而进，依次为山门、放生池、照壁、天王殿、弥勒殿、大雄宝殿、乳峰泉、法堂，依山而筑，层层递高。

可通过电梯上至佛脚处去抱佛脚，香花券 20 元 / 人。站在佛脚处可俯瞰整个景区。

乘景区巴士前往三隐潭。三隐潭位于雪窦寺西北五里许。涧水从东岙村流入崖口，折为一瀑；再落山腰，直至山足，形成三级瀑布。全长 1 600 多米，从高到低，分别叫作：上隐潭、中隐潭、下隐潭。上隐潭以幽险见长；中隐潭以清秀取胜：下隐潭以奇秀称绝。三个隐潭尽管地处深山幽谷，探访步履艰难，今天不是周末，又是雨天，车上只有我一个乘客。

礼佛台俯瞰

终于到达三隐潭终点。过飞云桥、腾云桥到达第四隐潭，再过潜龙桥、九龙桥，乘十分钟单轨列车到索道下站。

雪窦飞瀑，又名千丈岩瀑布，乳泉之水流入锦镜池，穿过关山桥，在千丈岩倾泻而下，自岩顶至深潭，高达 186 米。半壁有巨石相隔，每逢春夏，大雨滂沱，飞流直下，至半壁为巨石所碰撞，击碎溪岩飞雪，经日光照耀，便会出现一道长虹，蔚为奇观。雪窦瀑布早在北宋就闻名全国。王安石有首观瀑诗，专写它的妙处："拔地万重嶂立，悬空千丈素流分。共看玉女机丝挂，映日还成五色文。"

因为下雨，步行不安全，乘索道，到妙高台。妙高台，此为雪窦主山，为该山最幽胜的地方，在飞雪亭西上侧，拾级再上约半里许，三面悬崖，下临深壑，曾是宋代知和禅师滕龛所在，流传二虎听经的故事。

站在妙高台上，凭栏远眺，青山起伏，翠峦叠嶂，松涛盈耳，仪态万千；台下亭下湖犹如一块巨大的翡翠镶嵌在群峰间，波光溢彩。亭下湖是一座人工建成的山川湖泊，于 1985 年 9 月竣工，湖面达 5.9 平方公里，被誉为"浙东名珠"。

妙高台远眺

晏坐亭。西式结构，只有左右两堵墙，分别有梅花型窗台，前后没有遮拦，西面危临悬崖绝壁，坐在亭上，与对面的青山相对，听万壑松风。楹联："百岭澄明鸟待佛，一壶严净虎听经"。描绘的是宋高僧知和禅师诵经的故事。

乳泉亭。相传山上有乳峰，乳峰有窦，水从窦出，颜色为乳白色，故泉名为乳泉，此山为雪窦山，此亭为乳泉亭。楹联："水翻雪色寒犹落，雪掩丹光远更重"。

飞雪亭。系宋时始筑，后圮，现为 1986 年重建。自古是观赏千丈岩瀑布的最佳之地。

千丈岩瀑布水源来自雪窦寺东西两边山谷中。寺东那条涧水。从中峰白龙洞环流到雪窦寺南边；寺西涧水从屏风山雪峰玉龙洞经过十八折而泻，抵达雪窦寺南侧。两条涧水在雪窦寺前面伏龙桥下相汇合，流到锦镜池，穿过关山桥，冲出崖口。

到达三隐潭景区的出口。游览这个景区用了两个半小时。

嘉兴

嘉兴自然风光以潮、湖、河、海并存驰誉江南，是中国优秀旅游城市和国家园林城市，拥有南湖、乌镇、西塘三个5A级景区，构成江南水乡特色。

嘉兴南湖与杭州西湖、绍兴东湖一起并称为浙江三大名湖。环湖建起春、夏、秋、冬四季公园和湖滨公园、揽秀园等，在南岸和西岸修建了精严寺、革命历史陈列馆，使自然景观与人文景观交相辉映，成为风光旖旎、四季宜人的江南旅游胜地。进去后才知道，绝大部分景区必须乘船才能去。因此，必须购票！

会景园坐落在南湖的南岸，呈半岛形，占地面积33600平方米。园内假山瀑布、楼台庭院、林荫步道、古桥流水，充分展现了江南园林风格。望湖楼与烟雨楼遥相呼应，醉仙楼传承了金庸小说的神韵，红菱长廊体现了江南水乡风情，望湖广场是嘉兴市民和八方游客观光休闲的好去处，也是群众游园文娱活动和节日庆典的重要场所。

湖心岛位于南湖中心，全岛面积17亩。明嘉靖二十七年（1548）嘉兴知府赵瀛组织疏浚城河，将淤泥垒土成岛，次年移建烟雨楼于岛上。清以后又相继建成清晖堂、孤云簃、小蓬莱、来许亭、鉴亭、宝梅亭、东和西御碑亭、访踪亭等建筑，形成了以烟雨楼为主体的古园林建筑群，亭台楼阁、假山回廊、古树碑刻，错落有致，是典型的江南园林。

乾隆六下江南，八次登烟雨楼，先后赋诗二十余首，盛赞烟雨楼图。烟雨楼在湖心小岛，建起后，几经兴废，历史沧桑，直到民国七年（1918）嘉兴知事张昌庆会绅募捐款重建烟雨楼。

烟雨楼

1921 年 8 月，中国共产党第一次全国代表大会在南湖的一艘画舫上完成了最后议程，宣告中国共产党的成立，中国革命的航船从南湖扬帆起航。1961 年和 1981 年，浙江省人民政府两次公布南湖烟雨楼为省级重点文物保护单位。2001 年 6 月，中共“一大”嘉兴南湖会址被国务院公布为全国重点文物保护单位。

从外表上，“红船”古旧甚至略显残破。可是一旦进入船舱，立即感到“别有洞天”。船舱内部饰以许多金箔敷上（而非金粉涂抹）的装饰图案，显得金碧辉煌，气派非凡。

南湖红船

小瀛洲位于南湖东北部，是湖中小岛，与湖心岛上烟雨楼南北相望，旧称小瀛洲，俗称小南湖、小烟雨楼。清康熙时疏浚市河，堆泥于此，遂成一面积约 8 亩的分水域，初为渔民晒网之地，后渐成游览胜处。

嘉兴端午的最大特色之一是对伍子胥的崇拜，伍相祭是个值得重视的仪式。2010 年香火不旺又无僧人的“壕股塔院”变身“伍相祠”。

壕股塔是古时嘉兴七塔八寺之一，因北临城濠，其水曲如股而得名。相传苏东坡曾到此饮茶，并与文长老（徐渭）在此晤谈。上塔顶可俯瞰南湖全景，整个嘉兴城全貌亦尽收眼底。

揽秀园坐落在嘉兴南湖西岸文星桥畔，是嘉兴市近年兴建的一座文物碑刻公园。揽秀园以“文星桥”“仿古街”为中心，分南、北两园，北园于 1994 年 5 月竣工并对外开放，南园正在规划中。北园西侧以中轴线对称，四进庭院式风格，东侧为自由开放式园林布局。全园建有碑廊 270 米，镶嵌历代大小碑刻 95 块。

南湖革命纪念馆成立于 1959 年 10 月，建馆之初，馆址设在湖心岛。1992 年中国改革开放后，南湖成为旅游风景区。2005 年 10 月，南湖革命纪念馆扩建项目获得中央有关部门批准。新馆选址在南湖南岸，于 2007 年 3 月 5 日开工建设，新馆于 2011 年建党九十周年之际正式对外开放。南湖革命纪念馆是一幢气派庄严的“工”字形建筑，前面花岗岩石碑上题写：“开天辟地大事变”。在高高的门楣上镶嵌邓小平生题写：“南湖革命纪念馆”七个金色大字。建筑四周有 56 根檐柱，寓意 56 个民族紧密团结在党中央的周围。

我们怀着崇敬的心情参观纪念馆全部展览。

南湖革命纪念馆

江南的周庄、同里、甪直、西塘、乌镇、南浔古镇，是中国江南水乡风貌最具代表性的城镇，它们以其深邃的历史文化底蕴、清丽婉约的水乡古镇风貌、古朴的吴侬软语民俗风情，在世界上独树一帜，驰名中外。“小桥、流水、人家”的规划格局和“粉墙、黛瓦、马头墙”的建筑艺术在世界上独树一帜，形成了人与自然和谐。

我们在乌镇停留两日，可以凭景区内客栈或旅馆的房卡办理多次出入证。早上东栅一派充满生活气息的景象，更能让人体味当地的风土人情。

东栅的主要看点有：香山堂、木心故居纪念馆、江南百床馆、江南民俗馆、三白酒作坊、宏源泰染坊、晴耕雨读（2003 年黄磊和刘若英拍的电视剧《似水年华》取景地）、江南木雕馆、余榴梁钱币馆、文昌阁和茅盾纪念馆。

出东栅后参观修真观、翰林第、汇源当铺和访卢阁。然后，去西栅。

东栅的早晨

西栅景区占地 4.92 平方公里，纵横交叉河道 9000 多米，环境优美，有古桥 72 座，河道密度和石桥数均为全国古镇之最，景区内保存有精美的明清建筑 25 万平方米，横贯景区东西的西栅老街长度达 1.8 公里，两岸临河水阁绵延 1.8 公里余。景区北部区域则是五万多平方米的天然湿地。

具体行程：乌镇大剧院、木心美术馆、舟楫文化长廊、宏朵泰号、安渡坊码头、草本染色作坊、昭明书院、雨读桥、洪昌弄、三寸金莲馆、老邮局、乌镇大戏院（听评弹、欣赏地方戏曲）、恒益堂药店、厅上厅 、升莲广场、白莲寺塔、文昌阁、关帝庙、观桥里桥（仁济桥、通济桥）、过泰安桥、乌将军庙、灵水居、参观茅盾纪念堂等名人展馆、水上集、亦昌冶坊、叙昌酱园、过通安桥回安渡坊。

双桥

西栅的夜景，尤其是夜色下灯火通明的西市河 ，会变成整个乌镇最漂亮的地方，那样的景色绝对会让人过目不忘、心醉神往。

草本染色作坊

西栅的夜景

三游东北三省

东北三省曾称为“共和国长子”，在中华人民共和国初期建设和发展中做出过巨大的贡献和奉献。经过20年的发展，东北三省已经建立钢铁、化工、飞机等全面重工化业体系。

自1969年求学大连，近些年先后曾三次到东北，2007年7月山东之行首先选择到辽宁省大连市；2010年呼伦贝尔之行首先选择到哈尔滨和五大连池；2020年9月开启东北寻秋之旅。从汉口出发经长春、延吉、吉林。到沈阳，以沈阳为驻点，游览盘锦、本溪关门山和鞍山千山。因此，特将东三省的旅行独立为小节，以表达对它的眷爱之情。

北方明珠大连

当2007年7月来到大连时，眼前的一座城市和1969年求学时相比又产生了令人惊讶的变化，不禁感慨万千，迫不及待地到母校大连理工大学去看看。

大连工学院 1969

当看到操场上“每天锻炼一小时，健康工作五十年”的口号，不禁想起了入学时屈伯川老院长说起的这句话，时隔多年回到母校，真想大声汇报：“报告母校，这句话学生做到了！”

大连工学院 2007

一番参观，西山宿舍、教学楼在37年内竟没什么变化。原来这里是原大连工学院老校区。学校已新建了开发区校区和西部校区，其中位于凌水校区西部的新征校区建设已经呈现雏形和轮廓，化工综合楼、化工实验楼以及图书信息资源中心等拔地而起，教学、科研条件不断得到改善。衷心祝母校越来越好!

大连的城市广场，有上百座之多，其数量应该在世界上都属于遥遥领先的位置。最难能可贵的是，这些广场，无论大小，都有着属于自己的一段故事与来历，有着自己与众不同的性格。

对大连风景的陶醉和对大连眷念之苦让人感慨万千，早晨六点便出门，游览了中山广场、俄罗斯风情街、傅家庄公园、森林动物园和星海广场。整整 16 个小时，却一点不感到疲倦。

来到旅顺，今天的旅顺是大连的一个辖区，那些战争过往已鲜被人提起，但从不会被人忘记。一段宽近 300 米由两山对峙而成的出海口被称为“旅顺口”或“狮子口”，每次只能通过一艘大型军舰，可谓是“一夫当关，万夫莫开”。

清代南子弹库位于旅顺黄金山浴场和模珠礁间突出的海角上，是清政府在经营旅顺口时留下的一座比较完整的弹药库。

旅顺蛇博物馆展示了蛇岛的自然景观、蛇类生活、蛇类标本、蛇的利用，以及旅顺西南角黄、渤海分界处的老铁山自然保护区的情况。

旅顺万忠墓是为 1894 年甲午战争期间遇难同胞而建，墓前重修三间硬山式砖砌享殿，门上悬挂“永矢不忘”匾额。墓园内苍松翠柏陪衬，显得格外庄严肃穆。

友谊塔塔身呈圆柱形，用名贵的白色雪花石砌成，高 22.2 米。塔基用花岗岩砌成，共有两层，呈正方形，四面有阶梯，周围有栏杆围绕，围栏上雕的是国花牡丹、朵朵白云，以及代表和平的鸽子。

后面几天之内和老伴儿游玩了圣亚海洋世界、金石滩、大连海滨国家地质公园、海金海岸、毛泽东像章陈列馆和世界名人蜡像馆。这座历史悠久城市独有的风情让人依然激情澎湃。

欧陆风情哈尔滨

哈尔滨凌晨三点天就亮了！来到旅店附近的市场，人头攒动，摊位早已被占满，种类齐全。肉摊切骨头竟然直接上铡刀，看着很揪心，但还是佩服其豪放。

始建于 1898 年的哈尔滨中央大街步行街是目前亚洲最大最长的步行街，初称“中国大街”。1928 年 7 月改称为沿袭至今的中央大街。街上著名的马迭尔宾馆，建于 1906 年，有东方的“凡尔赛宫”之称。因此有人这样比喻它：“如果把城市比作一个婀娜多姿、楚楚动人的少女，那么中央大街就是她胸前佩戴的一串光彩熠熠的项链，而马迭尔宾馆则是项链上一颗最为闪耀的珍珠。”

中央大道尽头是防洪胜利纪念塔，是1958年为纪念哈尔滨市人民战胜洪水而建立。

哈尔滨冰雪艺术馆

过松花江到太阳岛。1979年，著名歌唱家郑绪岚一曲《太阳岛上》让太阳岛名扬海内外。这里有一座冰雪艺术馆，是部分优秀雪雕作品的复制品，让无缘在寒冬腊月到哈尔滨的游客，尽赏雪雕的风采。

随后到黑龙江博物馆、果戈里大街、哈尔滨关道、龙塔、斯大林公园、兆麟公园等景点参观。

■ 中国著名的火山群之一——五大连池火山

五大连池由五个相连的火山堰塞湖而成，五池相连，一千余平方公里的景区内矗立着十四座新老期火山，由史前的200多万年到近代的280多年前，喷发年代跳跃极大。它拥有世界上保存最完整、分布最集中、品类最齐全、状貌最典型的新老期火山地质地貌。14座拔地而起的火山锥，山川辉映，景色优美；石龙、石海、熔岩瀑布、熔岩暗道、熔岩钟乳、熔岩旋涡、象鼻熔岩、翻花熔岩、喷气锥碟、火山砾和火山弹等微地貌景观，千姿百态，被科学家称之为“天然火山博物馆”和“打开的火山教科书”。

熔岩上的植被

你能想象岩石就像浪花在翻滚的情景吗？

熔岩上的植被顽强地生长，非人工种植，不得不为大自然的自我修复能力所折服。

药泉湖是火山喷发岩浆阻塞河道

而形成的湖泊，是罕见的地下纯净水与矿泉水组成的活水湖，含有30多种对人体有益的微量元素。药泉湖上的景色更是令人流连忘返。傍晚落日的余晖给湖面涂上一层金黄，湖光粼粼。拿起相机，花儿在夕阳下变成晶莹剔透，一幅最得意的作品就此诞生！

北国春城长春

长春有座伪满皇宫博物院，其中，同德殿一楼是曾在此居住的清朝末代皇帝爱新觉罗·溥仪处理政务和娱乐的场所，主要有广间、叩拜间、候见室、便见室、中国间、钢琴间、台球间、日本间、电影厅等。二楼原设计为溥仪和皇后婉容的寝宫，因溥仪疑心装有窃听设备而从未使用。

随后参观了皇宫其他展室，主要叙述溥仪的生平和伪满洲国的历史。出皇宫后，先后参观了伪满洲国的八大部旧址，包括伪满军事部、司法部、经济部、交通部、兴农部、文教部、外交部，现均改为他用。

《甲午风云》的道具

出博物馆来到长影旧址博物馆，这里是记录长春电影制片厂发轫、进展、繁荣、变迁的艺术殿堂。在这里，熟悉的演员、电影场景、电影海报唤起那青春的回忆。体验电影《甲午风云》的宏大场面，心情激动不已。

随后，游览了吉林省博物院、世界雕塑公园和净月潭国家森林公园。

韩式美食——延吉

延吉日式早点

延吉是延边朝鲜族自治州首府。延吉帽儿山国家森林公园距延吉市只有几公里的路程，是延吉的“城市之肺”，园内有山、山泉水、松树林，是一年四季都可以游玩的休闲旅游之地。延吉晚上很热闹繁华，灯光漂亮，全是烧烤店，品尝了正宗的韩式美食和日式早点。

昨夜长白山大雪封山，因此原计划去长白山只好改道去往吉林市。

雾凇之都——吉林

首先到吉林市博物馆参观，里面设有“吉林陨石雨陈列”等 8 大常设展厅。出博物馆到北山公园，这是一座久负盛名的寺庙风景园林。

3 日乘火车前往蛟河，游览红叶谷。吉林蛟河红叶谷 2010 年 11 月被《中国国家地理》评选为“中国十大秋色”。

吉林蛟河红叶谷

辽河金三角——盘锦

盘锦红海滩，它以全球保存得最完好、规模最大的湿地资源为背景，以举世罕见的红海滩，世界最大的芦苇荡为依托，是一处自然环境与人文景观完美结合的纯绿色生态旅游景区。为了保护湿地环境，车辆不得进入景区，因此只能乘坐仿古小火车样式的电瓶车游览。以红滩为背景的巨幅国旗，碱蓬草铺就了火红的滩涂，成就“踏霞漫步”这一别具特色的景观。

红色碱蓬草的根扎得并不深，却以其密集的根须紧紧抓住海滩上的每一寸泥土。惊涛骇浪可以吞没它，却不能卷走它。当退潮时探出水面的红颜色丝毫未减，形同火焰的绚丽。宛如片片红色珊瑚，与绿色的芦苇荡，交织成一幅幅壮丽的画卷！

“稻梦空间”是种在田间里的艺术，黄色、绿色和紫色三种彩色水稻交织成一幅幅仿若天成的自然画作。看似简单，每一幅却是经过专家们对彩稻选育、图案设计、定点测绘、秧苗栽植、田间管理，历时 2 个多月而形成。2020 年的主题是“我爱你中国”。

稻梦空间

儒道共居的名山——千山

千山五佛顶

晚上返回沈阳，6日早晨乘火车到鞍山。记得十七岁在大连上大学时，就听闻鞍山有座千山，一直未得机会去游览，如今已成74岁的老翁，才遂愿游览千山。

千山是道教主流全真派圣地。“欲向青天数花朵，九百九十九芙蓉”，这是清代诗人姚元之对千山的绝唱。从五佛顶开始，尽尝“望山跑死马”之趣，越岭攀山，足踏崎岖，直至“天外天”，仅这段路程就历时五小时。沿途天高地阔，峰岭绵延，虬枝怪松比肩，嶙峋奇石傍身。一路攀登到殚精竭力，挥汗淋漓，虽疲惫不堪，但终遂所愿！

此行不虚，千山自然美景荟萃之处，天造精华所在，不亲临举目，岂不辜负千山秀色也！为自己与老伴儿的体力和精神而骄傲！当晚，返回沈阳。

东北黄山本溪——关门山

老伴昨天登山疲累休息，只好一早独自乘坐火车到本溪游览关门山国家森林公园。

从枫王到双溪桥，沿途是清澈的溪水，两岸是红枫，水中倒影清晰可见，秋天的红枫宛如烈酒，这火焰般的色彩只要看上一眼，心已醉入花丛。正可谓：“红叶黄花秋意晚，若沾寒露情更浓。”

关门山枫王

当看到枫王，它只是一棵低矮的枫树，不免让人有些失望。但它枝叶茂密，厚实的枫叶浓密如蓬，伸展如伞，殷红如血，也许称王不是外表而是它这拿捏到位的气势吧。每年入秋，枫王首先变红，但最后才落叶。它的叶片从三角到十三角，均一树共生。其中十一角和十三角是世界枫叶珍品，令人不禁称绝。参观完关门山国家森林公园后当晚返回沈阳。

一朝发祥地，两代帝王都——沈阳

沈阳是东北地区最大的中心城市，是中国最重要的以装备制造业为主的重工业基地。我 1964—1974 年在东北读大学和工作期间，多次路过沈阳，对它的城市建设总体印象是“脏、乱、差”。这次重访沈阳，城市整洁一新。游览了世界文化遗产：沈阳故宫、沈阳北陵、东陵，以及张氏帅府、辽宁省博物馆等。

沈阳故宫为世界文化遗产保护单位，它是中国目前仅存的最完整的两大古代宫殿建筑群之一。其中，崇政殿是沈阳故宫等级最高、最重要的建筑。

沈阳故宫比北京故宫小多了，凤凰楼是一座进深、面宽均为三间的三层歇山琉璃瓦顶

崇政殿

的楼阁，屹立在高台之上，其下层明间是进出寝宫区的通道，前有二十几级台阶通往台下地面，只要关上大门，帝后寝宫区就成为一座居高临下的森严城堡。

晚上，逛沈阳中街，中街是中国第一条商业步行街，建成于 1625 年，已有近 400 年历史。先后到老字号老边儿饺子馆和老奉天马家烧麦店就餐，两家味道各有千秋，但都好吃。

辽宁博物馆新馆于 2004 年开馆，展馆一层是中国古代碑志、明清玉器和明清瓷器展。二层是馆藏辽瓷、货币、佛教造像、玺印、铜镜以及满族民俗展。三层以“古代辽宁”为主，设 5 个展厅。另外 3 个展厅为馆藏书法、绘画与丝绣展。

东陵又称“福陵”，是清太祖努尔哈赤和孝慈高皇后叶赫那拉氏的陵墓。

张氏帅府是奉系军阀首领张作霖及其长子张学良的官邸和私宅。小青楼是帅府的早期建筑之一，是张作霖为他最宠爱的五夫人专门修建的。大青楼位于东院北部，张作霖 1925 年晋升为东北边防督办后在此商议军事机密、制定重大决策和接待中外要员。赵一荻故居因张学良将军的红粉知己赵一荻曾在此居住而得名。

出张氏帅府后，结束此行东北寻秋之旅。

齐鲁大地风光

这是首次长线自由行，由7月30日至8月11日，历时12天，先取道大连，旧地重游，感慨万千。先后到威海、烟台、泰山、济南。

千里山海·自在威海

威海别名威海卫，意为威震海疆。威海是中国大陆距离日本、韩国最近的城市，中国近代第一支海军北洋海军的发源地、甲午海战的发生地，甲午战争后被列强侵占并回归祖国的“七子”之一。游览了刘公岛、成山头。

刘公岛，旧传此岛为“海上刘氏别业”，岛名因此而得。岛内海圣殿供奉有刘公和刘母塑像，彰显出岛上的刘公文化。

刘公岛是中国近代第一支海军——北洋水师的诞生地，有北洋海军提督署、水师学堂、丁汝昌寓所、古炮台等甲午战争遗址，那座临海而建的中国甲午海战博物馆陈列馆吸引了无数游客参观，里面通过大量甲午战争的历史图片、人物塑像场景，其中声光电结合运用的“黄海海战”的战争场面，重现了那段以北洋水师全军覆没为代价的惨烈战争，震撼着每一个人的心灵，使人心情久久难以平复。

成山头风景区，这里是祖国海陆交汇最东端，能最先看到海上日出。据传说，当年秦始皇东巡至此以为已到天尽头，遂命丞相李斯手书“天尽头”，并立碑。因此山上有始皇庙、拜日台、秦桥遗迹、望海亭等与始皇帝有关的景点。后因年代久远石碑断裂沉海，遂以清朝康熙皇帝手书“天无尽头”立碑代之。站在石碑前，望着滔滔大海，心潮澎湃激动不已，心想这就是远方。

徐福东渡之地——烟台

烟台市因境内烟台山得名。依山傍海，气候宜人，冬无严寒，夏无酷暑，是我国北方著名的旅游避暑和休闲度假胜地。先后游览长岛、蓬莱和烟台山。

长岛，住在当地人家里，两天内游览了九丈崖、半月湾、望福礁和万鸟岛等景点。还第一次吃到了鲍鱼的滋味，似乎淡无奇，但也令人难忘。

九丈崖在海蚀的不断作用下，崖壁呈现直立状，远观奇险无比。其观景台犹如苍龙探出，站在上面俯瞰崖底，惊涛拍岸卷起千层浪。下到崖底沿小道行走，又能欣赏到诸多奇石美景，正欲赞叹自然造化之功时，一段陡峭石梯从崖顶垂下，老人攀爬颇为费力，但登上崖顶看到大海一望无际，不枉攀登一遭。

出九丈崖来到月牙湾公园，海水蓝如玛瑙，清似明镜，海滩的鹅卵石也洁白如美玉一般，拾起就不舍丢下，著名书法家启功曾作诗称赞这里的美。“一弯新月映滩涂，山青水碧举世无，仙境不须求物外，行人步步踏明珠。”

然后，来到望福礁景区，岛礁遍布，很是壮观。滩岸的望福石是景区的标志，它形似女子遥望远方祈盼丈夫归来，望夫谐音望福，故名。其他礁石有如龙头，有似金蟾，各有情趣。

次日清晨大雨滂沱，午后雨停去往万鸟岛，海上浓雾弥漫，小船仿佛失去了方向，引起一船游客的焦虑，直到看到远处的岛屿大家立刻欢呼雀跃起来，此时才感到船在海中的渺小。岛上栖息着数以万计的海鸥，岛名由此而来。当有人走过，海鸥凌翔而起，叫声高亢嘹亮，争相低掠而过抢食游人手中的面包，这一幕人与动物的写意直叫人不由得举起相机。

第三天来到林海烽山景区，黄海与渤海在此相对而流，一条被称为“长山尾”的沙滩由宽及窄伸向海里，远观甚美，令人心旷神怡。烽山也是春秋两季候鸟迁徙时休憩之地，有“候鸟驿站”之美誉。从心底觉得这里的原生态真是教人留恋。

长岛黄海与渤海分界线碑

离开长岛到蓬莱，“人间仙境”是历史赋予蓬莱的地域名片。其“八仙过海”传说和“海市蜃楼”奇观享誉海内外。蓬莱阁建于宋朝嘉祐六年，高踞赭红色的丹崖山顶端，云雾缭绕间处处彰显如仙境一般。阁中稍做停留后，乘车前往烟台。

两个半小时到达烟台，第一次吃到正宗的烟台苹果，漂亮、好吃、便宜，还特别香。这味道一辈子也忘不掉！

去往烟台山，沿山路而行，沿途多个近现代建筑群汇集了不同国家的历史文化特色，尤其是原丹麦领事馆前的美人鱼，勾起要到丹麦旅游的欲望。

而后参观了山上龙王庙的壁画与燕台石的文字，沿百年冬青长廊走上山顶。山顶古烽火台原址上建起一座灯塔，塔顶可远眺烟台市区全景。

烟台海滨广场

下山来到海滨广场，听着涛声，拉着老伴儿惬意地散步，慢慢感受着烟台风光。

第二天来到泰安，同老伴儿互相加油鼓励登上了东岳泰山之巅。原计划到曲阜，游览孔庙，因大雨，临时决定去往此行最后一站济南。

泉水甲天下——济南

首先来到位于该市历下区的趵突泉，其名居济南七十二名泉之冠，相传清朝乾隆皇帝南巡到此，因其泉水泡茶味醇甘美，遂册封为“天下第一泉”。趵突泉泉眼位于趵突泉公园的泺源堂前，周围有观澜亭、尚志堂、李清照纪念堂、李苦禅纪念馆等景点。

由北门进园，有一座济南惨案纪念堂，一旁铸铁大钟上二百八十字铭文陈述日本侵略者在济南犯下的滔天罪行，东侧大理石台历右页镌刻着《济南惨案纪略》，让人看后悲愤满怀。

向前来到泺苑，那是一条百米长仿明清民居式水景街，看那胜概楼内藏真迹，对函楼里展工艺；泺上台上翘檐飞，悠然亭中奇石立；板桥泉水涌若轮，皇华苑面塑称奇，处处皆美景，处处皆佳篇，令人心旷神怡。

东侧有李清照纪念堂，周围一众泉水绕于其外，还有块被誉为“济南第一石”的巨大趵突泉龟石，令人称绝。而那天尺亭，是趵突泉的地下水位观测点。沿着天尺亭向东走到趵突泉池北岸的泺源堂，趵突泉泉眼就位于堂前。泺源堂红漆木楹柱，黄色琉璃瓦，抬眼望去蔚为壮观。泉池西岸有著名的观澜亭，亭南北水中各立一碑，亭南石碑上刻明代书法家胡缵宗所书“趵突泉”三字，亭北石碑上刻清朝王钟霖所书“第一泉”，亭借碑阔，碑借亭美，是观赏趵突泉水的最佳之处。

由亭西来到万竹园，李苦禅纪念馆位于园中，18个展室分三院成品字形排列，常年展出其遗作和生前收藏的书画文物四百余件。出万竹园去沧园，无忧泉、湛露泉、石湾泉和酒泉四眼泉水分布途中。王雪涛纪念馆坐落在沧园内，珍藏与陈列着中国现代著名小写意花鸟画家王雪涛遗作二百余件。出园向东南行走，经过玉龙泉即到趵突泉公园东门。

出趵突泉来到同属历下区的大明湖公园，北魏郦道元《水经注》中称其为“历水陂”，唐朝又称“莲子湖”，直到金代文学家元好问在《济南行纪》中始称“大明湖”，名称才由此确定。大明湖历史悠久，景色宜人，历下亭、铁公祠、小沧浪、北极阁等建筑及自然景观，吸引无数游客来此游览。

从西南门进入公园，彼时池中荷花争相开放，一时间鲜嫩无比，粉艳无双。前行看到鸳鸯亭如鸳鸯相依，使人雅兴怡然。环湖来到西北岸，走进小沧浪亭，亭东边的铁公祠乃为纪念明朝兵部尚书铁铉而建。向东通过铁公双桥，看那桥畔垂柳茂密，真有一副“柳拂桥栏双虹卧”之景象，使人心旷神怡，心情大好。过桥来到明湖楼，城门上方“大明湖”三字古朴庄严，两旁石狮分立，威武十分。明湖楼以东是济南盆景奇石园，园内众多盆景奇石一一看去，直叫人眼花缭乱，啧啧称赞。出园经月下亭、启圣殿、北极阁来到码头。

游船泛舟大明湖上，船到湖中心最大的历下岛，岛上绿柳环合，亭阁掩映，历下亭乃济南名亭之一，八角重檐，攒尖宝顶，红柱青瓦，斗拱承托，饰以吻兽，蔚为可观。亭东南侧有一古柳，据考已一百六十多岁，实在罕见。

济南大明湖公园

乘船回到湖北岸，沿路经多处景观来到被誉为“江北第一楼”的超然楼。向西望去，小东湖水波粼粼，湖对岸水云居清晰可见。超然楼往西走有座秋柳人家，旧时被称为王家大院，曾是一座行医的老济南人家住宅。一座宅院坐落在风景宜人的大明湖，出门即风景，入门即庭院，如此生活非常令人羡慕。再来到遐园。遐园参照浙江宁波天一阁而建，因此有“南阁北园”之誉。遐园西行有稼轩祠，其为纪念南宋爱国英雄、豪放派词人辛弃疾而建。祠堂北行，有亭翼然，六角攒尖，名九曲亭，观之别有趣味。

翌日乘火车离开济南，首次长线自由行愉快结束。

夏冬重游七彩云南

云南是我们旅行时间最长、到达地点最多的省份。2008 年 8 月夏季和 2015 年 3 月冬季两次畅游云南，2018 年 12 月又特地在昆明旅住两个月 。几乎游遍了云南所有著名的景点。

春城——昆明

昆明属于北亚热带低纬高原地季风气候，为山原地貌，三面环山，沿湖风光秀丽，由于地处低纬高原而形成“四季如春”的气候，享有春城的美誉。

昆明大观楼

一座大观楼，几百年来，留下过往文人墨客许多诗文楹联，其中，清朝乾隆年间名士孙髯翁所作一百八十字“天下第一长联”闻名遐迩。

昆明城西郊的西山风景区为道家之地。其龙门石窟远近闻名，据说开凿于公元 1781 年至 1853 年，北起三清阁，南至达天阁，结构布局优美，雕工精细，室内的魁星、文昌、关圣皆依石岩凿就，巧夺天工。

山中凤凰岩有一石屋，名叫揽海处，由此可进入慈云洞隧道，相传由清朝乾隆年间一贫苦道人用十五年凿成。后昆明杨氏父子再历时十三春秋凿出云华洞，两洞连接直通到西山龙门。狭窄处仅容两人碰肩而过，外侧即为万丈深崖，可见其工程之难。洞内凿有石窗可俯瞰滇池之景。出云华洞往前来到龙门牌坊。坊下有一圆柱石头谓之“元宝”，据说能保佑发财，引得一众游人纷纷触摸。牌坊西侧是在一整块岩石上雕刻而成的石窟，称为达天阁，其精美工艺令人啧啧称赞。

石林风景区，导游介绍说这里在约三亿年前还是一片汪洋泽国，经过漫长的地质演变，终于形成了喀斯特地貌类型的地质遗迹。因此，石林又被誉为“造型地貌的天然博物馆”。1986版《西游记》中多个经典场景都是在这里取景拍摄。石林吸引着千千万万的中外宾客纷至沓来，感受它那神奇迷人的自然风光。

石林分大石林区和小石林区，如果不听导游的讲解，一圈走出，对石林的认知只能是“远看大石头，近看石头大”，索然无味。

著名的“石林”景观在大石林区，一块绿茵茵的草坪环绕着重重叠叠的石峰，峰腰刻着“石林”两个隶书大字，此景有多著名不言而喻，看蜂拥而来的游客便知。

向前走，经过几组倒塌的石柱去往望峰亭，一路上可见各种石头形状千奇百怪。走了许久后终于登上望峰亭，远看四周千万座石峰或如笋如柱、如刀如剑、如禽如兽、如人如仙，惟妙惟肖，令人拍手称赞。由亭下山，西边“剑峰池”中有一峰突起，像一把宝剑笔立插于水中，令人惊奇。池边小道上行有座莲花峰，峰顶据说可容数人站立其上，甚是奇特。向南走有处“极狭通人”，取自陶渊明《桃花源记》中“初极狭，才通人”之典故，要想通过，必须收腹侧身才行。通过后就来到了风光无限的“石林桃花源”，千年龟、双鸟渡食、犀牛望月、鱼跃水面、凤凰梳翅等景点均在此处，惟妙惟肖，不由赞叹起自然造化之功。

石林

来到小石林区，自是另一番景象。如果说大石林以其雄伟和诡秘取胜，小石林则以玲珑剔透和清新俊雅著称。这里地势开阔，石峰石壁平地而起，多是孤峰高耸。一石一形，移步换貌，目不暇接，赏之不尽。而其中最著名的当数矗立在玉鸟池畔的“阿诗玛”了，导游说彝族撒尼人对从老到幼所有女子均称阿诗玛，男子称阿黑哥。远远望去，那石岩好像撒尼姑娘身背背篓，在石林中唱山歌，已成为云南旅游业的标志。来

小石林“阿诗玛”石

这里的姑娘们都喜欢穿上撒尼服装，在“阿诗玛”下合影留念。

小石林以南的步哨山是整个石林景区海拔最高的地方。经过步哨五石门，可看到望夫石、骆驼骑象、天门神烛、母子偕游、天鹅远瞩、苏武牧羊等石峰景观。再向西就来到了万年灵芝区，科学上称作蕈状石林，其有一石峰状若巨大的灵芝，这就是著名的万年灵芝石，引来游客们的惊呼和称奇。

真是惊叹大自然那神工鬼斧呀！

云南一省有 26 个少数民族，游客们要想体验其中风情得花大量时间，因此自 1992 年，昆明开工建设了一座云南民族村，集 26 个少数民族历史文化风情和自然村落于一村，融峻山秀水、园林景观、古今珍藏为一园。走进其中，无限风情可一天游遍，了解他们的悠久历史，体验他们的奇异风俗，聆听他们的动人传说，让人流连忘返。曾两次游览民族村，两次感觉也不一样，但时隔数年想起，那时的风情淳朴，那时的小伙姑娘，那时的歌舞欢笑，仍历历在目，时常在脑中回荡。

云南民族村

金殿风景区，它由太和宫、紫禁城、钟楼等组成。攀登一百零八级石阶，通过三层天门后，来到了太和宫。其棂星门周边有中国金殿博览苑，集湖北武当山、山西五台山、山东泰山和北京万寿山的金殿建筑模型于一园，金光闪耀，夺人眼球。通过棂星门，巍然屹立着一座砖城，称为“紫禁城”，城墙上有大小两种砖，大砖是明朝砖、小砖是清朝砖。城门左右各栽有一株白玉兰，一株明朝所植的茶花，每到花开时节，玉兰花白似玉、洁如雪，淡抹素雅；茶花红似火、灿如霞，浓妆艳丽，两花相映，美艳多姿。城内太和宫的中心建筑即为著名的金殿，虽为黄铜，但在阳光照耀下，金光四射，故而得名。殿中供奉鎏金神像五尊，殿前方有一香炉和石水缸，水缸里有一条石鱼，传说投枚硬币如能飘落进鱼嘴就会带来好运。由此登上东南的明钟楼，凭栏远眺，春城风貌尽收眼底，使人顿觉心旷神怡。

翠湖公园，因其八面水翠，故名。从公园西门进入，一座滇春苑里展示着本土的精品山茶花。娇艳多姿的花朵，真有“云南山茶甲天下”之态。而园内“甲滇亭”之名也彰显出此意，傲视天下山茶。走过一座桥来到翠湖历史文献碑廊，诸多名士的文笔在此尽显。向南，观鱼楼周边有几个亭榭通过回廊连通，漫步其中，观景赏亭，颇有情趣。走到碧漪亭，南北走向的阮堤和东西走向的唐堤在此交会，东行来到为纪念红嘴鸥飞临翠湖二十周年而立的“海鸥老人”雕塑，那里讲述着吴庆恒老人与海鸥结下了深厚情怀的故事。正因为老人的坚持和翠湖生态环境的保护，如今的翠湖湖面上才能飞翔着大量的红嘴鸥，“翠湖观鸥”已成景观，每年 11 月到次年 3 月吸引了大批的市民和游客到此参观和拍摄。

昆明翠湖观鸥

云南铁路博物馆，博物馆由南馆、北馆和连接两馆的廊桥组成。南馆仿制原滇越铁路“云南府车站”的法式历史老建筑，北馆为象征现代旅客列车车厢的钢结构建筑，南北两馆中间连贯一座仿滇越铁路钢梁“花桥”的廊桥。馆内以云南特有的米轨和寸轨铁路为特色，独树一帜，其中不乏国家级的稀有文物。参观之后收获良多，对云南铁路发展史有了全面的认识。

走进市区东北隅的圆通山，自 20 世纪 20 年代起，山上广种樱花和海棠，已具规模。著名散文家李广田的《花潮》一文，有“春光似海，盛世如花”的名句，使“圆通花潮”享誉海内外。圆通山今年是樱花大年，且盛开期只有三天，能赶上真是如此幸运！抬眼望

昆明圆通山樱花

去，樱花大而茂盛、艳丽而娇媚，令人心花怒放。

山上有座圆通寺，是昆明最古老的佛教寺院之一，其坊表壮丽，林木苍翠被誉为“螺峰拥翠”，为昆明八景之一。圆通寺由大乘佛教、上座部佛教和藏传佛教三大教派的佛殿组成，游览其中，可对佛教三大教派的殿宇建筑一览无遗。进入寺门，道路一路下坡，寺因此坡而成为罕见的“倒坡寺”，来到正殿圆通宝殿，内供有清朝光绪年间精塑的三世佛，佛两侧各立明清时期龙柱一对，上雕青、黄二龙，舞爪裂须，作欲斗状，何其壮观，又何其罕见，非其他佛寺大殿所同。再向后经无尽藏殿即看到一座泰式佛殿，其名为“铜佛殿”，这种中式寺院里有泰国佛殿的布局，也是不为多见。殿内是泰国友人于 1985 年赠送的铜佛一尊，佛像体态安详、线条流畅。

九乡溶洞风景区处于昆明至石林的黄金旅游线上，与石林景区共同形成“地上看石林，地下游九乡”的喀斯特立体景观，也因此曾吸引了诸如《神话》《新西游记》《千机变》等多部影视剧到此取点拍摄。

走进景区，荫翠峡因两岸植被繁盛荫蔽河道而得名，还有一个俗称叫“情人谷”，是过去九乡彝族青年男女情歌对唱的地方。谷内可划船游览，还可乘电梯上行。这里有一道壮观的地下大峡谷，但见下面巨石参差，水流至此激起层层水花。河道虽不宽，却有波涛汹涌之势，那轰鸣的水声，响彻深谷，骇人魂魄。

前面有大片地下溶洞景观，逶迤盘旋，展露着令人难以置信的地质构造特点和让人瞠目的奇异景观。这里的雄狮大厅在全国已开放洞穴中堪称第一地下大厅。整个洞顶由一块巨大完整的岩石构成，中点没有任何支撑，让人惊叹不已。走入神女宫，其内钟乳石丛林立，玲珑剔透、形态妙曼，如同一群亭亭玉立的仙女云集宫中。其中的一根石笋，莹白修长，曲线柔美，称为“神女出浴”，尤美妙无比。洞内两层环行，峰回路转，移步换景，直教人感叹道：“不游九乡，枉来云南。”此言诚不欺。

随后来到了一个极为高大宽敞的石洞大厅。一群彝族姑娘小伙在这里歌舞，场面十分热闹。再向前走，有片倒挂的钟乳石被称为地下倒石林景观。然后乘坐跨度近千米的索道下山，高度俯瞰，可领略九乡地表风光，景致同样优美。

官渡古镇。此非三国时期的官渡之战发生地，只是一个地名，原名“窝洞”，是滇池岸边一个小镇。

上午九点半的古镇较为安静，许多商店还没开始营业，游客也少。街头有一座金刚塔，本觉着不为起眼，但查询资料后才发现它是我国现存的建造最早、保存最完好的金刚宝座式石塔，又称穿心塔。古时可通过马车行人，现在已用栏杆围起。塔的基座之上，建有高耸的主塔，旁边有四座小塔，塔上各细部有精美的铜铸石刻，使金刚宝座塔整体构思意象飘逸，令人仰视之余不禁对那些精美雕刻陷入沉思遐想。

官渡是藏传佛教进入昆明地区的登陆地，鲜明地体现在妙湛寺双塔，双塔始建于元朝年间，为十三层实心密檐塔，每值冬秋夜晚，玉兔东升，两塔倒影似笔，随影而移，犹如神人挥动大笔，故得“笔写苍穹”一景。同样建于的妙湛寺古为官渡“六寺之首”，现仅存正殿、华严阁、玉皇阁及配殿、廊庑等建筑。如今原址原样修复，基本恢复原初宏制。随后，游览了法定寺、土主庙和观音寺，均有浓郁的宗教建筑风格。

最后来到特色小吃街，这里的传统美食官渡粑粑十分有名。

我们走遍了昆明的著名街道。

南强街巷是昆明的重要步行街之一，包括南强步行街和鼎新街，这里的餐馆和小吃很多，还有工艺品、化妆品服装等，在此可以品尝到昆明各种风味的菜肴和特色小吃。

南屏步行街全长 685 米，宽 40 米，占地 3.67 公顷。早在抗战时期，南屏街作为当时有名的商业、金融以及娱乐中心，便被誉为昆明的“华尔街”。南屏街北连正义路、文明街，南接三市街、金马碧鸡广场、东西寺塔片区。

昆明老街是昆明市中心最原汁原味的老街区。街区共有六街十巷（景星街、光华街、聂甬道街、钱王街、文明街、文庙直街），大量保存了清代和民国时期的特色民居建筑、老商号等，别有一番历史韵味。古老的街巷、建筑、门楼都极具历史感和岁月感，街区遍布数十个历史建筑、文化建筑，是感受昆明城市历史与文化的最好去处。

花市一定要去看看！

景星花鸟市场有许多多肉植物，非常漂亮。

其中斗南花卉市场每天有 10 000 余人次进场交易，日上市鲜花 66 个大类，300 多个品种，约400万～600万枝，日成交额350万～550万元，每天有280余吨鲜切花通过航空、铁路、公路运往全国 60 多个大中城市，部分出口日本、韩国及东南亚等周边国家或地区。

东川红土地

大地的调色板——东川红土地

东川红土地风景区因土壤里含铁、铝成分较多，形成了炫目的赤红色彩。土地被田地和农作物分割成一个个色块，远远看去，五彩斑斓，衬以蓝天、白云和那变幻莫测的光线，构成了红土地壮观的景色。被专家认为是全世界除巴西里约热内卢外最有气势的红土地，而其景象比巴西红土地更为壮美。

风花雪月之城大理

大理以魅力城市闻名世界，又有“风花雪月”四景，即下关风、上关花、苍山雪、洱海月，四景在白族少女的帽子上结合，垂下穗子像下关风，艳丽花饰喻上关花，洁白帽顶如苍山雪，弯弯造型比洱海月，透出少女的美丽动人，风情万种。

大理崇圣寺三塔远远看去卓然挺秀，云移塔驻，造型和谐，浑然一体。倒影公园与三塔相得益彰，水中塔影甚是漂亮。但未能尽兴游览崇圣寺，还是颇为遗憾。

大理古城与崇圣寺仅一公里相隔，始建于明洪武十五年（1382），是大理旅游核心区。

漫步街头，随处可见古朴雅致的白族传统民居，还有溪水和茶花树。穿过古城北路，老店一个接一个，大理石、扎染、银器、茶叶等，令人眼花缭乱。城中五华楼是古城标志性建筑之一，历史上几次焚毁几次重建，已走过千年沧桑。

大理倒影公园

出古城随团登上游船，行于洱海之上，海水清澈非常，大理当地的导游深情地说，洱海是她们祖祖辈辈的母亲河，所以她们就像爱自己母亲一样爱惜着洱海。游船来到南诏风情岛，一尊巨大汉白玉观音像出现在眼前。那是世界上最高的汉白玉观音像，令人仰而敬之，观而赞之。回到游船，云南白族女子持三道茶而入，这三道茶驰名中外，到大理不喝三道茶，就等于没有去过大理。“苦茶、甜茶、回味茶”，三道茶寓意人生“一苦、二甜、三回味”的哲理，享受贵宾礼仪之时品尝苦尽甘来，别有一番滋味。随后，白族少女和小伙儿们翩翩起舞，一时间甚是热闹。

行至蝴蝶泉，其因曾出现蝴蝶成团翻飞的独特景象而得名。晚上观看了大型风情歌舞《蝴蝶之梦》。声、光、电交织而成的歌舞，以活泼欢畅奔放、热烈的风格演绎苍山洱海之滨乃至云南秘境的美丽故事，让游客在观看的同时，解读云南，融于大理。

丝绸之路和茶马古道的中转站——丽江

丽江古城，这座曾是“南方丝绸之路”和“茶马古道”上的重镇，每天吸引着海内外的大量游客。沿溪边小路入城，两边人来人往，很是热闹。城北端玉河广场曾是古时去西藏、印度的重要货物集散地，自古以来商贸发达，体现在这仅 3.8 平方公里的古城就有商家 1.5 万户之上。

丽江古城美而特别，中间是小溪，两边是店铺，“老字号”“百年老店”之称的银器店比比皆是。水和街同行，水弯街则弯，街直水则直。漫步其中发现，这座古城充满特色。一是房屋，坐落走向依山傍水，怎么走都不会迷路，总能绕出来到街上。二是泉水，多为清澈甘洌，纯净天然。例如那密士巷的溢璨泉，泉水如珠涌现，晶莹洁净。三是古桥，数量之多可谓是才离桥尾，又登桥头。锁翠桥、大石桥、万子桥、南门桥等尤为著名。四是古路，棋盘分布，泾渭分明，大街分小街，小街连深巷，石板街道悠远深沉。五是店铺，各有特色，五花八门，体现着店主人的精心布置，诸如阿厦丽驼铃店的精致，“柴虫”木饰品店的风雅，都让人流连忘返。而独一无二的当属布农铃店，全世界只尼泊尔加德满都、印度加尔各答和希腊雅典有分店，老板布农用心制作每一个铃，并挂上一片亲手所绘的丽江风景木片，铃声清脆悦耳，让人心绪飞扬。

夜晚的古城顿时热闹起来，充满着柔情、浪漫、疯狂和诱惑。漫步街上，游客们放开情怀，极尽玩闹。那屋顶上古老的对歌也在相互碰撞激情的火花，着实令人大开眼界。但是，喜安静的老人们并不会融入其中，来到格外清静的四方街广场，停下脚步静看这座古城，一切路途的疲劳此刻烟消云散，留下的是无限遐想……

翌日沿滇藏公路去往著名的虎跳峡，它左右各有海拔五千米以上的哈巴雪山和玉龙雪山，被一左一右夹挟后形成虎跳峡奇观。从上虎跳、中虎跳到下虎跳，直接落差达 200 多米，江面最窄处仅有 20 多米，峡谷深度却有 3900 米，尤为险峻瘆人！

零距离望着虎跳峡，江水咆哮着凌空劈流而下，猛砸崖底后腾空而起，卷起无数雪浪苍烟，吼声震天，让人一时间感到山崩地裂，耳内乱鸣。这是一种前所未有的震撼，引得一群游客争相在此处留下难忘的瞬间。

虎跳峡

清晨前往泸沽湖。先后经过长江又一湾和丽宁十八弯。

长江又一湾位于丽江石鼓镇。万里长江从“世界屋脊”青藏高原奔腾而下，由滇西北进入云南，与澜沧江、怒江一起并肩在横断山脉的高山深谷中穿行。到了丽江县的石鼓后，突然来了个急转弯，掉头折向东北，形成罕见的“V”字形大弯，人们也称此为“长江第一湾”。

丽宁十八弯是由丽江开往泸沽湖必经的一段危险路段，短短 20 余公里的距离内海拔高低落差达 1000 余米，车行其中惊心动魄。

到达泸沽湖，乘上小船飘行于湖上，摩梭人一边摇桨一边唱起当地的情歌，歌声质朴自然，惹得游客们也情不自禁地跟着哼唱起来。此时此刻，湖上之舟、舟上之人、人之

烧烤城吃烧烤

歌声，悠悠飘荡在湖面。登上一座小岛，岛上的里务比寺是座喇嘛寺庙，始建于公元1634年，可以随意参观但不让拍照。上船来到客栈，天下起大雨，在雨中开始了篝火晚会。然后继续到烧烤城吃烧烤，各团队之间开始对歌，每唱完一首歌，就整齐地喊“亚索亚索亚亚索”，热闹极了。

清晨走出客栈，泥土和百草的清香瞬间飘来，使人心情大好。早餐后来到里格岛一家祖母屋参观，通过屋内摆设，了解到母系社会的摩梭人的宗教信仰和家中地位，他们信奉藏传佛教，家家设有经堂，每天都会换水，烧香，跪拜，虔诚至极。随后，来到花楼，这是仅供家庭中成年女子居住的房间，延续着神秘的走婚习俗。每当夜色降临，魁伟彪悍的摩梭男人们便纷纷离开母亲家，爬窗进入花楼，和他心爱的女人同床而眠，然后在天亮之前离开，回到母亲家参加劳作。

世外桃源——香格里拉

香格里拉，是迪庆藏语，意为“心中的日月”。1933年，詹姆斯·希尔顿在其长篇小说《消失的地平线》中，首次描绘了一个远在东方崇山峻岭之中的永恒和平宁静之地“香格里拉”。

晚上到达香格里拉。如此令人神往的地方，导游却以安全为由禁止外出。

第二天前往普拉措国家森林公园，一路上导游反复强调有高原反应，独不信其能对多年锻炼的体格造成影响，因此只租了三件大衣，两瓶氧气。各个景点都可以选择步行游玩和坐车游览，游览车是单程环绕，因此要想往回走或者去错过的景点就只能步行前往。

属都湖海拔3705米，积水面积15平方公里。四面环山，年平均气温35℃，雨季多在6至10月份。湖畔是中甸有名的牧场，草场广阔，水草丰茂，置身湖畔，背负青山，面临绿水，牛群点点黝黑，牧笛声声入耳，牧棚星星点点。让人深切地感受到高原人闲放、悠游的生活情趣。

车行来到海拔3540米的碧塔海，略有凉意，穿上大衣，开始步行。

碧塔海是迪庆高原上有名的高山湖泊，被藏民誉为高原上的明珠。海被黛色的群山环抱，像一颗镶在群山中的绿宝石，湖面呈葫芦形，最深处达 40 米。清晨，湖水幽黑如墨，群峰尽映其中；中午，水蓝如碧玉，云影波之间，透出无限的清丽；傍晚，水天一色，金黄耀眼。

这里的树相对稀疏些，不像无人涉足的远山，树态看上去都似精灵般，静静听似乎能听到呼吸的声音。在近水的地方即使风很大，湖水也依然静静躺在那里，感觉似乎可以一眼看进去，却无论如何也看不清水下究竟有什么。这里听不到波浪的声音，听不到湖水拍岸的声音，神秘幽静的湖水似乎可以吸音，将山中所有的声音全部带走。环绕其间的原始林木都像停摆的时钟一样，仿佛只有一两声鸟叫才可以催促其移动一下齿轮。

山脚下一片绿油油的草场就是干草坝，一座人工木桥从山腰处蜿蜒而下，穿过干草坝，直伸向远处群山怀抱的碧塔海边，隐入湖边密林。干草坝上同样曲曲折折的还有一条小溪，默不作声地慵懒伸展在干草坝上。小溪的源头就是神秘的碧塔海，静幽幽的水面下似乎正汹涌着神秘的暗流。

11 点半到了收费口，整整 4 个小时。若不是跟团游览，势必会逗留更多的时间。这里的环境实在是太幽静了。

碧塔海

■ 滇南邹鲁——建水

乘火车来到建水古城，住在古色古香的客栈里。建水即彝语“水边的城”，这座国家历史文化名城，与大理古城和丽江古城最大不同的是没有商号林立，只有纯粹的儒学与文化积淀。城内至今仍保存有50多座古建筑，因此被誉为“古建筑博物馆”和“民居博物馆”。

古城曾是古代边陲重镇，东门城楼朝阳楼正面悬挂有清代书法家涂晫书写的“雄镇东南”四块巨匾，远观甚为大气壮观。楼背面为唐代草圣张旭“飞霞流云”四字狂草，形体洒落奔放，宛如流水行云。城楼上悬一明代大钟，钟声悠扬，击之可声闻数里，仿佛在诉说着朝阳楼的六百年历史。

古城历史上文风盛行，有“文献名邦”“滇南邹鲁”之誉。目前按照原貌恢复的学政考棚，曾是集临安、元江、开化（今文山）、普洱（今思茅地区）四府学子于此院试的场所。考棚坐北朝南，以甬道为中轴线，对称布局，有六进院及东西厢房共计60余间房屋。

出考棚经当地居民指路兜兜转转找到朱德旧居。里面的院子清新、幽静，淳朴、自然。卧室简单朴素，靠窗有一张四方桌，桌上放一盏马灯。静立在小屋，追怀历史，崇敬仰慕之心油然而生。

来到建水文庙，其始建于元朝，依山东曲阜孔庙的风格规制建造，采用南北中轴线对称的宫殿式，东西两侧对称布置多个单体建筑，经历代50多次扩建增修，整个建筑宏伟壮丽，结构严谨，给人以庄严肃穆之感，为古城增添了极其丰富的传统文化内涵。

文庙共分七进院落空间，从万仞宫墙走入第一进院落空间，抬眼望去，石制太和元气坊高大雄武，进入坊内即为第二进院落空间，迎面是一尊高大的孔子铜像，令人不由肃然起敬，雕像后面的屏风上，刻有描写孔子理想世界之《礼运大同篇》文章。其后是椭圆形泮池，俗称学海，与其他文庙半圆小池相比，这里更显池水浩渺，给人一种襟怀开阔，如入圣殿的感觉。池上筑有一小岛，上建思乐亭，亦名钓鳌亭，有勉励生员奋发努力钓“金鳌”之意。行至泮池北岸，即进入第三院落空间，临水有白石月台，西有义路坊，东有礼门坊，警示生员的一切行为都要以礼义为准则。礼门坊前立有下马石碑，上刻“官员兵民人等于此下马”，彰显出文庙的威严。正对泮池有一座洙泗渊源坊，上悬朱红文庙匾额，穿过此坊，即进入第四院落空间。贤关近仰、道冠古今、德配天地、圣域由兹四座木牌坊自西向东一字排开，壮观大气。

向前来到棂星门，两边各为东、西碑廊，棂星门四根通天柱穿屋顶而出，柱顶上罩明代盘龙青花瓷罩，柱身有木刻和木制饰物，经数百年风雨至今不腐，实为一绝。走过棂星门来到第五进院落空间，正中是专为纪念孔子办学设教而建造的杏坛，它是文庙中建筑等级仅次于先师殿的重要建筑，那 12 根浮雕盘龙石柱、斗八藻井和彩绘金龙和玺，均赋予了它皇家的形制，突显出历朝历代对教育之重视程度。杏坛内竖明代“孔圣弦诵图”石碑，杏坛西侧由南向北依次是文昌阁、乡贤祠和玉振门，东侧依次是奎星阁、名宦祠和金声门。向前进入大成门，即为第六进院落空间，由大成门、先师殿、东西两庑、东西碑亭、东西两耳组建成，气势恢宏、格调高雅、金碧辉煌，营造出文庙特有的建筑意境。其中，大成门是清朝嘉庆十八年（1813）重建，殿前有九级台阶，中间有海水祥云盘龙石雕，可见清朝给予孔子至高级别的礼遇，大成门因此成为文庙的核心和重点。两厢各是房舍十五间，供奉有数百位先儒的牌位。先师殿位于文庙中轴线后部的最高台上，为整个文庙建筑之核心。殿内龛座上置精工镂刻的雕龙木阁一间，内供孔子牌位和塑像。左右分列颜回、曾子、子思和孟子，两壁塑有孔子十二位得意弟子。先师殿至崇圣祠为第七进院落空间，崇圣祠是祭祀孔子前五代列祖列宗的场所，其东侧有临安府学、二贤祠、仓圣祠和元江府学。这座历经历史风霜雨雪洗礼的文庙，能得以珍贵地保存到今世，留给后人的不仅是历朝历代对儒家思想的重视与传扬，更是千年华夏文明的传承与弘扬。

朱家花园，那是一组规模宏大的清代民居建筑，花园坐南朝北，进入大门，向里有三条通路，两侧通往内宅及后院，中间通往绣楼，沿中间通路走进二门，迎面的西绣楼雕梁画栋，花窗、门雕、壁画等楼外装饰极尽奢华。从西绣楼天井跨入中路庭院，然后进入内宅院。内宅院由三纵六个院落并列联排组成，每个院落由正房、左右耳房、倒座构成，中央有天井，四周有漏角，呈“四合五天井”式布局，为当年朱氏族人起居之地。目前，以梅馆、兰庭、竹园、菊苑四个庭院作为特色客房区，吸引了无数游客到此留宿。

朱家花园水上戏台

兜兜转转来到朱氏宗祠，墙壁上刻着五百多字的“朱子家训”。前有小池，池前建有水榭，是一座水上戏台，当年朱氏族人就是坐在后方华堂里，隔水观赏戏曲的。

出朱氏宗祠兜转返回花厅，来到

后花园，荷池，树丛、苗圃和花圃散布其间，语云阁、听雨亭、明滟舫、独居亭和清逸楼坐落其内，形成一座既典型而又富有地方特色的私家园林。如此景致幽雅到令人舒爽，想必在古时，那大门不出二门不迈的族中女眷，也是来到这里才找寻到一些畅快的心情吧。

从朱家花园出来后，对水井颇感兴趣，即刻将寻找建水古城的水井列到计划中。古井不但记载着古城的历史，同时也是古城儒家文化兴盛的印证。其究竟有多少布满绳索印痕的古井，恐怕连建水人自己也说不清。当千年之后的今人，行走在建水街头，那些年代古老、造型奇特、水质甘洌，且富有传奇故事的水井，总会毫无准备地突然出现在眼前，整个古城堪称一座古井博物馆。

找古井其实也是一次逛街的过程，相机镜头中不断地记录着这座古城的点点滴滴。也由此发现，在建水无论是找小吃、烧烤还是正餐，只须以老城东门朝阳门为起点，沿临安路西南行至清远门，并兼顾路两边诸如永宁街与翰林街等街巷即可，因为那一地段，已经应有尽有。

玉溪的抚仙湖，抚仙湖居云南省湖泊之最，形如倒置的葫芦。走到湖边，眼前是一片蔚蓝澄澈的湖面，湖水之尽头，是绵绵不绝的隐隐青山，湖水中央的孤岛孤寂独立于湖面，海天茫茫一色，阳光洒满海岸，偶尔有一两只海鸥振翅掠湖而过，站在湖边面对如此美景不由静静发呆，直到日落时分才依依不舍离开。

抚仙湖日出

哈尼族聚居大县——元阳

安排坝达看日落、多依树看日出、箐口民俗村、老虎嘴看日落、菁口看日出。可景点分散，计划两天看完，于是包车前往。

元阳梯田坝达

下午乘车来到坝达看日落，坝达梯田水光盈盈，山色氤氲，观景台上站满了来自四面八方的摄影师，大家苦等在烈日下，全为了拍摄那短短的几分钟日落。当落日一刻来临，夹杂在游人惊叹声中，全是咔咔咔的快门声，一些人拍到了喜欢的景色，欣喜若狂。太阳落山，一大批人渐渐散去，四周立刻黑乎乎一片，好不容易拦到了一辆车才挤着回到了旅馆。

第二天一早来到多依树观景台，多依树日出久负盛名。你能想象到一种看不到地平线的日出景象吗？四周山脊只构成了天际线，太阳升起或落下均在山峰之后，虽是日出，但不见旭日，可阳光映射在天空中的光束依然令所有人陶醉，梯田的波光、倒影、线条和色块在此刻交相辉映，只可惜此时没有云雾缭绕，但摄影家和游客依然挤满了上下十层观景平台，这一刻突然感到，他们都算得上是一个景致了。

元阳梯田波依树

元阳爱春梯田距离多依树梯田不远，这座梯田在晴朗的上午 9 点至 10 点，阳光照到旁边大山再反射到梯田，梯田的水就会呈蓝色，非常漂亮与神奇。

元阳梯田爱春

逗留了半小时左右，乘车沿着多依树景区的主干道往县城方向走，依次游览了黄草岭、坝达、麻栗寨、全福庄、箐口等梯田，处处均是美景，站在梯田边，看到层层叠叠的眼前景象，不禁想起之前对梯田的认识只是停留在图片或报刊电视上，可当真正来到这里，除了目瞪口呆和连连赞叹外，实在找不出何种词语来表达和形容其美，也想象不出哈尼人是如何凭借人力和牛力，来种植如此大面积的梯田，不禁为其祖先的智慧与勇气而折服，直教人不舍离开。

元阳梯田老虎嘴

箐口民俗村坐落于半山腰，全村有 150 户人家，充满了浓郁的原始乡土气息。民俗村集中体现哈尼梯田文化的共性，即森林、村庄、梯田和江河四度同构，也因此在 2012 年入选了“中国最美的乡村”50 佳名单。

下午前往老虎嘴景区，它是布局最壮观、面积最大的梯田景区。空间立体感强，颜色层次感强，堪称“大地雕塑”的最高典范。站在老虎嘴的任何一个地方向下看去，沉浸在霞光中的梯田像线描工笔画，勾勾描描，精细刻画；像泼墨山水画，一笔荡开，游走远端。其造型看似没有章法，又有万变不离其宗的走向，仿佛元阳人祖祖辈辈劳作的故事都可以在这一张画纸上铺展开来。落日余晖，洒下万千金点在梯田上，像鱼鳞般金光闪闪，在四周群山的衬托下，富有变化，富有色彩。梯田仿佛知道这余晖散尽容妆即卸去，于是在游人的惊呼声中只在静静地等待。

次日一早在菁口观赏日出以后，心满意足地离开。

理想而神奇的乐土——西双版纳

由昆明乘飞机到西双版纳，包车先到植物园和傣族园参观，然后到告庄看演出。

植物园全称是中国科学院西双版纳热带植物园，这里是我国著名植物学家蔡希陶教授于20世纪50年代，带领着一批年轻的植物科学工作者创立的，里面有大片原始森林和6000多种世界珍稀热带植物，分东、西两区。坐景区电瓶车首先来到东部的热带雨林区，内中有种子植物2000余种，其中稀有、濒危植物100余种。然后来到西区的水生植物园，此园收集和展示热带地区水生植物约100种，向湖南岸望去，直入云天的大王棕映在湖中，湖中成群锦鲤和金鱼围着王莲和印度睡莲游来游去。

棕榈植物园共收集棕榈科植物458种，具有强烈的热带风光。其中，有列为国家保护植物的琼棕、矮琼棕、董棕、龙棕，以及我国特有种二列瓦理棕，并收集保存原产马来西亚半岛至爪哇一带的蛇皮果和桃棕等。还从菲律宾引进种植了蓝灰省藤和瘦枝省藤。

榕树园是热带霸主的天堂，物种间的残酷竞争、动植物的协同进化、比蚂蚁还小的昆虫，这里尽显物竞天择的本色，到处都能够见到独特的“板根”“绞杀”“独树成林”的现象，令人惊叹。

奇花异木园是游客必到的专类园，内中收集奇花异木254种，其中有老茎生花植物无忧花，观果植物神秘果、木奶果、可可、气球果、乳茄，以及茎秆膨大的观茎植物酒瓶棕、酒瓶兰、佛肚树等，令人看到眼花缭乱。

百花园收集保存与展示热带花卉植物645种，并力求与地形水域巧妙结合，形成不同的赏景空间，创造“天女散花”“层林尽染”“五彩缤纷”“花开花落”等景观效果，让游客切实感受“热带天堂”的神奇魅力。

国树国花园收集展示了适宜本地生长的80个国家的58种国树国花。如此多的国树国花聚集一堂，让来自五湖四海的游客同时欣赏到世界各国的国树国花，仿佛踏上“周游世界”的旅途。

荫生植物园主要收集和展示了包括凤梨科植物、蕨类植物、姜科植物、天南星科植物、苦苣科植物，以及热带兰花等约600种或品种。

百竹园引种栽培竹子250余种，是世界上丛生竹最大的收集园。其中，茎粗达25厘米的巨龙竹，堪称“竹王”，是目前发现的竹类中最粗的竹子。

名人名树园则收集展示世界名人种植的275种热带植物，体现了一派和谐的植物生态场景。

出植物园来到位于勐罕镇的傣族园，园内有五个傣族自然村寨。

先来到曼将村，抬眼便可看到传统的傣家竹楼。第二个村寨叫曼春满，寨中有始建于隋文帝开皇三年（583）的曼春满佛寺，声名远播东南亚。

傣族园泼水广场

出村寨来到泼水广场观看泼水活动，一时间银练飞舞，水花四溅，笑声与喊声糅在一起，热闹至极。

活动结束后，前往邻近的勐巴拉娜西歌舞剧场观看了傣族歌舞表演。随后又去到曼乍寨和曼听寨参观，曼嘎寨因为时间的原因没去成。

然后来到告庄西双景，走入其中，一幢幢造型别致的傣族建筑令人赏心悦目，而最负盛名的大金塔吸引了大量的游客。它采用塔林的建筑形式，中间一个大塔周边四个特色小塔，形成了丰富多彩、各具个性的文化地标。其实这些年的游历，见过的佛塔不算少，但很少有像这座佛塔那样的让人震撼，不知该用何种语言形容它的气势，就好像它自有一股超然之气盘旋于左右，极具视觉震撼力又极具艺术感染力。

晚上到山林国际大剧院观看大型情景歌舞《水源舞》，真实展示了生活在西双版纳这片土地上的万物生灵用歌舞传情达意的生活状态，让人印象深刻。演出结束后，剧院门前开始了篝火晚会，大家加入载歌载舞，欢声笑语连成一片。

篝火晚会

20 日来到西双版纳最古老的公园曼听公园，过去曾是西双版纳傣王的御花园，园中有地造天成的自然景观，有人工培育的奇花异卉和园林建筑。徜徉其中，游客不仅可观赏古朴的自然景色，又可鉴赏具有浓郁民族特点的人文景观。园内还有全国第一所驯象学校，驯养了 16 头大象，它们会向游客鞠躬，会倒立，会配合着音乐跳舞等等，还可以用鼻子卷起游客互动合影，令人不由称赞。随后，沿放生湖参观一番，曼听公园整体景色幽静，民族特点浓郁。只是仿建建筑居多，对于期望看到古老建筑的游客来说，可能会不免有些失望之感。

出曼听公园来到总佛寺，其历史上经历多次损毁和修复，2002 年，按照傣族民间传统建筑工艺重新规划建设了各主体建筑物，包括大殿、戒堂、阿戛牟尼舍利塔、鼓楼、钟楼、长老寮、僧寮、迎宾楼、斋堂等。大雄宝殿大厅内供奉的西双版纳最高的竹编大佛，相较于其他寺院中的铜佛玉佛来说，更显古香古色，令人敬仰的同时不由惊叹其工艺的高超。

抗日战争名城——腾冲

乘飞机来到腾冲，然后马不停蹄赶到和顺古镇。在 20 世纪的战争与变革中，饱经风霜的和顺古镇奇迹般的存留下来，也许真是得益这个吉祥名字冥冥之中的保佑吧。古镇前流经一条小河，河顺着乡流，因此很长一段时间这里叫河顺，清朝康熙年间改为和顺。在 2005 年中央电视台举办的中国魅力名镇评选活动中，和顺古镇以六大魅力一举成名并获得唯一年度大奖。在和顺小住两日，充分体验到古镇的魅力。

一进村口，路过好几个古牌坊。和顺的标志性建筑物是双虹桥，始建于明朝，后被毁，光绪年间重修，民国时又修了一座桥，成了现在的双虹桥。桥由大块青石所砌而成，经久的岁月磨得石色润滑生光。

走过双虹桥便看到著名的和顺图书馆，就是座全国最大的乡村图书馆，迄今有藏书七万多册。图书馆主楼是一栋两层的中西合璧式建筑，后面有 1998 年落成的藏珍楼，里面有全套《大藏经》和《升庵全集》，另外还有不少古籍善本、珍本，而尤以清代木刻版本为贵，不愧为“珍藏”之名。向西南来到一座弯楼子民居博物馆，弯楼子因宅楼顺山势与小巷走向而建，弯弯曲曲故而得名。这里曾是 1840 年创建“永茂和”商号的李氏家族住宅，其第五代传人，年已八旬的李坤拔老人仍居住在此，老人家十分健谈，举止行为颇有大宅闺秀的感觉。博物馆第一院是李氏家族史展览，第二院为和顺民居文化展览，后院

和顺古牌坊

设民居旅馆，可以为想在大宅小住的游客提供下榻之处。

古镇大小客栈旅馆居多，而其中最令游客趋之若鹜的，是一处叫作花大门古民宿的客栈，它拥有超高的网络点击率，其蕴藏着 200 年的历史也可以从凛然屹立的正楼中看到沧桑。

沿街漫步，发现这里有很深的人文理念，单是脚下青石板铺就的路，据说都是当地在海外经商的男子回乡后修建，中间有大石板，两边是小石板，节节相连，贯穿全镇。而沿河修建的六座洗衣亭，也是为了妇女河边洗衣能遮风避雨而修建，处处体现着古时建造小镇的先辈们对后辈们细致的关怀。而路上相遇让与长者走大石板的礼貌，亭下女子们浣洗衣物时的爽朗大笑，以及保留的八大宗祠，都是在用惬意生活和文化积淀回馈先祖。如此幸福一幕每天都在古镇上演，令人艳羡。

和顺小巷是 2008 年 10 月投入使用的新旅游景点，其建筑风格与古镇浑然一体，倒也看不出来是处人造景点。小巷里既有清雅的风景，又有高档的客店，还有酒吧一条街和历史风貌展览，让人不知不觉陶醉其中。而更容易让人沉醉的还得是这里的陷河湿地与野鸭湖，二者仅一堤之隔，水草丰茂，鸭嬉成群，田园野趣，给这个古镇增添一份灵秀与温润。湖边漫步看景，心境与自然融为一体，大脑放空了，内心平静了，真是一个可以涤荡心神的世外桃源啊！

次日早晨离开和顺到腾冲。参观县城西南隅的滇西抗战纪念馆，心情开始沉重起来，这一座纪念馆诉说着一段惨烈的历史，那 12 000 件文物和 1 500 张图片，以及那全长 133 米，镌刻着 103 141 名参与滇西抗战的人员姓名的中国远征军名录墙，让人震惊到眼含泪花。馆内不允许拍照，因此怀着无比沉重的心情，看完每一个展览单元，那一张张图片、一段段文字、一个个文物，它们很鲜活，就像是万千脚印一般，虽不见走过的人，但从未离今人远去，将永远被记于心间。

出纪念馆走进西侧的国殇墓园，墓园幽静，群松掩映，心情不由得肃穆凝重。已辟为展厅的忠烈祠，陈列着当时战况的照片，让人看过悲情满怀。走上小团坡坡顶，站在高大的纪念塔前回望满坡的墓碑，沉重心情涌上心头，他们的牺牲才换来腾冲市的和平，他们却长眠于冰冷的山坡。正如中国远征军 20 集团军会战概要所言："攻城战役，尺寸必争，处处激战，我敌肉搏，山川震眩，声动江河，势如雷电，尸填街巷，血满城垣。"

向中国远征军阵亡将士致敬！

出国殇墓园来到叠水河瀑布，这是国内唯一的城市瀑布，瀑水从石峡中夺路而出，顺高崖跌下深潭，然后奔涌向前，仿佛被叠为二折，故称。叠水河西岸有座龙光台寺，穿过山门，石径三曲，至观瀑台，前有石栏凭借，中有巨松垂盖，下有石桌石凳可小憩。历朝文人雅士，常凭栏观瀑饮酒赋诗，一派逍遥场面。

边贸小镇——瑞丽

中午 12 点到达瑞丽，其三面与缅甸山水相连，村寨相望，形成了"一寨两国"的独特景观。随后同行八人一块包车游览了姐告口岸、一寨两国和姐勒大金塔。

"姐告"系傣语"旧城"之意，在云南省最西端，陆路直接与缅甸相连。在中国第 81 号到 82 号界碑处，有座中缅双方共同建成的商贸大街，全长 1500 米。一排排崭新的民族商店和货棚，给人有种万商云集的感觉，商品琳琅满目到使人眼花缭乱，

瑞丽一秋千两国

一寨两国颇有情趣，在中国

叫“银井寨”，在缅甸叫“芒秀寨”，很多游客都涌到这里游览。沿着长长的中缅边境线，有十分走红的一寨两国水井，还有一桥两国、一树两国、一石两国、一秋千两国等等，秋千下面鹅卵石地面是中国，右侧就是缅甸。一荡秋千能出国，感受一番的确特别有趣。

姐勒大金塔海外闻名，可与缅甸仰光大金塔、印度尼西亚婆罗浮屠塔齐名，佛塔为实心砖石结构，塔顶巍峨耸立、金光耀眼。塔身贴满金色瓷砖，四周环绕着 16 座葫芦状小塔。塔顶系着上百只风铃，有风吹来，铃声叮当悦耳地响起，仿佛梵音佛乐，令人心情顿时畅快开来。

原计划在瑞丽停留三天，顺便参加缅甸一日游，但实在找不到旅行社经营这个项目，因此在次日乘车前往了芒市。

黎明之城——芒市

芒市在傣语中称“勐焕”，居住着傣族、汉族、景颇族、德昂族、阿昌族、傈僳族等多个民族。景点很集中，举步可及。

来到树包塔，眼前一座砖石塔上生长有一棵高大的菩提树，其根系已将主塔身包住。形成了塔顶着树、树包着塔、塔树浑然一体的塔中绝景。但不禁去想，树有生命而塔无，假以时日树极有可能碎塔而独生，树包塔之奇观就将不复存在。

芒市佛寺居多，诸如菩提，五云者皆是有名佛寺之典范，其建筑风格独具匠心，内部装饰尽显精致，处处展现出傣家人对于佛教的虔诚。

27 日游览了勐巴娜西珍奇园、芒市广场和中缅友谊馆，晚上乘飞机回到了昆明。

从宏村到西湖

这是第二次国内长线自由行，经过一个月的筹划后，计划到宏村、黄山、杭州和西塘。2009 年 8 月 28 日清晨启程安徽，中午在合肥站中转火车，紧赶慢赶差点误了上车时间，车开动后和老伴儿相视一笑，顿感旅行的不易。

■ 中国画里乡村——宏村

中国画里乡村——宏村始建于 1131 年—1162 年，现保存完好明清民居一百四十余幢，整体为徽式建筑，从高处看，宛如一座“牛形村落”。

宏村居民对村西口的古树赞不绝口，称赞两树如“牛角”一样守护着整个村落。一棵红杨树，一棵银杏树，树干参天，树冠成荫，抚摸树干，仿佛还能听到那五百年的风雨之声。

由“牛肚”南湖进入村子，湖面呈弓形，湖面浮光倒影，水天一色。北畔有座南湖书院，是曾经村中学童接受儒学教育的地方。书院东北侧经“牛肠”水圳转弯处有一座敬德堂，是宏村明末清初民居的代表作，由它可了解到普通商人生活情况和徽州明、清建筑的格局。似“牛躯”的民居层楼叠院，深巷斑驳古朴。村中央那一月沼池塘似“牛胃”，为村中增加无限景致，据说电影《卧虎藏龙》里玉娇龙轻功“蜻蜓点水”就是在这里取景拍摄的。月沼以北有座被称为“中国民间故宫”的承志堂，是保存完整的大型木制民居建筑。有大小房间 60 间，9 个天井，136 根木柱，外院、内院、前堂、后堂、东厢、西厢、书房、厨房、马厩、保镖房和女佣房等一应俱全，就连内部的砖雕、石雕、木雕都堪称绝世精品，其中以一双面镂空的“四喜登梅”石雕为代表，雕镂一次成型，据说目前价值已达三十万美元。

宏村

次日来到黄山，正值下雨，雨中登山看松，别有一番风味。

江南六大古镇之一——西塘镇

西塘镇是座吴地方文化的千年水乡古镇，以其深邃的历史文化底蕴、清丽婉约的水乡古镇风貌、古朴的吴侬软语民俗风情，独树一帜，驰名中外。

网上预订临湖民宿“随缘小筑”，房间陈设古色古香，红木木雕大床，雕花窗户。安顿好后，就来到安境桥下的陆氏馄饨摊吃馄饨，这里很有名，座位始终都是满的，馄饨入口即化，味道很香。

漫步古镇，街衢依河而建，民居临水而筑，暖阳映照水面，反衬在长廊上，很有趣味。水中小船轻轻划过，船上鸬鹚盯着水面，猛地跳下，吞鱼而出，一幅江南水乡风光。西塘临水而建的长廊青瓦盖顶，错落有致，清澈河水映出一排排倒影。徜徉于此，垂柳轻抚，水波荡漾。西塘石桥很多，历史悠久，形式多样。有望仙桥、卧龙桥、五福桥、送子来凤桥、安境桥等，均为著名；弄堂很多，功能分明，形态不同，街弄细窄狭长、陪弄幽暗无光，水弄通河连衢。沿路景点居多，一一看去，颇具情味。在西园中可见识私家花园的阔气；听涛轩中可了解西塘南社的历史；养拙居里可看到书香的风雅；百印馆里可观赏西塘的文化；还可在朱念慈扇面书法艺术馆里观扇面艺术，醉园里看古镇家庭文化；种福堂内观展览，张正根雕艺术馆内看收藏。

西塘夜景美丽而富风情，沿河亮起的红灯笼将长廊点缀。泛舟河上，微风拂面，河水悠悠，月光如水，犹如世外桃源。入夜后，小店纷纷歇业，喧嚣的古镇逐渐沉睡。

一早，拿起相机去拍西塘的晨光，晨曦照在古镇上，黑瓦白墙线条清晰，整个西塘如浓墨水彩，古朴而典雅。小街行人很少，偶尔有几个摄影师在拍摄。回客栈收拾行装，叫醒老伴儿，趁着西塘仍处睡意蒙胧，轻轻作别而去。

人间天堂——杭州

我们多次到杭州游览，由于在杭州停留一天，因此，从断桥出发，经白堤、平湖秋月、西泠印社、苏堤、花港观鱼、南屏晚钟、雷峰塔、柳浪闻莺。最后游览历史街区清河坊“断桥残雪”，它因冬雪时远观桥面若隐若现于湖面而著称。那断桥又因民间传说《白蛇传》而广为人知。过桥即是白堤，古称“白沙堤”，东起“断桥残雪”，西止“平湖秋月”，“平湖秋月”因清秋气爽，皎月与平静湖面交相辉映而得名。水院、御书楼、碑刻、

杭州清河坊

月波亭景观完整保留了清代皇家钦定西湖十景时“一院一楼一碑一亭”的院落布局。

“平湖秋月”以西有浙江省博物馆、白苏二公祠、林社、中山公园、西泠印社等有多个景点，其中，浙江省博物馆里设有陶瓷馆、青瓷馆、漆器馆等展馆。走进博物馆内，文化气息浓厚。白苏二公祠是当时杭州百姓为纪念白居易和苏东坡对西湖的功绩而建，是杭州典型的祠堂建筑。里面展示了白苏二公的诗词和功绩。林社是杭州人为纪念林启而建。林启曾在任杭州知府期间创办了求是书院、养正书塾和蚕学馆三所新式学堂。中山公园原是清朝行宫遗址，为了纪念孙中山，部分遗址被辟为中山公园，院落和园林的整体格局基本保存，建筑遗迹较为丰富。西泠印社创立于 1904 年，以“保存金石，研究印学，兼及书画”为宗旨，是海内外研究金石篆刻历史最悠久、成就最高和影响最广的学术团体，有“天下第一名社”之盛誉。社址内包括多处明清古建筑遗址，园林精雅，景致幽绝，人文景观荟萃，摩崖题刻随处可见，有“湖山最胜”之誉。中国印学博物馆由西泠印社筹建，是我国第一座集文献收藏、文物展示、学术交流于一体的印学专业博物馆。展品以数千件的实物和完整的序列布局，向参观者展示了印学发展的历史概貌和中国印文化的精髓。

这里还有钱塘苏小小墓、武松墓、岳王庙。其中岳王庙尤为著名，每天吸引大量游人来此参观。其墓阙下方陷害岳飞致死的秦桧、王氏、张俊、万俟卨四个奸佞的铸铁跪像，每天遭到游人的唾弃和扇打，人们为岳飞那“莫须有”的冤死鸣不平，怀念这位南宋抗金名将。岳飞墓背靠栖霞岭，墓顶青草离离，每当夕阳西下，照射墓上映出条条霞光，“岳墓栖霞”绚美非常。

岳王庙西南即是苏堤，它是苏轼任杭州知州时，疏浚西湖，利用挖出的淤泥构筑而成。堤体南起南屏山北麓、北至北山，纵贯湖面，有六桥相接，是跨湖连通南北两岸的唯一通道，又为观赏全湖景观的最佳地带。沿苏堤远眺“曲院风荷”，其原为宫廷酒坊，清风徐来，酒香与湖内荷香四下飘逸，令游客不饮亦醉，因而得名。沿苏堤南行走过压堤桥、望山桥。桥上看西湖，湖面波光粼粼，远处椒山塔清晰可见。

由码头乘上游船去往小瀛洲景区观赏“三潭印月”。由西南码头登岸，游览一番，“一祠二九三塔四亭”布局甚是别致，各种景观引人入胜，使人流连忘返。到达苏堤南段以西的“花港观鱼”，倚桥栏俯瞰，数千尾金鳞红鱼结队往来，泼刺戏水，甚是美观。

走走看看来到坐落在南屏山慧日峰下的净慈寺，峰峦耸秀，怪石玲珑，松柏翠绿，山色空蒙，古刹名山相互映辉。那“南屏晚钟”久负盛名，钟声洪亮，回声在山间林樾悠扬飘荡。而寺北的雷峰塔，因民间传说《白蛇传》而声名远播，其与保俶塔呈现出“南北相对峙，一湖映双塔”之胜景。

一番游历，西湖之美，不仅美在“西湖十景”，还美在西湖的诗情画意，它白天美，夜晚美，晴时美，雨时美，用苏轼的一首《饮湖上初晴后雨》来赞美西湖最为贴切：

水光潋滟晴方好，山色空蒙雨亦奇。

欲把西湖比西子，淡妆浓抹总相宜。

杭州西湖

一条长途抵西藏

对西藏神往已久，2012 年 7 月 6 日，和老伴儿由广州到达陕西西安，开始了近半个月的旅行，经陕西、甘肃、青海三省，最终到达西藏自治区。由于拉萨的火车卧铺票一票难求，所以，参加旅行社的拉萨团，经沟通后，高价代购 7 月 13 日西宁到拉萨、7 月 21 日拉萨到武汉的车票加布达拉宫门票。

■ 革命圣地——延安

延安古称肤施、延州，是中华民族重要的发祥地，人文始祖黄帝曾居住在这一带，是天下第一陵——中华民族始祖黄帝的陵寝：黄帝陵所在地，是民族圣地、中国革命圣地，国务院首批公布的国家历史文化名城。

首先来到黄帝陵景区，进入桥山山麓的轩辕庙，也称皇帝庙，庙门左侧著名的黄帝手植柏参天而立，苍翠健旺。走进人文初组殿，殿正中木质壁龛内供放着黄帝全身浮雕像，青龙、白虎、朱雀、玄武四神兽图案环列四周。殿以北是新建成的祭祀大殿，殿顶中央直径十四米的圆形天光，彰显古代“天圆地方”的理念。黄帝石像伫立在大殿上位。青、红、白、黑、黄五色彩石铺砌地面，象征黄帝恩泽普润华夏大地。沿山道登高去往黄帝陵，国内最大的古柏群遍布山冈。山巅正中的黄帝陵冢为一圆冢，有砖墙围护，下部筑有方形墓台，上圆下方，具有“天圆地方”“天地相合”之象征意义，烘托出陵墓的神圣感。登上陵冢北端的龙驭阁四处望去，群山连绵，翠柏蔽天，“黄陵古柏茂穹苍”的感叹油然而生。

离开黄帝陵，乘车来到黄河壶口瀑布。宽阔的黄河在这里如同被收束一样，迫不及待地从陡崖倾注而泄，势如千万匹脱缰野马奔腾而出，水浪滔天，其声如雷。“千里黄河一壶收”说得一

壶口瀑布

点不假，你若近距离感受瀑布其声势，滔滔黄河水挟雷霆万钧之势，直下百丈悬崖，掀起腾空黄浪，排山倒海，震天撼地，“黄河之水天上来”的宏伟在此刻挥洒到淋漓尽致。让人怎能不感到害怕，怎能不对中华民族的母亲河产生一种发自内心的赞叹。

翌日，一大早赶往延安红色旅游景区，延安是中国革命圣地，毛泽东、周恩来、刘少奇、朱德等老一辈革命家在这里生活战斗了十三个春秋，领导了抗日战争和解放战争，培育了延安精神。王家坪革命旧址和枣园革命旧址里都可以看到当年的会堂、礼堂等旧貌，以及老一辈革命家生活的故居，那种简陋与艰苦，让今人无法想象，他们也正是在如此艰苦的环境下，一次次指挥前线取得战争的胜利，真的深深被这些老一辈革命家的精神所感动。

■ 东方古都——西安

西安与古罗马、雅典、开罗并称世界四大文明古都，有古时遗留并保存至今的诸多古迹名胜。这是第二次到西安。这次到西安主要是攀登华山，再到甘肃参观甘肃省博物馆，顺便游览钏、鼓楼和大雁塔，观看《仿唐乐舞》表演，品尝一些风味小吃。

大雁塔是唐朝永徽三年（652）玄奘法师为藏经而修建，因此极为著名，塔身七层，雄伟壮观，是中国唐朝佛教建筑艺术杰作，被视为古都西安的象征。大雁塔北广场历史文化气息浓厚，处处彰显着盛唐的风情，其中，有紫红色砂岩雕刻的万佛灯塔，红砂岩雕刻的大唐文化柱，有故事完整、场面宏大的大唐盛世浮雕，还有涉及各方面的大唐盛世精英人物雕像，让人品读着盛唐的历史与文化。晚上到陕西歌舞大剧院观看了《仿唐乐舞》表演，华美的舞蹈和音乐演绎出贞观之治的盛景。在返回旅店的途中品尝了“老孙家”牛羊肉泡馍、BiángBiáng 面、腊汁肉夹馍、麻酱凉皮、甑糕、肉丸胡辣汤等著名小吃，虽有匆匆但很愉快地结束了西安之行。

第二天登上了西岳华山，当晚乘火车到达甘肃省会兰州。一趟兰州之行，不仅有了饱尝拉面的口福，也彻底改变了认知中兰州那“黄沙飞扬，戈壁荒滩”的形象。有着一座从光绪三十三年（1907）修建的黄河大铁桥，如今作为城市交通历史变迁的见证横跨在黄河南北两岸，吸引着游人们的驻足参观。走进兰州，吃拉面，看《读者》，已成兰州城市之印象，这里有着千余家拉面馆，每天消耗掉百万碗以上的牛肉拉面，那柔韧滚烫的口感令人难以忘记。《读者》杂志更是厉害，在纸媒逐渐被取代的当下，仍能在全国发行并揽获大量粉丝。兰州还有座中国十大最美清真寺之一的西关清真大寺，圣洁的建筑壮观非常。

甘肃省博物馆虽算不上大型，但那东汉的“马踏飞燕铜奔马”为它挣足脸面。已作为中国旅游的标志，被认为是东、西方文化交往的使者和象征。徜徉博物馆内，《甘肃佛教艺术展》《甘肃古生物化石展》《甘肃丝绸之路文明展》等常设展览分别通过各自的展览单元，让参观者充分了解甘肃古代历史文化的精髓。而临时展厅内的《李自健油画祖国巡展》，通过画家近三十年来具有代表性的作品210余幅，传播人性与爱的精神价值，其中的《汶川娃》系列油画最吸引参观者驻足观看，那画中人物在震前、震中、震后的表情，让人观之落泪，引发深思。出博物馆游览了诸如白塔山公园、望河楼、法雨寺等几处景观，均各有特点，总之，美丽兰州，非常宜居。

海藏咽喉——西宁

西宁是青藏高原的东方门户，是古“丝绸之路”南路和“唐蕃古道”的必经之地，历史文化源远流长，其具有得天独厚的自然资源，绚丽多彩的民俗风情，是青藏高原一颗璀璨的明珠。我们先后游览了土楼观、东关清真大寺、赞普林卡、丹噶尔古城、青海湖和原子城，还参观了青海省博物馆。土楼观，它集佛、道、儒三教合一，是自然景观与文化景观特色兼具的山岳型旅游景区。自山脚向上仰望，只见殿宇楼阁星罗棋布，林木花草穿插其间，十分壮观气派，入内游览一番，殿阁楼台，神像群立，各有特色。走进青海省博物馆，馆内设展厅九个，藏品一万多件。《青海历史文物展》《青海省非物质文化遗产展》等展览，古今结合，向参观者展示着青海省非物质文化遗产的魅力。

一座东关清真大寺是中国四大清真寺之一，寺中的宣礼塔和圆拱形屋顶是清真寺建筑装饰艺术和标志之一，同时也彰显出高超的建筑艺术。走进寺内，清雅静寂。据说每逢周五主麻日和其他重要节日，附近的伊斯兰教信徒纷纷到此礼拜，少则上千人，多则上万人，其场面想想都壮观。

第二天来到西宁湟源的赞普林卡，这是一座集藏传佛教八大教派于一体的藏王寺院，主殿中塑有世界最大的松赞干布、文成公主和迟尊公主像。殿内墙壁上绘有大型壁画，殿第四层供有松赞干布与文成公主两尊玉佛像，五层供有藏传佛教三世佛塑像，整个大殿一派佛国景象，令人不禁惊叹。殿外建有观音殿、文殊殿和赞普林卡珍宝殿等副殿。

来到著名丹噶尔古城，这里始建于明洪武年间，是中国西部重要的经济文化枢纽和军事重镇，唐朝与吐蕃在此设立了青藏高原上首个“茶马互市”的商衢之地，唐蕃古道与丝绸南路由此穿行。城内长不足千米的主街连接着城隍庙、文庙、丹噶尔厅署等建筑，经纬交织的幽幽街巷，结构独特的民居院落，气势恢宏的寺院庙宇，保存完整的“歇家”商号，风格迥异的湟源排灯，都承载着厚重的多元文化信息。随着商业贸易的发展和各民族的文化交汇，古城内又修建了城隍庙、金佛寺、火祖阁等建筑。漫步古城，沿街绘有古代流传故事和花鸟鱼兽的灯牌首先映入眼帘，可算是最富特色的一道风景线。古城西门以北城隍庙“幂府十八司”壁画，令人看到胆战心惊。现修复的丹噶尔厅署为前后两院，前院有大堂及六房，后院有议事堂等，大堂里每天定时的升堂审案表演使游客对其流程有了详细了解。厅署对面的仁记商行为英国人创办，是外商在湟源经商的历史见证。城内店铺云集，沿街的小北京美食城、日月山牌湟源陈醋、虫草行、藏毯和唐卡的店铺错落有致，加上一些反映当地特色人物的小品景观，让人目不暇接。而那被称为“湟水上游第一阁”的火祖阁，是为纪念火神炎帝而修建，现已成为丹噶尔古城的标志性建筑。

去往青海湖路途中时常能看到一些藏传佛教信徒一步一跪地磕头朝圣，这情景在别的地方并不会看到，说明距离西藏已越来越近，但地图上来看还极为遥远，因此更显出这些人极度的虔诚，他们前身挂一件牛皮的护体，双手套在小木板里，一步一跪，全身紧贴地面朝西藏布达拉宫方向。他们的行为或许不被非当地人所理解，可此情此景让人不禁去想，作为旅游者，西藏是个圣洁的远方；作为朝圣者，西藏一样是圣洁的远方，旅游者去西藏可以通过各种交通工具，但朝圣者只有步行，而步行是到达远方最慢的方式，前路漫漫，遥远无期，走一步就离远方近一步，心有信念，远方不远。

在感叹朝圣者的虔诚时，青海湖一汪蓝色湖水已呈现在眼前，这一刻不知道该用什么语言去形容它的美，只剩呆立与惊艳。它的蓝属于越看越会感觉不真实的那种，只觉身临仙境，不曾想过人间竟还会有如此美景。

留恋不舍告别青海湖，来到一座被称为原子城的地方，这里在20世纪50年代，是极其秘密的存在，只称二二一厂，中国第一颗原子弹和氢弹先后诞生于此，因此而得名原子城。

走进每一个实验室，看到那简陋的设备和仪器，不由心中无限感慨。钱三强、彭桓武、程开甲、陈能宽、于敏、王淦昌、郭永怀、邓稼先、朱光亚、周光召，这十位为原子弹和氢弹立下赫赫功勋的人理应被铭记，那些为此奋斗的工作人员理应被铭记。

向当年在极其艰苦的条件下为增强国家科技和军事力量的先辈们致敬！

天路——青藏铁路

青藏线大部分线路处于高海拔地区和“生命禁区”，创造了多个世界之最：最高的火车站，最高的铺架基地，最长的高原冻土隧道，最高的高原冻土隧道，最长的高原冻土铁路桥，线路最长的高原铁路，海拔最高的高原铁路，高原冻土铁路最高时速，冻土里程最长的高原铁路。

7 月 14 日，乘坐青藏铁路的列车经西宁出发，正式开启入藏之行。

青藏铁路于 2006 年 7 月 1 日全线建成通车，全长 1956 千米，其中西宁至格尔木段为 814 千米，格尔木至拉萨段为 1142 千米，共设 85 个车站。青藏铁路的开通，向世界展示中国铁路力量的同时，将美国旅行家保罗·泰鲁《游历中国》一书中所写“有昆仑山脉在，铁路就永远到不了拉萨”的观点彻底击破。不知道当这位旅行家闻听青藏铁路轻松穿越昆仑山脉到达拉萨时会是何种惊讶的表情。

乘上火车的每个人都要如实填写一张健康登记卡，车厢内布置为暖色调，让人心情舒畅。车上有供氧口，以备不时之需。火车开出一段时间后沿青海湖北岸驶过，抬眼望去，金黄色的油菜花田与蓝色的海相映成画，甚是漂亮。随后经几站进入关角山隧道，其海拔 3690 米，是西宁至格尔木段海拔最高的隧道，通过隧道后，两边植被逐渐稀疏，当出德令哈站后，沿途一片戈壁荒漠，不见人烟。来到锡铁山沿线时，一道坐落在察尔汗盐湖上壮观的“万丈盐桥”出现在眼前，列车笔直行驶其上，似梦似幻。经几站来到格尔木站，它是第一个可以下车的小站，下车到月台呼吸一下空气，感觉无比新鲜。

上车以后，列车开始提供吸氧，也开始进入昆仑山脉，当从小南川站经过昆仑山口时，方知昆仑山的苍茫、雄浑、辽阔与圣洁。窗外的青藏公路上不时有边防部队的汽车经过，他们日复一日，年复一年地奔波在平均海拔四千米的公路上，保障了大路的畅通。据统计，近两千公里的公路上平均每 1.8 公里就长眠着一名军人的英灵，那是他们用生命谱写的时代赞歌！经几站来到五道梁站，这里空气稀薄，很容易发生高原反应，因此也有“安全度过五道梁，唐古拉山口问题就不大”的说法。随后经数站，列车驶入唐古拉站，它海拔 5068 米，是世界铁路第一高站。再经八站到达那曲站，远端出现了城市，下车稍做停留。上车后，一路植被茂密，人烟袅袅，经十余站，终于在晚上 9:40 到达了终点拉萨站。

正如歌曲《天路》所唱：“那是一条神奇的天路，把人间的温暖送到边疆，从此山不再高，路不再漫长，各族儿女欢聚一堂。”

是的，远方的西藏，此刻不再遥远。

世界屋脊——西藏

西藏位于青藏高原上，青藏高原是世界上隆起最晚、面积最大、海拔最高的高原，因而被称为“世界屋脊”。西藏有着独特的自然风光和文化氛围。我们先后游览了大昭寺、布达拉宫、羊卓雍错、玛尼石堆、卡若拉冰川、白居寺、亚东、扎什伦布寺、纳木错景区。最后游览了高海拔山口——那根拉。

第二天一早来到拉萨老城区中心的大昭寺，大昭寺著名喇嘛尼玛次仁曾经说：“去拉萨而没有到大昭寺就等于没去过拉萨”[①]，由此可见大昭寺在藏传佛教中拥有至高无上的地位。大昭寺是西藏最早的土木结构建筑，已有一千三百多年的历史。这个寺庙融合了唐朝、藏族，以及尼泊尔与印度的建筑风格，成为藏式宗教建筑的千古典范，集藏传佛教五大教派和各教派所崇奉的佛、菩萨、本尊、祖师、护法诸神像于一身。寺前终日香火缭绕，万盏酥油灯长明，往来朝圣者络绎不绝。

拉萨火车站

寺正门竖立着唐蕃会盟碑和劝人种痘碑，一侧的“公主柳”相传是文成公主入藏合婚时将长安的柳枝带来亲手种下的。寺门前广场四个角落竖立有挂满经幡的经杆，广场上有大量磕等身长头的藏民，虔诚至极。由南面侧门进入寺内，穿过院子左前方通道来到主殿的大中庭。大中庭四周的柱廊廊壁与转经回廊廊壁上绘满佛像。然后由两侧的夜叉殿和龙王殿正中通过，便到了著名的大经堂。它既是大昭寺的主体，又是大昭寺的精华，内供奉着密宗大师莲花生、强巴佛两尊高大佛像，殿四周有各种壁

大昭寺

① 《亲历者》编辑部. 中国自驾 Let’s go 会说话的中国自驾书 最新超值版 [M]. 北京：中国铁道出版社，2013：288.

画、佛龛和凹进去的佛堂，还有小殿十数间。随着人群从左向右沿顺时针旋转游览，每一小殿都供奉有佛像，神圣庄严。

沿庭院侧门登上三楼，看到寺里大小喇嘛在一对一展开辩经，他们或打坐或站立，或弯腰或举步，衣袂疾举而生风，表情煞是生动，场面十分壮观。这里是拍摄布达拉宫全景最佳位置之一。

环大昭寺外墙一圈称为“八廓”，外辐射出的街道即为八廓街。走在八廓街，这一座中国历史文化名街，由东街、西街、南街和北街组成多边形街道环，是拉萨著名的转经道和商业中心。沿街看去，无不是虔诚的信徒。

屹立于拉萨市区西北红山上的布达拉宫，是西藏的标志与象征，好多游客都是先认识布达拉宫然后才认识的西藏。这座世界上海拔最高的大型古代宫殿，每天吸引大量的教众与游客。

进布达拉宫的坡道迂回曲折，抬头可望见雪白的墙体在阳光下泛着圣洁的光芒。布达拉宫主体建筑分为红宫、白宫两部分，其中，红宫是历代达赖喇嘛的灵塔殿和各类佛殿，白宫则是达赖喇嘛理政和起居的宫殿。进入白宫东大门，透过深邃的墙洞，能窥见厚达数米的宫墙，结实无比。出廊道进入一个广场，广场的左右两侧为两层楼的僧房所包围，沿

布达拉宫

着东庭院正西面木制扶梯攀登而上，经过曲折廊道，就来到了东有寂圆满大殿，是白宫最大的宫殿，殿内梁柱、斗拱上雕刻图案极其精美。殿内有举行坐床典礼的坐床。再登上白宫的最高处，一东一西有两个殿堂群，从早到晚阳光普照，故称为东、西日光殿，内中豪华陈设使人眼花缭乱。红宫东、西、南三侧衔接着白宫，内有坛城殿、殊胜三界殿、长寿乐集殿、法王洞等佛殿，其中殊胜三界殿是红宫最高的殿堂，凭栏远眺，可俯瞰整座拉萨城。

走下山路，来到布达拉宫后面的龙王潭，这里是最适合拍摄布达拉宫鸥鸟飞翔的景观。蓦然回首，布达拉宫沐浴在阳光下，油然而生的神秘更显巍峨壮观，那地势与建筑浑然一体、宛若天成，足以令任何观者动容。

晚上与珠海驴友旅行团会合，下面的旅程就交给领队吧。

第二天沿拉萨河南行来到羊卓雍错。藏民将它与纳木错、玛旁雍错并称西藏三大圣湖，是喜马拉雅山北麓最大的内陆湖泊，湖光山色之美，冠绝藏南。湖面平静，一片翠蓝，仿佛山南高原上的蓝宝石。湖边公路停了不少车辆，当地居民牵着羊羔、牦牛、藏獒让游客拍照。从岗巴拉山口向下望，一汪湖水碧绿清澈，高贵而幽深，当云雾渐渐散去，湖水曲折蜿蜒，静静地沉落于群山之间，其美已超越一般意义，一切形容词都显得黯然无光，沉默噤声是对它最恭敬的膜拜，那是让人能记一辈子的蓝。

湖岸有一个个的玛尼石堆，导游介绍说那是藏民的祭坛，也称“神堆”，分为“阻秽

羊卓雍错

禳灾朵帮”和“镇邪朵帮”两种，石堆内藏有镇邪经文，可禳除灾难、祈祷祥和。于是大家也开始拿起小石板堆砌玛尼堆，禳除灾难。

离开羊卓雍错来到西侧的卡若拉冰川，这里曾是电影《红河谷》的拍摄地，因此令无数人难忘。走近冰川，几许凉意扑面而来，不禁打个冷战。

随后来到江孜县城东北隅的白居寺，藏语称“班廓德庆”，意为“吉祥轮乐寺”。它保持了藏传佛教各派严谨治学的寺风，在藏传佛教寺院中独树一帜，声名远播。寺内标志为白居塔，又称吉祥多门塔，是西藏迄今最为华美的建筑珍品。塔高九层，沿楼梯可一直上到塔顶，塔内共有佛堂七十七间，绘有佛像两万余身，可称是目前中国唯一集建筑、绘画和雕塑于一身的宗教艺术之塔。

第二天来到边防小镇亚东，藏语之意是“急流的深谷”，它东边与不丹接壤，西边是印度的锡金段边界线，地远偏僻，必须办理边境管理区通行证才可通过。好像事先沟通欠妥，因此仅住一夜就离开了。

来到日喀则市的扎什伦布寺，其意为“吉祥须弥寺”，它与拉萨的甘丹寺、色拉寺、哲蚌寺合称藏传佛教格鲁派“四大寺”，整体建筑面南偏东，强巴佛殿、十世班禅灵塔殿、四世班禅灵塔殿、五世至九世班禅合葬灵塔殿、大经堂在山坡上自西向东一字排开，气势如虹，壮观非常。其中，强巴佛殿内供奉有世界上最大的强巴铜佛像，四层佛殿由腰及冠环绕大佛，使人近距离观赏到大佛的模样。

扎什伦布

第二天去纳木错景区，眼前的纳木错湖是世界上海拔最高的咸水湖泊，也是西藏自治区第一大湖。湖岸草原茂盛，湖中鱼类丰富，天空飞翔着欢叫的红嘴鸥，湖面倒映着远处巍峨的雪山，青草、绿水、白雪、红日、蓝天交相辉映，浑然一体，美到无法形容。

那根拉是跨过念青唐古拉山脉去纳木错的山间通道，海拔达到 5190 米，由于是一个高海拔山口，风非常大，一定不能跑，否则会引起高反症状。

西藏之行终于圆满结束，重要的是两人均没出现高反症状。

西藏，是人生至少要来一次的地方。

京津古韵

2012年10月21日由广州出发去往首都北京，北京之大，景点众多，因此决定22日和老伴儿兵分两路进行游览。

我在大连和丹东上学和工作十年，多次在北京转车，都是在北京车站附近短暂停留，1988年带学生到北京毕业实习，去过长城。因此决定畅游北京和天津。

■ 中国心脏——北京

北京，简称“京”，古称燕京、北平，是中华人民共和国首都、直辖市、国家中心城市、超大城市，国务院批复确定的中国政治中心、文化中心、国际交往中心、科技创新中心，国家历史文化名城和古都之一。

我们先后浏览了颐和园和圆明园遗址公园、北京孔庙、国子监、雍和宫和松堂斋博物馆、二道门、香山公园、香山寺、白松亭、梅石、恭王府、八达岭长城、奥林匹克公园、天安门广场、人民英雄纪念碑、毛主席纪念堂、故宫博物院、北海公园、永安寺、五龙亭、阐福寺、快雪堂、九龙壁、银锭桥、天坛、南锣鼓巷、进行游览、丰泰照相馆、鲜鱼口小吃一条街、王府井、前门大街等地。

一路去颐和园和圆明园遗址公园。

颐和园前身为清漪园，是一座清朝时期的皇家园林，以昆明湖、万寿山为基址，以杭州西湖为蓝本，汲取江南园林的设计手法而建成的一座大型山水园林，也是保存最完整的一座皇家行宫御苑。

进入颐和园北宫门要经过一座三孔石桥，石桥两侧岸边铺面林立，古色古香，这是清朝乾隆时期专供皇帝皇后逛市游览的苏州街。然后来到由画中游楼、澄辉阁、爱山楼、借秋楼及石牌坊组成的“画中游”，整体建筑高低错落，布局对称，互不遮挡。行走其间，既可观景又可得景，如游走于画中。

向下走来到万寿山南麓的长廊，是中国园林中最长的游廊，1992年被认定为世界上最长的长廊并列入“吉尼斯世界纪录”。沿长廊继续前行到乐寿堂。乐寿堂是乾隆皇帝退位后的寝宫，堂前庭院内陈列着铜鹿、铜鹤和铜花瓶，取意“六合太平”。向东来到仁寿殿，曾是颐和园听政区的主要建筑。再向东来到东宫门，远望西边的万寿山和昆明湖，景色奇美。

圆明园遗址公园毗邻颐和园，曾是一座中国清朝大型皇家园林，鼎盛时期被称为“万园之园”，国内外的园林与其相比均黯然失色，它经雍正、乾隆、嘉庆、道光、咸丰五位皇帝 150 多年的经营，集当时古今中外造园艺术之大成，堪称人类文化的宝库之一。而就是这样一座胜景如林的园林，在清朝光绪二十六年（1900），被闯入的八国联军纵火焚烧，建筑和古树名木遭到彻底毁灭。

走入其内，由圆明园、绮春园、长春园组成圆明三园，大到超乎想象。感觉走了许久才来到福海，它是圆明三园的中心，也是园中最大的湖。福海以东的长春园是一座中西合璧，堪称完美的园林。水面面积占到全园面积的三分之二，是名副其实的水景园。园北部仿建有一欧式园林，俗称“西洋楼”，鼎盛之时曾何等雄伟壮观，但目前仅矗立了一些残败的石柱与石台，在向游客们诉说着那曾经有过的辉煌。

抬眼看去，远瀛观仅存高台，观水法仅存石屏，海晏堂仅存蓄花石雕贝壳，蓄水楼仅存底座，方外观仅存残柱，等等，那曾经令无数人惊叹的建筑随着八国联军一把大火毁灭成如此的破败，令人心情沉重，不忍看去。

一路去北京孔庙、国子监、雍和宫和松堂斋博物馆。

北京孔庙和国子监相邻，位于北京市东城区国子监街。孔庙坐北朝南，始建于元朝，明永乐九年（1411）重建，清朝乾隆时期将其主要建筑改铺黄色琉璃瓦，孔庙的地位也因此被抬高。每年农历二月和八月的上旬丁日，皇帝都要举行祭孔大礼。

孔庙正门先师门的门前左右两侧各立有下马碑一块，上用满、汉、蒙、回、托忒、藏六种文字刻写“官员人等至此下马”。进入先师门，即进入庙三进院落的第一进，院子立有一座孔子石像。石像后面是大成门，左右两侧陈列着进士碑林，共 198 通。

进入大成门，即来到第二进院落，通往正殿大成殿的道路两侧共有碑亭 11 座，内中均竖立御制记功碑。院内有一棵大柏树，是传说中的“辨奸柏”。庙中有一眼古井，井水常溢到井口，以井水磨墨，便会浓墨喷香，落笔如神，乾隆皇帝特赐名为“砚水湖”。大成殿月台三面环绕汉白玉雕云头石栏，殿内二尺金砖墁地，可见其等级规格等同于皇家，殿内主座供奉有孔子神牌位。园内东西两庑和东南隅分别在进行《大哉孔子》和《北京孔庙历史沿革展》展览，让游客对孔子思想和孔庙历史进行详细了解。大成殿后面西北角有条“大成礼乐”通道，会定时上演孔庙音乐。

向后来到第三进院落，这里自成独立的小四合院，由崇圣门、崇圣殿和东西配殿组成，与前两进院落分割明显而又过渡自然，反映出古人在建筑布局上的巧妙构思。这一座北京孔庙在 700 多年的漫长历史中，成为元、明、清三代统治者尊孔崇儒，宣扬教化，主兴文脉的圣地，也成为众多志在功名的读书人顶礼膜拜的殿堂。

国子监是我国现存唯一一所古代中央公办大学建筑，始设于隋代，历经元、明、清三代。其与孔庙以持敬门相通，古时每月的初一和十五，国子监的师生们都会在持敬门前整理衣冠，然后在国子监祭酒的带领下，通过此门到孔庙去祭拜孔子。

由正门集贤门进入国子监，院子东侧设有井亭，井亭东侧就是可与孔庙相通的持敬门，井亭西侧则是可到达学生宿舍的退省门。由集贤门向北进入太学门，即国子监的中院。太学门在古代专为皇帝使用，平时并不开启，国子监师生只能走两边侧门进入。进入太学门可以看到一座精美的琉璃牌楼，穿过牌楼来到一座圆形水池中央，有一座大殿式的建筑叫作“辟雍”，它是自康熙皇帝之后，每逢新帝即位，都要来此做一次讲学，以示对高等教育的重视。殿内设置的龙椅、五峰屏、御书案等皇家器具都是乾隆“临雍讲学”时所用的设施。辟雍周围环绕着长廊，四面架设精致的小桥横跨水池使殿宇与院落相通，这种建筑形制象征着“天圆地方”。辟雍左右两侧的有房 33 间，合称为六堂，是贡生、监生们的教室。六堂平日里书声琅琅，得“两序书声”，晚上灯火通明，称“六堂灯火”，都是太学十景中的景观，现辟为《国子监原状陈列展》和《中国古代科举展》。

辟雍以北来到彝伦堂，早年曾是皇帝讲学之处，兴建辟雍之后，则改为监内的藏书处。彝伦堂有一大平台，称为灵台，是国子监召集监生列班和点名之处。灵台中央矗立着一座孔子的雕像，四周铁栏上，系满了厚厚几十层朱红色“状元符”和祈福牌。彝伦堂以西是博士厅，相当于现代大学的教研室；以东是绳愆厅，是国子监从事管理的重要部门。这里的规章制度非常严格，老师或学生违反了校规，犯了错误，就要被送到绳愆厅接受处罚。彝伦堂以北是敬一亭，四周砌有红墙，自成院落。设有祭酒厢房、司业厢房和七座御制圣谕碑。

在孔庙与国子监之间，还有一个著名的“乾隆石经”。这是一处由 189 座高大石碑组成的碑林，始刻于乾隆五十六年（1791），竣工于乾隆五十九年（1794），碑文以康熙年间贡生蒋衡手稿为底本，包含《周易》《尚书》《诗经》等十三部儒家经典，共刻有 63 万余字。规模宏大，楷法工整，在规模上也是仅次于西安碑林的全国第二大碑林。

沿国子监街向东走到雍和宫大街，著名的雍和宫就坐落在大街东侧。

清朝康熙三十三年（1694），康熙皇帝在此建造府邸，并赐予四子雍亲王，称雍亲王府。雍亲王继位三年后，将这里改为行宫，称雍和宫。雍正的儿子乾隆继位后第九年改雍和宫为喇嘛庙。就这样，雍和宫成为清朝中后期全国规格最高的一座佛教寺院。

雍和宫坐北朝南，建筑体系庞大，房间与佛殿数不胜数，建筑风格独特，融汉、满、蒙等各民族建筑艺术于一体，整座寺庙分为东、中、西三路，其中，中路中轴线由七进院落和五层殿堂组成，左右还有多种配殿和配楼。

走进雍和宫大门，经过一条南北贯通的辇道，穿昭泰门即到雍和门。它是雍和宫的第一进大殿，其作用相当于天王殿，殿后有一座青铜大鼎，鼎后是御碑亭，亭内矗立有一座巨大方形石碑，上刻乾隆皇帝82岁所写的文章《喇嘛说》。亭后是一座高1.5米的青铜“须弥山”，坐落在汉白玉雕成的石池中，雕刻十分精细。

雍和宫正殿原名银安殿，是当初雍亲王接见文武官员的场所，改建喇嘛庙后，相当于一般寺院的大雄宝殿。殿东西两侧设置有讲经、密宗、药师、数学四殿，通称“四学殿”。出大殿便是永佑殿，永佑殿曾是雍亲王的书房和寝殿。后成为清朝奉供先帝的影堂。再向北即来到法轮殿，是庙中僧众集中诵经和做法事的场所。殿内有被誉为雍和宫“木雕三绝”之一的五百罗汉山，系紫檀木细雕精镂而成，层峦叠嶂、阁塔错落，五百个用金、银、铜、铁、锡铸制的罗汉置身其间，或坐或卧，或醉或思，或笑或痴，姿势生动，神态各异，造型逼真，雕技精湛，是极为罕见的艺术珍品。大殿东西两侧分别是班禅楼和戒台楼，现辟为“藏传佛教与雍和宫”专题展览。展出佛像、法物、法器、服装、宗教用乐器和民族生活用品等490余件。

殿后便是一座高大的万福阁，阁内是雍和宫“木雕三绝”之一的檀木大佛，用整棵名贵的白檀香木雕成，巍然矗立一尊弥勒佛像，高26米，其中地下埋入8米，是全国最大的独木雕像。而另一件雍和宫“木雕三绝”之一的楠木佛龛在万福阁前东侧昭佛楼里。佛龛分为内外三层，布满云水图案并雕有99条各式的盘龙，精美异常，雕刻技术让人拍手称赞。

然后走进国子监街3号院的松堂斋民间雕刻博物馆，其藏品包括馆长李松堂个人收藏，以及从全国收购的各类民间雕刻。主要分为石雕、砖雕、木雕3个部分，其镇馆之宝是一块名为“皇帝巡游图”的清代石雕梁。

穿过门洞来到一个大院，正对的门便是曾被《中华民居》杂志评为北京最有代表性的二道门。北房与二门之间的院落中间有一座由磬石雕刻而成的唐朝观音像，磬石又名灵璧石、八音石，质地细密坚脆，金声玉振，因此从春秋战国时就拿来磨制成打击乐器“磬”，解说人员拿着小木棒敲击观音像，果然声音听起来像是敲打金属块一样。北房西侧是元青花博物馆，东侧是三雕博物馆。一层门厅用不同风格的门楼和一架六扇清代镂空透雕伦理木屏风隔为五间，其中，第三间展室西面墙上挂的一幅明代“乌鸦合家欢”木雕版画，经文化专家鉴定是目前仅存唯一的巨幅木雕画。第四间展室里有一座释迦牟尼佛雕像，经考证确认是唐代金丝楠木雕刻，比雍和宫供奉的金丝楠木佛像多了1100年的历史。地下室里面是镇馆之宝“皇帝巡游图”清代石雕梁，采用五层镂空透雕，在有限的面积内，将160多个人物和众多鸟兽花卉、亭台楼阁进行精巧组合，呈现出栩栩如生的形状，令人惊叹。其他雕刻收藏均很精美，具有很高的研究价值。看到那一件件保存完好的藏品，内心对李松堂先生产生了深深的敬意。

23日来到位于北京海淀区西郊的香山公园，每年10月底到11月初是红叶最佳观赏期。

香山公园坐西朝东，正门上是乾隆皇帝所题静宜园，看静宜园前的栌叶红色程度标志着整个香山栌叶的红透程度，故称之为信标树。

向里走，位于公园东宫门内的勤政殿为香山二十八景之首，勤政殿曾是乾隆皇帝来园驻跸临时处理政务，接见王公大臣之所。大殿气势雄阔，殿内中心陈设金漆镶嵌宝座，出处彰显皇家气派。

香山红叶

右行即到致远斋，曾是乾隆皇帝在香山的理政之所。致远斋西侧为韵琴斋，里面是《皇家雅集展》展览，南侧为听雪轩，院内游廊将院落隔成了东西两院，东院开阔宏大，西院精巧雅致，环境宜人。

来到香山寺，其名历经几易，清朝乾隆年间才形成前街、中寺、后苑的寺院格局，并御赐“大永安禅寺”。过前街向南来到双清别墅，院内水塘正北的一座六角红亭叫梦感亭，是当年毛主席在此居住期间与友闲谈、读书阅报之所，著名的《伟人·红亭·报纸》照片就出自这里。院西侧已开辟为“毛泽东同志在香山”陈列区。别墅北门外的来青轩曾是周恩来、刘少奇、朱德、任弼时居住办公地。

沿香山寺北行有一座白松亭，因周围有十余株挺拔秀美的白皮松，故名。其北是绚秋林亭，再北是阆风亭，是秋赏红叶景点之一。亭前有岔路向前行来到栖月崖，这是一个由乐此山川佳殿、得趣书屋、倚吟殿、角楼等建筑组成的院落，是静宜园二十八景之一，曾是乾隆皇帝吟诗赏月之地。再往前来到香山平台，是登山人中途休息、观景的好地方。再向前，则是高大宏伟的镜烟楼，登上镜烟楼，风景一览无余。沿着镜烟楼外的小路可走到燕京八景之一的“西山晴雪”。北侧山包有一踏云亭，走入其内，四周空茫，缕缕云丝穿行亭内外，犹如踏云一般。向上攀登，11:02 登上了香炉峰。

香山香炉峰

下山，走到梅石，乃京剧大师梅兰芳与好友前来游玩时所写。再向下经多处景点来到玉华岫，这是一组原址重建的清代建筑，现在是游客休息品茶，观赏红叶的最佳去处之一。下行穿经隔云钟、昭庙、见心斋、眼镜湖，向东进入依山而建的碧云庵，殿宇错落有致，处处充满丰富的文化底蕴，为香山平添了许多精致。

出香山来到恭王府，它的前身是乾隆皇帝宠臣和珅的私宅，嘉庆皇帝查抄和珅后，将这座宅院赐予其弟。到咸丰年间，咸丰皇帝将其赐予恭亲王奕䜣，从此称之为恭王府。在这一百多年中，这座宅院见证了清朝盛极渐衰直至灭亡的全过程，因此有“一座恭王府，半部清朝史”之说，这也是对恭王府深厚历史内涵最精练的总结了。

恭王府以严格的中轴对称构成三路多进四合院落，布局规整，目前里面多布置有展览。其中，东路银安殿内常设《清代王府文化展》，多福轩的东配殿是《红楼梦与恭王府展览》，让参观者初步了解清代王府文化的同时，了解红学名著与王府的历史与文学渊源。最后一进院落的乐道堂里正举办《丝路撷珍—铜胎掐丝珐琅艺术大展》，展出近200件景泰蓝艺术佳品，包含元明清高仿精品、名师名作，以及20世纪70年代的作品。西路葆光室有《恭王府历史沿革展》，全面介绍恭王府历史沿革。锡晋斋东西配殿已辟为恭王府馆史展，里面以大量珍贵老照片讲述了恭王府的历史脉络。后罩楼原为和珅的藏宝楼，一楼已作为展厅。自西向东分别是《恭王府宗教生活展》《恭王府馆藏器物展》《恭王府福文化展》《恭王府捐赠家具展》《恭王府府邸修缮实录》等常设展览，供游人参观。后罩楼中间大门，一条曾是旧日王爷及其子弟们演习骑马射箭的“箭道”横贯东西，箭道后面是恭王府花园，园中景致精巧，漫步园中，景随步移。花园秘云洞有康熙皇帝御笔亲题的“福字碑”。

24日来到位于延庆的八达岭长城，1988年曾登上长城，24年后，故地重游，心情激动。穿过城门进入瓮城，由左侧路口上石阶进入广场。左右分别通往南城和北城。走上南城南一楼、南二楼，从城楼箭窗望去，整个山坡在眼前跃然呈现，红的是黄栌，黄的是元宝枫，五颜六色的漫山秋色令人心醉。南三楼到南四楼山脊狭窄，山势陡峭，城顶最险处，坡度约为70度，几乎是直上直下。经南五楼到南六楼，南六楼造型独特，上有三角形屋脊，左侧下口可以看到贵州碑亭，显示出浓郁的黔山苗岭风采。到达南七楼后原路返回攀登北城，北四楼旁有一块好汉石，艰辛爬过好汉坡，一路相互鼓励搀扶来到北八楼，这里是八达岭长城海拔最高的城楼，是俯瞰长城最佳之处。

过了北八楼沿着下坡走上北十二楼，然后返回北十楼一直往下走，有一个岔路口往后，能看到很多房子，原来是一座八达岭熊乐园。

晚上，坐地铁来到奥林匹克公园，出站即是公园入口。首先就看到了鸟巢和水立方，2008年北京奥运会的成功举办，让两座场馆名扬海内外。

华灯初上，天安门广场上喜庆洋洋，摆放在广场中心大型花坛中的花篮，在灯光的映射下格外的漂亮，广场东、西侧路布置的多组圆形花钵将天安门广场装扮得缤纷多彩，让游客们感受到国庆的喜庆氛围，大家都对祖国的强大感到无比的自豪与骄傲。不禁想起1966年10月18日，有幸在长安街受检阅的队伍中，亲眼见到伟大领袖毛主席！激动之情溢于言表，当时的盛况永久铭刻在记忆中。

第二天和老伴儿凌晨5点就来到天安门广场观看升旗仪式，广场已经聚集了大量来自祖国四面八方的游客，随着人群的涌动来到了最前排。6：13北京迎来了朝阳的第一缕曙光，威武雄壮的国旗护卫队肩扛国旗，列队穿过金水桥，踢正步横穿长安街步向升旗台。当看到鲜艳的五星红旗在雄壮的国歌中被抛起那一刻，心中为之震撼，作为国人的自豪感油然而生，此时觉得大半夜爬起冒着寒风到广场等候升旗这一切都是值得的。大声唱着国歌，注视着国旗缓缓升起到旗杆顶端，而后迎风飘扬，心中充满了民族自豪感与幸福感。

天安门广场

升旗仪式结束后来到前门吃了早点，然后走向天安门城楼。沿着台阶第一次登上天安门城楼，城楼上有 60 根直径为 92 厘米的朱红色通天圆柱，站在城楼上远望天安门广场，视野开阔，不愧是世界上最大的广场，中轴线上，五星红旗迎风飘扬，人民英雄纪念碑威严屹立，毛主席纪念堂庄严矗立，中国国家博物馆和人民大会堂在广场的东西两侧遥遥相对，心中顿时感到了庄严而神圣。

下城楼来到以北的故宫博物院，故宫也称紫禁城，依照中国古代星象学说，紫微垣（即北极星）位于中天，乃天帝所居，天人对应，所以把居住的皇宫象征为天上的紫宫。且深宫禁院戒备森严，不许百姓接近，故名紫禁城。有午门、神武门、东华门和西华门四道城门。

明朝永乐四年（1406）开始营建北京紫禁城，永乐十八年（1420）完工。在 1987 年被联合国教科文组织收录到了《世界文化遗产名录》当中，成为世界上规模最大、保存最完整的宫殿建筑群。

午门是紫禁城的正门，走过午门，就进入太和门广场。可以看到一条内金水河自西向东蜿蜒流过，它不仅是故宫排水的主要通道，还是建筑和灭火的主要水源。河上有五座汉白玉石桥，即内金水桥。

太和门是紫禁城中最高大的一座宫门，为外朝正门。两旁分别是德昭门和贞度门。太和门广场东西庑房之间各有一个门，东侧叫协和门，协和门向东通向文华殿、南三所、銮仪卫大库、内阁大库和内阁大堂以及东华门。

穿过太和门就进入了太和殿广场，广场的四个角上有四座崇楼。在每年的元旦、冬至，还有皇帝生日以及一些重大活动的时候，都要在太和殿以及太和殿广场举行隆重的朝礼。值得一提的是，华北受降区北平前进指挥所主任吕文贞将军把受降仪式改在紫禁城太和殿广场公开举行，让国人共享胜利的狂喜，成为故宫博物院永载史册的辉煌一天。

广场北侧正中是坐落在三重汉白玉须弥座式高台上的太和殿，太和殿两侧接短墙，东侧叫中左门，西侧叫中右门，再通过短墙连接东西廊房各 32 间，清朝时是内务府六库所在地。太和殿、中和殿和保和殿是建立在一个“土”字形的三层台基上，太和殿的装饰十分豪华，垂脊上自仙人骑凤之后分别是龙、凤、狮子、天马、海马、狻猊、狎、鱼、獬豸、斗牛、行什十个小兽。只有太和殿脊兽才能十样齐全，其他古建筑上一般最多使用九个走兽，然后依建筑规制由后向前逐级递减，但必须保持单数。太和殿檐下施以密集的斗拱，室内外梁枋上饰以级别最高的金龙和玺彩画，门窗上部嵌成菱花格纹，下部浮雕云龙图案，接榫处安有镌刻龙纹的鎏金铜叶，殿内金砖铺地，七十二根大柱支撑大殿全部重量，正中设九龙金漆宝座，乃明朝遗物，清朝沿用，后设雕龙屏风。宝座前两侧有宝象、甪端、仙鹤和香亭四对陈设。宝座上方天花正中安置形若伞盖向上隆起的藻井。藻井正中雕有蟠卧的巨龙，龙头下探，口衔宝珠，人称轩辕镜，以示下面宝座上的皇帝为轩辕子孙正统嫡脉。总之，一眼望去，大殿庄严华丽，令人惊叹不已。

故宫太和殿

殿前有宽阔的平台，称为丹陛，俗称月台。上陈设代表清朝十八省的铜鼎 18 座，代表长寿的铜龟、铜鹤各一对，日晷、嘉量各一个。日晷是古代的计时器，嘉量是古代的标准量器，二者都是皇权的象征。故宫内有大小水缸三百余口，用来防火，叫作太平缸。

中和殿取自《礼记·中庸》“中也者，天下之大本也；和也者，天下之达道也。”体现了儒家的中庸思想。在明清两代举行大朝礼的时候，皇帝在赶赴太和殿之前，都要在中和殿稍事休息，接受官员朝贺。通过中和殿，来到保和殿，其意为“志不外驰，恬神守志”。保和殿在明清两代用途不同，明朝在举行册立大典的时候，皇帝都要在保和殿内更衣。在年底，还要在此宴请文武百官。清朝每逢除夕和正月十五，也都要在此举行宴会。而且这里还是清朝举行殿试的地方。

殿后即是后寝，“三宫六院”一词即从此而来。三宫即中路的乾清宫、交泰殿、坤宁宫，又称“后三宫”。六院分别指东路六宫即景仁宫、承乾宫、钟粹宫、景阳宫、永和宫和延禧宫；西路六宫即储秀宫、翊坤宫、永寿宫、长春宫、咸福宫和启祥宫。因各宫均为庭院格局建筑，故称为“六院”。

御花园是紫禁城中供皇帝和帝后休息的花园。明代永乐十五年（1417 年）始建，位于紫禁城中轴线的北端，正南有坤宁门同后三宫相连，左右分设琼苑东门、琼苑西门，可通东西六宫；北面是集福门、延和门、承光门围合的牌楼坊门和顺贞门，正对着紫禁城最北界的神武门。园内建筑采取了中轴对称的布局。园内遍植古柏老槐，罗列奇石玉座、金麟铜像、盆花桩景，增添了园内景象的变化，丰富了园景的层次。

紫禁城东北部有一组自成体系的建筑群，统称宁寿全宫。目前，宁寿全宫的养性殿、乐寿堂等宫殿已辟为故宫博物院的珍宝馆。皇极殿于 2012 年五一重新对外开放，以“原状陈列”的形式向公众展示其中的皇家宫殿原貌。九龙壁位于皇极门前，是宁寿全宫的照壁。整座九龙壁是用 270 块各色琉璃烧制拼接而成，九龙形体有正龙、升龙、降龙之分，每条龙都翻腾自如，神态各异。制作九龙壁时，工匠们采取浮雕技术塑造烧制，并采用亮丽的黄、蓝、白、紫等颜色，使得雕塑极其精致，色彩甚为华美，九龙活灵活现。

穿过九龙壁北面的皇极门、宁寿门，就是皇极殿。 皇极殿只在旅游高峰期对外开放。宁寿宫位于皇极殿后。宁寿宫西北角的宁寿宫花园也称乾隆花园，建于乾隆三十六年（1771），是学者公认的“宫中苑”或“内廷园林”的精品。著名的珍妃井就在其内。

养性殿为宁寿宫后寝主体建筑之一，是清乾隆三十七年（1772）仿内廷养心殿建造，体量略小，平面布局特殊。明间前后开门，原中设宝座，现在陈列编钟和编磬。东次间前厅内陈列的是金器制品。西次间前厅内展出的是二十五宝玺，分为 5 个展柜展出，每个展柜有五枚印玺。养性殿后是乐寿堂，为乾隆皇帝退位后的寝宫。

从御花园东南角的琼苑东门进入东一长街的北门长康左门，就来到东六宫的北侧。和西六宫不同，东六宫为单个院落形式，只能从一个院落的正门进入，环游后还要从原来的门出来。且目前东六宫只能参观景仁宫、延禧宫、钟粹宫和景阳宫。

最后来到位于紫禁城内廷东侧的奉先殿，现为钟表馆，共展出十八世纪中外制造的各式钟表 123 件。

雄伟壮观的故宫博物院让人无比震撼!

随后来到北海公园，相信每一位国内游客来到这里，看到远处的白塔都会默唱起“让我们荡起双桨，小船儿推开波浪，海面倒映着美丽的白塔，四周环绕着绿树红墙……”

北海公园原是辽、金、元建离宫，明、清辟为帝王御苑，是中国现存最古老、最完整、最具综合性和代表性的皇家园林之一，1925 年开放为公园。公园内亭台别致，游廊曲折。全园以神话中的“一池三仙山”（太液池、蓬莱、方丈、瀛洲）构思布局，形式独特，富有浓厚的幻想意境色彩。

从南一门进入。白塔山满山绿树衬托着白色佛塔，一座宽阔的永安桥连接琼华岛，桥的两端有古石狮、古牌坊，是北海公园内最大的桥梁。中外游客都爱在永安桥南以桥和白塔山为背景留影纪念。

北海公园白塔山

团城城墙原是太液池上的小岛，亦称瀛洲，清朝乾隆年间修缮后沿用至今。中心建筑是承光殿，南面是玉瓮亭，北面是敬跻堂，两侧对称有古籁堂、余清斋、东庑和西庑等。沿昭景门后半旋转式台阶拾级而上，迎面是承光殿。殿前有一别致的蓝顶白玉石亭，叫玉瓮亭。团城上古木参天，其中最有名的要算承光殿东侧的一株高大油松，被乾隆皇帝封为“遮阴侯”。还有一棵白皮松是 800 年前金代种植，树干周长已达 5 米多，在承光殿前面像一个站岗的武士，乾隆皇帝赐名“白袍将军”。这座 800 多年历史的团城最令人惊讶的是，270 多米长的城墙没有一个泄水口，地面上没有排水明沟，可无论下多大的雨，城池上只是雨过地皮湿，很快就渗得一干二净。

永安寺是 1651 年建起了一座藏式白色喇嘛塔后，在塔前建的寺，亦名白塔寺。寺中白塔是北海的标志性景点。塔上圆下方，富有变化，为须弥山座式，塔顶设有宝盖、宝顶，并装饰有日、月及火焰花纹。

下山乘船观赏五龙亭，五亭俱为方形，前后错落布置。五亭之间由桥与白玉石栏杆相连呈“S”形，如同巨龙。中间亭子最大，称龙泽亭，为皇帝休息时所用。

北海小西天又叫作极乐世界或观音殿，建于乾隆三十三年（1768），是乾隆为其母孝圣皇太后祝寿祈福而修建的。殿内有须弥山一座，山上 226 尊菩萨、罗汉佛像林立，山间丛林古刹、宝塔耸立，如同一处极乐世界。

阐福寺始建于乾隆十一年（1746），原为明朝太素殿的一座行宫，是皇室避暑的地方，

北海公园九龙壁

现新建宝积楼，并布置成展室，全面展示了北海佛殿建筑群的历史风貌。

快雪堂是一座皇家院落，为乾隆皇帝得到元代书法家赵孟頫临摹晋代王羲之《快雪时晴帖》石刻后，特命人增建金丝楠木殿加以收藏而设。堂前有高大的太湖石，可作为影壁墙，其东西两廊内壁上镶嵌的石刻，就是著名的“快雪堂石刻”。

这里也有座九龙壁，原是大圆镜智宝殿前的影壁，建于清乾隆二十一年（1756），壁的两面各有 9 条彩色大蟠龙，飞腾戏珠于波涛云际之中。壁的正脊、岔脊、滴水、勾头、线砖等处亦都有龙的踪迹，总共有大小蟠龙 635 条。中国现存 3 座古代九龙壁，唯这座是双面壁，堪称中国琉璃建筑艺术的精华。

一座“西天梵境”原为明代西天禅林喇嘛庙，东临静心斋，西依大圆境智宝殿，南与琼华岛贯成一线，是北海最负盛名的景区之一。进入浏览，殿宇壮观，装饰精美，蔚为大观，令人惊叹不已。

出园来到北京地安门外大街，它和新街口大街之间，分布着三块水域，由前海、后海、西海组成，通常把银锭桥东、南的水域称为前海，也称什刹海，银锭桥以西的水域称为后海，后海再西面穿过德胜门内大街的水域称为西海，也常称为积水潭。

沿前海北岸行走，看到南岸已是华灯初上。前海与后海相连处有一座汉白玉小石拱桥，桥形似元宝，取名“银锭桥”。别看银锭桥桥体不大，“银锭观山”却颇负盛名，从前站在这银锭桥之上，便可领略西山浮烟晴翠的绰约风姿。

从银锭桥处走进小石碑胡同，向右转到烟袋斜街。街全长近 300 米，被列为 2007 年重点建设的八条特色商业街之一。据说，当时居住在北城的旗人，大都嗜好抽旱烟或水烟，烟叶要装在烟袋中。烟袋的需求与日俱增，所以街上家家开起了烟袋铺。街上有一家“双盛泰”烟袋铺，门前竖着足有一人多高的木雕大烟袋，粗如饭碗一般，金黄色的烟袋锅上还系着条红绸穗，十分醒目。称得上是北京同行业中的头号大烟袋了。烟袋斜街本身宛如一只烟袋。细长的街道好似烟袋杆儿，东头入口像烟袋嘴儿，西头入口折向南边，通往银锭桥，看上去活像烟袋锅儿。以“烟袋”命名斜街，真可谓名副其实了。

26 日来到天坛，其与紫禁城同年兴建同年完工。整个建筑布局呈“回”字形，分为内外坛两大部分，各有坛墙围括。外坛墙原来仅设西门，为天坛正门，是当年皇帝前来天坛祭祀时进出的大门，现在开辟出东、南、北各门。内坛墙分设有东、南、西、北四大“天门”。明代初年祭天地都在此处举行，直到嘉靖九年（1530）在北郊另建地坛后，才实行天地分祭，从此这里专门用于祭天，成为名副其实的天坛。

来到祈谷坛，这里是举行孟春祈谷大典的场所，建于明朝永乐十八年（1420），主要建筑有祈年殿、皇乾殿、东西配殿、祈年门、神厨、宰牲亭、长廊，附属建筑有内外壝墙、具服台、丹陛桥，祈谷坛的四周围着方形墙，东、南、西、北四面各设天门，西外坛墙设祈谷坛门，内坛东部有七星石。

天坛

走入祈年门即来到雄伟壮观的祈年殿，祈年殿采用上屋下坛的构造形式，三重檐逐层向上收束，作伞状，竖立于三层白石雕栏环抱的圆坛之上。祈年殿整座建筑不用大梁长檩及铁钉，完全依靠 28 根擎天柱及众多的枋、木兑、桷、闩支撑和榫接起来，其工艺令人称绝。正面的雕龙宝座上供奉着满汉合璧的皇天上帝神版。左右两侧的石台上供奉的是清朝前八位皇帝的牌位。抬头仰视，便是龙凤藻井，中心是龙凤呈祥的图案。

皇乾殿坐落在祈年墙环绕的矩形院落里，其间有琉璃门相通，殿内供奉“皇天上帝”和皇帝列祖列宗神版。祭天礼仪馆设在祈年殿西配殿内，馆内集中介绍了中国祭天礼仪的演变过程。东配殿为《祈年殿历史文化展》，介绍祈年殿的历史、艺术、寓意、重大事件等内容。长廊又称“七十二连房”，前窗后墙，连檐通脊，是宰牲亭、神厨、神库连结祈谷坛的封闭式通道。

圜丘坛俗称祭天台，建于明嘉靖九年（1530），清乾隆十四年（1749）扩建，是一座四周由白石雕栏围护的三层石造圆台。每年冬至日皇帝亲临的祭天礼仪，就在此坛举行。圜丘坛有两层墙，外墙是方形，叫外壝墙，内墙是圆形，叫内壝墙。

围括圜丘正面皇穹宇和两侧东西配殿的高大的圆形围墙就是著名的回音壁，如果两个人分别站在院内东西配殿后的墙下，面部朝北对墙低声说话，可像打电话一样互相对话，极其奇妙有趣。从殿基须弥座开始的第一、第二和第三块铺路的条形石板就是三音石。分别站上三块石板面向殿内说话，可以听到一次到三次回声，十分神奇！

从南门出来，天坛公园内郁郁葱葱的古柏群与祭天的古建筑群浑然一体，庄严肃穆，实有“苍壁礼天”的意境，其中不乏“九龙柏”“迎客柏”“问天柏”“莲花柏”“卧龙柏”等名柏。有的雄伟壮观、有的形奇古怪，每棵古柏都有着自己的神韵，可以说是“一柏具一态，巧与造物争”。

出天坛来到南锣鼓巷，它是北京最古老的街区之一。北起鼓楼东大街，南至地安门东大街，全长786米，是我国唯一完整保存着元代胡同院落肌理、规模最大、品级最高、资源最丰富的棋盘式传统民居区。沿着南锣鼓巷南北走向，东西各有八条胡同整齐排列着，这些胡同名称是明朝以后逐渐演变来的，整个街区犹如一条大蜈蚣，所以又称蜈蚣街。

这里的商铺极力张扬的是店主的心境和创意，具体里面卖什么，倒显得不那么重要。商铺和酒吧无论是店名、商品品种和环境设计都独具个性创意。尤其是名店大有拼了命地不寻常，非得落进眼睛不可之势。游逛在这里，邂逅“后海八爷”，乘着他们的三轮，听他们操着“京片子”细侃北京原生态，别有一番风趣。

行走在今日的南锣鼓巷，京城几百年的往昔敦厚都在此流动的错落曲折，这些人物，或是烜赫一时，或是慷慨一世，或是已成为历史硝烟里悲凉的挽歌。唯有几百年的青瓦灰墙，依然风雨不改，无声地诉说着往昔的峥嵘，静观时代匆匆。

南锣鼓巷

北京大栅栏的读音听着像是“大石栏儿”，自明朝永乐十八年（1420）以来，经过500多年的沿革，逐渐发展成为店铺林立的商业街。从东口至西口全长275米，分布着11个行业的36家商店，8家老字号占营业面积1/4，其重点老字号店铺有同仁堂、张一元、内联升、瑞蚨祥、步瀛斋、大观楼、狗不理、张小泉8家。

进街来到丰泰照相馆，里面的光影和布置都比较老旧。重新开张的广德楼是北京现存最古老的戏园之一，是京城专门演出曲艺的场所。内联升名气之大，可以称作北京的一张名片。旧时北京曾有“头戴盛锡福，身穿瑞蚨祥，脚蹬内联升，腰缠四大恒”的顺口溜。早期内联升专为朝廷王公大臣制作朝靴，以做工细、选料考究而闻名。店内大厅里立着几根朱漆盘龙大柱，极为华丽。店里无论男鞋女鞋都有各种花色各种款式，朴素古典中透着时尚，让人初进来就禁不住惊叹。瑞趺祥老字号是另一张北京名片，这是一家经营绸缎、呢绒、皮货为主的布店。如今的瑞蚨祥是大栅栏唯一保持老字号原貌的店堂，已列为北京市市级文物保护单位。其门面非常精致，显示出丰富的文化底蕴。同仁堂内的玻璃柜台里，工作人员在忙碌的工作，有接收方子的，有递药包的，后面则是一排排密密麻麻写着药名的棕色药柜，看起来尤为壮观。张一元是京城著名的老字号茶庄，有道是："吃点心找正明斋，买茶叶认张一元。"六必居自制的各种风味酱菜味道是自不必说，其中又以八宝菜、酱黄瓜、甜黄酱、酱甜瓜等最为有名。当年北京有"五大酱园"，而今只有六必居、天源两家了。

大栅栏对面是鲜鱼口小吃一条街。在老北京城，鲜鱼口名声比对面的大栅栏还要早。鲜鱼口街成市于明朝正统年间，汇聚了北京著名的老字号餐馆、零售店铺、戏园、浴池、茶楼和手工艺作坊等，2004 年被北京市政府公布为北京 25 片历史文化重点保护区之一。

再来到王府井大街，是北京最有名的商业区。王府井的日用百货、五金电料、服装鞋帽、珠宝钻石、金银首饰等，琳琅满目，商品进销量极大，是号称"日进斗金"的寸金之地。改造后的王府井大街商业风格以"现代""新潮"为主，从金鱼胡同到与长安街相接的南口两侧分布着十二个大型商场，如此宏大的商业格局在北京可谓是独一无二的。不仅如此，这条街上还有诸如狗不理、全聚德、老北京布鞋、瑞蚨祥、盛锡福、东来顺等老店，以及王府井小吃街、老北京风情街等。让每一位到此的中外游客期望而来，满意而归。

踏着夜色来到前门大街，自明成祖朱棣定都北京在紫禁城南建了正阳门也就是前门后，前门大街就开始了它辉煌的商业发展史，至今已历经数百年的历史。

抬眼看去，北起西边第一家是著名的"月盛斋"清真酱肉馆。月盛斋迄今已有二百多年历史。常年担负着首都信仰伊斯兰教的少数民族清真肉食品供应任务。旁边是星巴克咖啡店，三层小楼紧靠月盛斋，虽然面积不大，但颇有中西合璧的古韵。北起东边第一家是瑞士名表店 Swatch，紧邻的是创建于 1921 年的老字号大北照相馆，为全国大型照相馆之一，其作品以拍摄新颖、视角独特、制作精美、质量上乘而著称。全聚德前门店是"全聚德烤鸭"品牌的起源店，老门面在原址上复原并重现。其南侧是依据原风貌修复的五洲大药房，墙面上三个圆形浮雕呈现出五大洲的图案，彰显其五洲品牌。在都一处烧卖馆门前，安置有清朝乾隆皇帝微服私访的场景铜像，乾隆皇帝御赐的金匾放置在店内供顾客参观。再向南走，可来到庆林春茶庄、亿兆百货、一条龙涮肉馆、长春堂药店、中国书店、张一元茶庄、南区邮局、尚珍阁工艺品店等知名店铺。

街上还新增了周大生、吴裕泰、天福号、周大福、亨达利、景泰蓝等老字号。还有一些国外品牌的入驻，虽有些减淡了前门大街的京味儿，但随着年轻消费群体的增长，不失为一种多元融合的典范。

河海要冲——天津

天津，简称“津”，别称津沽、津门，是中华人民共和国省级行政区、直辖市、国家中心城市、超大城市，国务院批复确定的中国北方对外开放的门户，中国北方的航运中心、物流中心和现代制造业基地。天津是中蒙俄经济走廊主要节点、海上丝绸之路的战略支点、“一带一路”交汇点、亚欧大陆桥最近的东部起点，位于海河五大支流南运河、子牙河、大清河、永定河、北运河的汇合处和入海口，素有“九河下梢”“河海要冲”之称。天津属暖温带半湿润季风气候，四季分明。先后浏览了天津的五大道、天津博物馆、天津古文化街、宫前广场、意式风情区、马可·波罗广场西侧的荷意会馆、普罗旺斯餐厅、芭提雅泰国餐厅、巴伐利、亚啤酒坊、意大利人餐厅、天津记忆工业展览馆、远洋大厦、天津站、北京潘家园旧货市场等地，我们畅游京津多处胜迹，饱览景观之余，感悟着京津的古韵今风。

27日来到天津市。首先到五大道，分为重庆道、常德道、大理道、睦南道、马场道地区，共有22条马路，总长度为17公里，总面积1.28平方公里。五大道地区作为近现代天津历史的一个体现，蕴藏着丰富的文化内涵。包括大总统曹锟、徐世昌以及北洋内阁六位总理、爱国人士张学铭、起义将领高树勋、20年代短跑世界冠军李爱锐、美国第31届总统胡佛、国务卿马歇尔等上百位中外名人曾居住于此。每幢建筑里都蕴含着故事，充分展现了近代中国百年历史风云。

走进天津文化中心内的天津博物馆，它是一座历史艺术类综合性博物馆，于2008年开工建设，2012年落成并对外开放。博物馆地上五层，地下一层，层叠错落，内部空间设计更融合了穿越时空隧道、连接未来之窗的理念，新颖独特。还特设2800平方米的临时交流展厅，除了基本陈列和馆藏文物专题陈列外，可以不定期举办国内外大型临时性特展。

进入博物馆，左侧巨大的月季花铜铸浮雕格外引人注目，是以馆藏的一幅关山月先生所绘月季花图为蓝本铸就。馆内大厅纵向逐级上升，由低至高，由先而后，连接古代、近代和现代展厅。拾级而上，可依次参观各个时代的主题展厅，仿若穿梭于“时光隧道”。

馆内从一到三楼常设《天津人文的由来》《中华百年看天津》《耀世奇珍——馆藏文物精品陈列》三个基本陈列，重点展示天津在中国近代化进程中的历史意义和重要地位，以及中华民族在数千年文明进程中积淀的丰厚物质遗存。

博物馆有多件镇馆之宝，其一是北宋范宽的《雪景寒林图》，他传世作品只有三件，其中就有《雪景寒林图》。整幅图气势恢宏，层次丰富，真实再现了秦陇山川初雪的景色。其二是清乾隆款珐琅彩芍药雉鸡纹玉壶春瓶，它的胎质莹白温润，瓶身绘有雉鸡、湖石和盛开的芍药，画面的色彩交互层叠、浓淡匀称细腻，富有立体质感。瓷瓶周身并有墨书题诗，彰显古朴、精美的风格。其三是黄玉猪龙形珮，出土于距今五六千年的内蒙古赤峰红山文化遗址，用黄绿色岫岩玉琢成，材质温润。该器形制肥硕，质色纯润，雕琢精细，是出土及传世品中同类型器物中较大且最为精美的一件。这件玉龙之所以被人投以极大的关注，是因为它是中华第一玉龙，开启了中国传统龙文化之端绪。其四是太保鼎，出土于山东梁山，同时出土的还有小臣犀尊、太保簋、大史卣等共七件青铜器，被称为“梁山七器”。这一尊西周太保鼎纹饰优美，造型独特，铸造工艺精湛，具有非凡的艺术魅力，历史价值与艺术价值极高，是难得一见的古代青铜艺术珍品。其五是克镈，陕西省扶风县法门寺任家村出土的西周晚期青铜器，镈是中国古代的打击乐器，此器是出土的克氏青铜器中唯一的镈，器型完整，纹饰精美，气势宏伟。

出馆来到天津古文化街，其位于南开区东北隅东门外，海河西岸，北起老铁桥大街，南至水阁大街。

天津地处九河下梢，自古以来水源丰富、水网密集，地域内有“七十二沽”。因此北街口牌坊上写有“沽上艺苑”，表明古文化街所在地区为天津文化的发祥地，街中百余家店铺中古玩玉器、文房四宝、手工艺品、民俗用品等充满了艺术气息。地面上还镶有 12 枚自唐至清的古钱，游人经过此地，取“踏金踩银”之意。

古文化街以天后宫为界，北称宫北大街。街上有桂发祥、耳朵眼炸糕、大清邮币、果仁张、泥人张等老店。进入通庆里，两侧的房屋始建于民国初年，青砖灰瓦，木廊漆柱。有几个独立院落，分别是泥人张美术馆、大观茶苑、民俗体验馆。从另一个出口出来是一座将近 600 年历史的道教圣殿玉皇阁，它是天津市唯一保存完好的明代木结构楼阁。

回到主街可看到丹青阁、蔡氏贡掸等店，向前来到宫前广场，这里有许多特色小摊。两边还有卖茶汤、画糖人、捏面人的摊位，可以感受浓厚的天津特色。这里有一座天后宫，坐西朝东，面向海河，主要建筑包括戏楼、山门、前殿、大殿、藏经阁、启圣祠、张仙阁等。继续向东，狗不理包子铺、崩豆张、皮糖张、十八街麻花、皮影张、龙嘴大铜壶等天津小吃逐个呈现，内容丰富，令人目不暇接。

意式风情区位于该市河北区，由五经路、博爱道、胜利路、建国道四条道路合围起来，现存完整的欧洲建筑近两百栋。钟楼建筑为意式风情区标志性建筑，是该风情区的最高建筑。

天津马可·波罗广场

马可·波罗广场西侧汇集了包括荷意会馆、普罗旺斯餐厅、芭堤雅泰国餐厅、巴伐利亚啤酒坊、意大利人餐厅等30余个商家。

但丁广场附近有一座天津记忆工业展览馆，馆内分为上下两层，一层为近代天津工业产品展览区域，主要介绍近代天津工业发展历史，以及近代天津工业背景下诞生的众多知名品牌。二层主要是诸多天津本土知名品牌展卖区，包括玫瑰露酒、天津冬菜、十八街麻花，以及泥人张的泥塑、杨柳青年画等等天津特色产品。

意式风情区里还有多个中国历史文化名人的故居，有梁启超、易兆云、曾国藩家族、曹禺、华世奎等。其中梁启超故居已被改建成梁启超纪念馆，走入其内，一楼大厅右侧为梁启超的书房，楼梯左侧是展室，分为耕读传家、素位而行、赤子家风。二楼场馆以“梁启超与近代中国”为主题，开辟了八间展室，陈列着梁启超的书信、书籍、历史文献以及活动照片等。

出意式风情区后，开始从北安桥步行去往天津站。北安桥横跨海河，桥身采用西洋古典表现形式，桥头雕像和装饰为中国元素。直到后来到法国巴黎看到亚历山大三世桥，方知北安桥的设计素材来源。

沿着海河而行，沿途可看到天津市第一座摩天大楼的远洋大厦，以及“津塔”天津环球金融中心和“津门”圣·瑞吉斯酒店，还有大沽桥、解放桥等建筑。当看到世纪钟时，距离天津站也就不远了。世纪钟是天津标志性建筑之一，通体金属，流光溢彩，钟摆上下，日月辉映，钟盘圆周，众星拱卫，中西交融，天人合一。

站在天津站，对岸是津湾广场，是天津金融城的标志性区域。这次没有时间游览，留下少许遗憾。当晚返回北京。

28日走入潘家园旧货市场，这里的名气之大不需着以更多笔墨，单一周末凌晨四点半开市的“鬼市”就令无数人踏着漆黑夜色而来。而据说，真正懂行的买家在凌晨刚开市时就赶到这里，他们一般拿着小手电筒，游游逛逛，走走停停，在与卖家的窃窃私语中淘到了中意的宝贝。

转过北门的照壁向里逛去，店铺小摊功能分工明确，有金石篆刻区、石刻石雕区、书刊区、临时摊位区、餐饮休闲区……里面各种各样的东西，看看这儿，看看哪儿，仅一个小地摊上那目之所及之处，摆放有成百上千的商品，就能令你眼花缭乱。这一趟下来，身为游客的感受就是逛潘家园比逛公园辛苦多了。它不仅仅是个旧货市场，还是艺术品和收藏品市场，更是窥探人性的市场。它洞悉着诚信与贪婪，检验着理智与欺骗。

天津世纪钟

三晋大地之行

华夏名人出三晋，华夏文脉在三晋，华夏财富汇三晋，华夏人气看山西是概括山西特点的四句话。

■ 中国民间故宫——王家大院

王家大院堪称明清民居建筑的集大成者，数代人耗时三百余年，集全族之力建造而成。整个建筑集官、商、民、儒四位建筑风格于一体，有“王家归来不看院”的美誉。

整个王家大院一共有 231 个院落，2078 间房屋。由中轴线将这些院落串联起，在天空看，整个王家大院形似一个“王”字，深刻展现了中国古人的智慧。

2013 年暑假来到三晋大地，首先来到王家大院。

王家大院位于灵石县城东 12 公里的静升镇，集清代民居建筑之大成，由县内四大家

王家大院门楼

族之一的太原王氏后裔于清朝康熙到嘉庆年间所建，建筑规模宏大，拥有“五巷”“五堡”“五祠堂”，总面积达 25 万平方米以上。被誉为“华夏民居第一宅”“民间故宫”“山西紫禁城”，有“王家归来不看院”之说。如今经修复后向游人开放的红门堡，高家崖堡及王氏宗祠三组建筑群，尚不足大院总占地面积的四分之一。

王家大院屋顶

大院门口一幢灰色的高大建筑物颇具气势，中间悬挂的一对大红灯笼上“王府”二字显眼夺目，门前一对斑驳的石狮子彰显出其历史悠远。顺一条长 30 余米的石板坡道走进大院，两侧墙壁挂满了在此处采景拍摄的影视剧剧照。坡道上方是宽阔的马道，有拴马柱和上马石，足显院主的阔气。

大院选址巧妙。一是居高临下，负阴抱阳占据静升村北山坡黄土高地，背阴可阻挡北风，向阳可享受光照；二是水源充盈，凭借坡间由北而南的天然排水沟，可保宅居地无水灾之患，亦无缺水之虞；三是依山面水，集官、商、民、儒四位于一体，遵循阴阳五行，合乎内外有别。

跟随讲解员走进高家崖堡参观，它是王家第十七世王汝聪与王汝成兄弟俩修建的住宅区。东门是王汝聪的敦厚宅，宅门装饰讲究，墀头左右对称，底部以古琴、棋子、书卷来表现书香门第，四个吊柱用牡丹与荷花来表示富贵清廉。转照壁、影壁进入前院，正厅叫“乐善堂”，是接待贵宾的客厅，对应的南厅用于接待普通客人，东西厢房分别是账房和管家房。正厅前青石台阶三面皆可上下，中可平步青云，旁可左右逢源，称“如意踏跺”。正厅门槛略高，底下由一整块青石铺于内外，其上的鹭鸶与荷花取“一路连科”谐音，表达院主希望子孙在科考中连连高中之意。正厅后面是垂带小院的二门，通指大院小姐要由此“大门不出、二门不迈”。小院后面是居住地，正面五孔窑洞是长辈们的住所，二层是祭祖阁。东西厢楼一层为儿孙房间，二层为小姐闺房。由院东侧窄巷小门可进入王汝成凝瑞居后通道，经二楼绣楼、祭祖堂来到后院。与敦厚宅表现出的华丽张扬相比，凝瑞居在建筑雕饰上显得低调含蓄而不失文化底蕴。原因是王汝成居官四品，其兄王汝聪五品，故而兄让弟门阔，弟让兄楼高，可谓是“兄友弟悌”。出了凝瑞居来到兄弟两家共用的桂馨书院，书院房屋较低但采光很好，整体装饰简单，营造出适宜读书的氛围。来到叠翠轩，不足 20 平方米的精舍小院是主人和家人茶余饭后赏玩消遣，怡志养神和著书立说的地方。

走过高家崖前石桥来到红石堡，其有五条小巷，轩居坐落其内。登堡看去，东西走向三条横巷被南北走向一条主街一字贯穿，整体建筑格局中精妙地隐含了一个“王”字。

参观结束乘汽车来到远近闻名的平遥古城。

中国古建筑的荟萃和宝库——平遥古城

我们先后浏览了平遥古城墙、中国镖局博物馆、古城街道、瓮城、镇国寺、双林寺等地。

平遥古城位于山西中部，有着两千七百多年历史，是目前我国唯一以整座古城申报世界文化遗产获得成功的文化名城，享誉“保存最为完好的四大古城”之名。

平遥古城之特色，就连旅店也浸染，古树盘错，木雕精美，古香古色，令人陶醉。出旅店门来到古城内东南一隅的城隍庙街，天主教堂、大戏堂、旧戏堂、文庙、城隍庙均坐落于此。

走进古城南大街中国镖局博物馆，里面以院落场景展示着中国镖局的概况，以及十大镖局十大镖师的内容，让游客对镖局这一行业有了具体的了解。出博物馆来到日升昌票号旧址，票号类似于如今的银行，自古被山西所垄断，当时全国最大的票号共有十七家，平遥就占了七家，其中最大的票号就是“日升昌”，以“天下第一”“汇通天下”而闻名全国。

平遥古城北门城墙

闲走在古城街道，纵横交错的四大街、八小街、七十二条蚰蜒巷构成了交通脉络。因时间关系，未能一一游历，但那满目的票号、老字号、客栈的老建筑，以及酒吧、餐厅、会所等现代化店铺，让人不禁对古城的悠久文化产生了深深的眷恋。

走到平遥古城外面，由北面拱极门进入瓮城，走上北门城墙。城墙设有城楼、角楼和敌楼，看过去极为开朗，因时间关系未能绕行城墙一周，但通过布局设置足以看出古城的易守难攻，古人的建筑哲学与智慧在这座城防上发挥到淋漓尽致。

1997 年 12 月 3 日，在平遥古城被列为《世界文化遗产名录》的界定清单中，包括了“一城，二寺”，一城自不必说，其中二寺分别是以建筑而征服世人的镇国寺和以彩塑闻名的双林寺。所以，第二天一大早就来到两座寺院参观。

■ 南方的大雁塔——镇国寺

镇国寺位于平遥县城北郝洞村，原名京城寺，明嘉靖十九年改为镇国寺。整座寺院坐北朝南，占地面积 10 892 平方米，由两进院落组成。全寺以木头间相互卯碶而成，未用一根钉子，是为中国古代建筑中的一大瑰宝。而其中尤以万佛殿为最早，它也是中国所存最古老的木构建筑之一。

寺门天王殿为元代建筑，两侧各有一门，一为“崇虚”，一为“垂幽”，加上正门，有佛教“三解脱门”之意。天王殿后的钟鼓楼上，鼓已不存，仅九百年历史的铁钟一口，穿过院落进入万佛殿，殿的斗拱结构别具一格，总高达到 174 厘米，超过了柱高的三分之二，因此墙体并不承重，建筑美学和力学在此处被完美体现。殿内雕塑也体现了兼而有之的多姿多彩，是全国寺庙中保存至今的罕见彩塑。

双林寺位于平遥县西南六公里外的桥头村，原名中都寺。寺中现存最古石碑为北宋大中祥符四年（1011）的“姑姑之碑”。年代久远，字迹模糊，仅第二十行“重修寺于武平二年”依稀可辨。寺中两千多尊彩绘泥塑让双林寺声名远播，不仅涵盖了各宗派的教典传说，更是当时社会文化、意识形态和宗教发展的综合画卷。精品易得，神品难求。双林寺神品之多，当为“中国彩塑艺术宝库”。

平遥之旅圆满结束，坐车去往五台山。

■ 佛教圣地——五台山

我们先后浏览了五台山、南山寺、极乐寺、佑国寺、龙泉寺、殊像寺、菩萨顶、显通寺、大圆照寺、罗睺寺、塔院寺、广仁寺、黛螺顶等地。

五台山位于山西省忻州市，与四川峨眉山、浙江普陀山、安徽九华山并称“中国佛教四大名山”。与印度鹿野苑、菩提伽耶、拘尸那迦，以及尼泊尔蓝毗尼园合称“世界五大佛教圣地”。

五台山是文殊菩萨的道场，分东西南北中五台，东台望海峰望海寺供聪明文殊，西台挂月峰法雷寺供狮子文殊，南台锦绣峰普济寺供智慧文殊，北台叶斗峰灵应寺供无垢文殊，中台翠岩峰演教寺供孺童文殊，而黛螺顶的五方文殊殿内供奉以上五位文殊。因此朝拜五台山有两种方式，一种是五台皆亲身朝拜，一种是登黛螺顶朝拜五方文殊。老人因体力原因还是选择第二种方式为佳。

晚上到达五台山，翌日清晨五点赶去五爷庙烧头炷香。五爷庙又称五龙王殿，创建于清代，庙前人声鼎沸，烧香的人排起了长队。

五台山五爷庙

用完早餐，乘景区车到达最远的观音洞。它始建于明朝，是五台山典型的藏传佛教道场。寺院坐落在陡峭的崖壁，抬头望去，危岩突兀，古松傲然，几座藏式风格殿堂，从山脚至山顶错落散布，登石阶来到观音洞，东面洞穴内有观世音菩萨塑像，西侧洞穴内有水潭，水色如银，清冽甘甜。

下山乘车来到南山寺，寺始建于元代，共有殿堂窑房三百余间，规模之大在五台山首屈一指。整个建筑群由七层三大部分组成，下三层称极乐寺，上三层称佑国寺，中间一层称善德堂。寺门内影壁雄伟高大。影壁对面的拱门连接着一百零八级石阶，直抵顶上的牌楼。牌楼后面是大钟楼，兼作山门，右转来到极乐寺。寺以天王殿、千佛殿、大雄宝殿和祖师堂为主要建筑。

出极乐寺上八十级石阶来到佑国寺，登上汉白玉所砌的望峰台凭栏远眺，只见群山层峦叠嶂，其他四台高峰尽收眼底。佑国寺三进院落一院比一院高，仰望佑国寺，朱墙壁立，檐牙高耸，宝刹森严。而精美的石雕是佑国寺的精华所在。参观一番发现，不仅平台栏杆，就连寺庙的山门、佛殿的墙基石、建筑的墙壁，俱是精美的浮雕，其造型生动，雕刻细腻，技艺精湛，据说多达一千四百多幅，被誉为“现代石雕艺术宝库”，令人目不暇接。

出南山寺乘公交车去往龙泉寺。因寺东有泉，泉水清澈见底，甜似甘露，谓之龙泉，寺依泉名，故称龙泉寺。龙泉寺始建于宋代，原为杨家将的家庙。寺宇坐北向南，依山建造，共有各种殿堂、僧舍一百六十五间。寺在平面布局中不同于其他寺庙之处，就在于寺前并排建有三座山门，各自独立，各通一院，每一院落横向又有券洞沟通，可以互相往来，极得地形之妙。山门前精致壮观的石牌楼是龙泉寺的胜景，牌楼四柱三门，上盖三个楼头，前后垂檐和三门的拱券，都采用镂空雕法。牌楼通体雕有八十多条龙，条条精美，点缀有花、桃、柿、笔等装饰，样样逼真。其中，花蕊、草叶细如发丝，薄如轻纱；走兽、飞鸟生动活泼，呼之欲出。寺僧介绍此牌坊共计使用石匠二百多人，历时六年雕刻完成。

出寺向东有一座小庙，闻名遐迩的龙泉就在于此，泉水从庙外护栏下伸出两只石龙头嘴里流出。

来到位于台怀镇南的殊像寺，寺始建于元代，明代重修，与显通寺、塔院寺、菩萨顶、罗目侯寺并称为五台山的“五大禅处”，寺中有“般若泉”，泉水夏季冰凉，冬不结冰，传闻清康熙皇帝朝拜五台山时煮饭喝茶非此泉不饮，因此也称“万岁泉”。寺内大文殊殿中供奉的文殊菩萨骑狻猊像，以及“文殊一会五百罗汉”悬塑最富盛誉，是五台山的瑰宝。其中文殊菩萨骑狻猊像的狻猊四蹄蹬地，昂首竖耳，双目圆睁，张牙卷舌，大有抖擞威风、腾云而起的气势，充满灵性和动感，在五台山所有文殊菩萨坐骑中，这一只最为鲜活传神。

五台山菩萨顶

出殊像寺乘免费小巴直达菩萨顶

的后门，开始自上而下参观。菩萨顶始建于北魏孝文帝时期，清朝达到兴盛。清朝皇帝对菩萨顶种种优厚的礼遇，使其在五台山成为至高无上的尊贵象征。并最终形成一处藏、汉、蒙、满族僧人理想的修习之所，被誉为汉地的“布达拉宫”。寺院坐北向南依山而建，分山上、山下两部分，山上为寺院主体，中轴线上依次为天王殿、大雄宝殿、文殊殿、文殊堂、藏经楼五进院落。山下建有佛字影壁、牌楼、东塔和西塔等。整个建筑的形式、手法、雕刻和装绘都是皇宫式样。

来到显通寺，它和洛阳白马寺同为中国佛教最早策源地之一。显通寺是台怀镇最大的寺庙，有殿堂四百多间，多为明清建筑。中轴线上，是一连七进的大殿，分别为观音殿、文殊殿、大佛殿、无量殿、千钵殿、铜殿和藏经楼。其中，全木结构的大雄宝殿、全砖结构的无量殿和全铜结构的铜殿是三大特色殿。

来到大圆照寺，古称普宁寺，始建于元代，明朝时期为了纪念尼泊尔高僧室利沙而重修该寺并改名为大圆照寺。寺院中轴线上有天王殿、大雄宝殿和都纲殿。山门并列三门，三门两旁又各开一掖门，这种格局称为“五朝门”，在五台山是独一无二的设计。寺内的室利沙塔内藏室利沙的舍利子，是全寺最出名的遗迹。

出大圆照寺沿山路来到罗睺寺，罗睺寺面积虽小，却是五台山五大禅寺之一，以广纳四方僧众而门庭若市，闻名八方，现存天王殿、文殊殿、大佛殿、藏经阁、禅房、配殿等房屋 118 间。寺内最引人注目的景观是安装在藏经阁里的“开花现佛”木构机关装置。当僧人在暗室驱动木轮，莲花瓣遂开启、闭合，内中的四尊佛像时隐时现，呈现出“开花现佛”的奇观，堪称五台山一绝。

顺着山路来到罗睺寺西南方向的塔院寺。它原名显通寺塔院，明神宗赐额“大塔院寺”，自此独成一寺。布局以牌楼、山门为前哨，廊屋、禅院为两翼，中轴线上天王殿、大慈延寿宝殿、大白塔和藏经阁前后呼应，规模壮观。寺中大白塔通高 75.3 米，环周 83.3 米，塔身状如藻瓶，四周建有象征三十三重天的三十三间围廊，回廊内装着 123 个铜质转经筒。塔身南侧洞窟里供奉有刻着释迦牟尼脚印的“佛足碑”。大白塔后面的藏经阁中保存着汉、满、蒙、藏等各种文字的经书两万多册，是五台山规模最大、保存经书最多的一座藏经阁。经书放在高 12 米的“华藏世界转轮藏”里面，僧众和信徒每转动一次，即象征着念过一遍经。

寺内南侧的毛主席路居旧址是毛泽东、周恩来、任弼时等中央领导离开陕北革命根据地后，途经山西来到五台山住在塔院寺方丈院的旧址。院内照壁有毛主席的题字：“从建立山西的五台山，到建立全国的五台山，争取最后的胜利”。伟人的胸怀和远见卓识令人无比敬仰。方丈院东侧是文殊发塔，据说为纪念文殊菩萨显圣而建，里面埋有文殊菩萨的头发。

向东来到广仁寺。广仁寺规模较小，但布局严整，寺中存有极其珍贵的藏文大藏经《甘珠尔》，其大雄宝殿主供藏传佛教格鲁派创始人宗喀巴大师与俩大弟子。其他殿宇均供奉有藏传佛教神祇。

五台山黛螺顶

第二天来到黛螺顶，它位于台怀中心寺院群以东的陡峭山脊上，始建于明成化年间，形似大螺的山峰，凸显在巍巍东台山腰。山顶树影婆娑处，寺宇的红瓦黄墙，犹如金碧辉煌的螺顶，原叫大螺顶，后更名黛螺顶。

一早天降大雨，决定冒雨登山，一路看到有不少信众一步一拜，虔诚至极。历时 40 分钟，终于到达黛螺顶寺的牌楼，此时雨也停了。

黛螺顶五方文殊殿内供奉有集五种法相于一室的五方文殊菩萨像，据说是乾隆皇帝两次到五台山，都因恶劣天气无法亲身朝拜五个台顶的文殊菩萨，后黛螺顶青云和尚将五个台顶的文殊像请到了五方文殊殿内，乾隆皇帝才如愿朝拜了五方文殊，由此，登黛螺顶朝拜五方文殊菩萨成为信众和游客的一种朝拜方式。

出寺庙时天气依然没有放晴，因此提醒有计划到五台山旅游参观和朝拜的，一定要注意天气变化，五台山夏季平均气温 12℃～21℃，冬季可低至 -20℃，登山要带好雨具，但不可携带香火。

下五台山后坐车到了应县高速路口，与一对年轻夫妇合包了一辆的士从应县到浑源，原计划参观应县木塔因司机与年轻夫妇不想去，找预定的旅馆又颇费周折，只好取消，直接前往大同去看云冈石窟。

帝王石窟——云冈石窟

云冈石窟位于大同市以西 16 公里处武周山南麓，石窟依山开凿，东西绵延约一公里。存有主要洞窟 45 个，大小窟龛 252 个，石雕造像 51 000 余躯，为中国规模最大的古代石

云冈石窟

窟群之一，2001 年 12 月 14 日被联合国教科文组织列入《世界遗产名录》。

景区有一座新建的灵岩寺，寺中三座大殿的主佛像，全部采用香樟木雕刻而成。出寺穿过一道汉白玉牌楼门，正式进入石窟景区。石窟从 460 年开凿，至 524 年结束，历时 62 年。窟内佛教艺术按石窟形制、造像内容和样式的发展，可分为早期、中期、晚期三个阶段。按顺序游览，第 1、2 窟，第 5 至 13 窟，以及未完工的第 3 窟，为中期阶段，也是云冈石窟雕凿的鼎盛阶段，成窟年代在 471 年至 494 年，是北魏迁洛以前的孝文时期。第 3 窟被称为云冈石窟之最。因工程浩大，北魏时期未能完成，直到初唐才补雕而成。第 4 窟、14 窟、15 窟和 11 窟以西崖面上的小龛，约有 200 余座中小型洞窟为晚期石窟，开凿于北魏迁洛之后。第 16 至 20 窟，亦称为昙曜五窟。由当时著名的高僧昙曜开凿，由此揭开了云冈石窟开凿的序幕。昙曜五窟平面为马蹄形，穹隆顶，外壁满雕千佛。主要造像为三世佛。其中，第 19 窟是昙曜五窟中最大的佛像，第 20 窟的露天大佛是云冈石窟雕刻艺术的代表作，佛像面部丰满，两肩宽厚，造型雄伟，气魄浑厚，已成为云冈石窟的标志。

老伴儿逛逛商业街，一再催促下来到公交车站，市内堵车严重，赶紧叫了的士，司机道路熟悉，七转八绕，来到火车站，距离开车仅五分钟，赶紧取行李，车站一看是两位老人，一路畅行通过安检、进月台、登火车，找到座位刚坐下，车就开了，堪称这趟山西之行的惊险时刻。

千年历史之美古建明珠——晋祠

早晨七点来到位于太原市西南二十五公里悬瓮山麓的晋祠，首先进入晋祠公园。是太原市大型公园之一。穿过牌坊来到晋祠公园的大门，门上匾额上“晋祠”二字据说是唐太宗李世民的御笔。园中游览一番，楼阁、亭榭、曲廊、小径、纪念碑等景观美不胜收，让人陶醉于内。

晋祠周柏

出公园进入晋祠，其始建年代不详，是祭祀西周初年晋国开国诸侯唐叔虞的祠堂，也是中国现存最早的皇家宗祠。祠内完整保存了北宋以来历代所建亭、台、楼、榭等各类古建筑百余座，西周以来古树名木 80 株，是我国现存规模最大的古代园林式祠庙建筑群。

进门有一座戏台，取名“水镜台”，体现了殿、台、楼、阁四种风格。向前来到昊天神祠，祠前院是关帝祠，后院是三清洞与玉皇阁。右侧有树龄约 1400 年的隋朝古槐，为特级珍稀古树，也是目前晋祠最古老，最茂盛的一株古槐。出祠向前经多个景点到达有“晋阳第一泉”之称的难老泉。泉水自悬瓮山下岩层中涌出，潜流十多米，从水塘西壁石雕龙口注入塘中，水声如鸣琴合奏，此为晋祠“三绝”之一的“难老泉声”。

由泉塘向北来到主殿圣母殿，殿前廊柱上有八条木雕盘龙，传说为宋代遗物，八龙各抱大柱，怒目利爪、鳞甲须髯、跃跃欲飞。殿内、外分别有晋祠“三绝”的彩塑和周柏，周柏形如俯卧大地的苍龙，树龄亦在千年以上，已成为不老的象征，与古柏合影也就成为人们表达希望自己亦能长寿的最佳方式。

周柏后面是苗裔堂，也称作“子孙殿”。出苗裔堂来到献殿，其始建于金代，从形制上看很像一座凉亭。殿顶架构极为简洁，梁身简单轻巧，四角构造合理，坚固耐久。殿内敞朗，檐头舒展，被文化和旅游部鉴定为晋祠三大国宝建筑之一。随后来到十方奉圣禅寺，由西侧后门而入向东参观，天王殿两侧碑廊中陈列有唐刻《华严经》石幢，是隋唐时期的佛教文物遗珍和重要石刻文物。过浮屠院门来到舍利生生塔，是全寺中最著名的古迹，相传塔下埋有生生不息的佛宝舍利子而得名。塔院西侧，有座留山园，规模不大，但小巧精致，游览一番，别有情趣。

当天晚上乘火车离开太原，结束三晋大地之行。

三千年的地下历史看陕西，三千年的地上历史看山西，游山西就是读历史，从古代建筑到自然人文景观，再到民俗体验，每一个景区、每一处景点都在诉说着过去的故事，讲述着过去的辉煌。它们是历史深处发出的回响，也是历史留给后人的宝贵财富。

踏上漫漫西行

■ 河西都会——甘肃

甘肃，简称“甘”或“陇”，中华人民共和国省级行政区，省会兰州市。甘肃地形呈狭长状，地貌复杂多样，山地、高原、平川、河谷、沙漠、戈壁，四周为崇山峻岭所环抱，地势自西南向东北倾斜。甘肃地处黄土高原、青藏高原和内蒙古高原三大高原的交会地带。2014年9月20日我们由武汉出发，跨越甘肃、新疆维吾尔自治区、四川、重庆等省、自治区、直辖市，耗时近一个月饱览祖国西部风光。

21日清早从兰州乘火车到嘉峪关，包了一辆出租车参观嘉峪关关城和悬臂长城，然后乘火车到张掖。

■ 西部的“八达岭”——悬臂长城

悬臂长城是嘉峪关关城的北向延伸部分，是嘉峪关古代军事防御体系的重要组成部分。悬臂长城周边的黑山山势险峻陡峭，防御的长城几乎竖直一般伏在山脊上，蔚为壮观，其被誉为西部长城的“八达岭”。

悬臂长城因筑于约45度的山脊之上，形似凌空倒挂，因而得名。悬臂长城是万里长城入嘉峪关时的最后一条长城，被誉作万里长城的尽头。目前仅存750米，经1987年修缮，在首尾各增修一座墩台，才有了今日之雄阔。山脚下的“丝绸古道”雕塑群为悬臂长城平添了西域风情，加上西南方向弥勒山里寺庙的佛钟声声，仿佛带人走进那驼铃悠长，商旅慢行的丝绸马队。

■ 天下第一雄关——嘉峪关

嘉峪关是明代万里长城的西起点，是沿线保存最为完整、规模最为恢宏壮观的古代军事城堡。嘉峪关有着连陲锁阴之称，是中国长城的三大奇观之一。

嘉峪关关城向南的一段长城叫作明墙，横穿沙漠戈壁，直达讨赖河北岸。其中位于

嘉峪关

河北岸的墩台号称是“长城第一墩”，是一座古代军事关隘。如今，以它为依托修建了长城第一墩景区。由北门进入方知其与河北秦皇岛山海关的“老龙头”遥相呼应，共同构筑起中华长城“龙”的首尾，抵御一切来犯之敌，不禁为之敬仰。著名长城专家罗哲文先生曾这样描述它的雄险：“嘉峪关，雄险画皆难，墩堡遥遥相互望，长城道道连关山，猿臂也难攀”[①]。

游览城内，方知嘉峪关六大关口易守难攻，坚固至极，乃全国城关之罕有。古时城关门外还曾设有外壕墙、外壕、绊马坑、月牙城、壕墙和护城沟，可挡一切来犯之敌，试问，如此之城防怎能不叫人惊叹?

“小布达拉宫”——马蹄寺

22日来到马蹄寺，因传说中的天马在此饮水落有马蹄印而得名。由胜果寺、普光寺、千佛洞，上、中、下观音洞和金塔寺七处组成，其普光寺马蹄殿内马蹄印迹已是镇寺之宝。这里最大特点是汉传佛教和藏传佛教同时并存，寺庙与石窟群并存。而那石窟群堪为寺中盛景，至今已有1600多年的历史。百丈悬崖上凿有多个佛殿，错落相依，浑如天成。千佛洞有500多个摩崖佛塔窟龛，规模宏大；金塔寺中的大型肉雕飞天古朴典雅，为国内仅有；普光寺的三十三天洞，上下五层21窟，宝塔形排列，内有佛殿，外有回廊，达49孔之多，造型奇特，世所罕见，游览过去，登临之险，石窟之绝，洞洞不一，奇特独列，令人拍手惊赞，流连忘返。

塞上江南——张掖

张掖城西南隅大佛寺景区是丝绸之路上的一处重要名胜古迹群，有西夏的大佛寺、明

---

① 王培．我爱甘肃[M].济南：山东画报出版社，2014：139.

代的土塔，以及名扬西北的清代山西会馆、丹霞地貌景观等。我们先后游览了大佛寺、土塔、山西会馆、丹霞地貌景观等地。其中，大佛寺因寺内供奉释迦牟尼涅槃像而著名，为亚洲最大的室内木胎泥塑卧佛，佛像高过一层殿梁，金描彩绘，面部贴金，头枕三层莲台，侧身而卧，两眼半闭，嘴唇微启。右手掌展放在脸下，左手放在大腿一侧。造像精美，比例协调，线条流畅，神态自然，相貌祥和。其之大，一根中指就能平躺一个人，耳朵上能容八个人并排而坐。仰视看去，雄伟庄严，令人顿生敬仰。

土塔原名弥陀千佛塔，塔基之上为三层须弥座，塔身四面开龛，上为十三相轮，顶置铜质宝瓶形塔刹，堪与北京妙应寺白塔相媲美。其殿已建成小型博物馆，陈列大佛寺内出土的历朝历代经书、石碑、铜镜、玉雕、珍珠等珍贵文物。

山西会馆名不虚传，山门、牌坊、钟鼓楼、戏楼、观戏楼、厢房、大殿等建筑门类齐全，砖雕和木雕饱含山西之风韵，令人不禁怀疑是否到了三晋大地。

冰沟丹霞

来到张掖，丹霞地貌景观是必要去看的，号称“天下第一奇观”的冰沟丹霞是张掖丹霞重要一部分，瑰丽的红色沙砾岩在蓝天白云的映衬之下或伟岸或婀娜，向人们展示着大自然的鬼斧神工。乘坐观光车到达小西天景观区，再走 1 公里步行栈道进入冰沟丹霞景区。冰沟丹霞以“雄险神奇”而著称，经过漫长的风化剥离，这里残留下来的褐红色山体，如柱，如门，如宫殿，千奇百怪，远处山巅上石城堡状如佛门“娑娑宫”，殿宇嵯峨，气势雄伟，而那山崖壁上奇特的“窗棂结构”，蔚为大观，是冰沟丹霞发育最好的地质地貌遗迹。那抽象的造型，可任你疯狂的想象与赞美。来到大西天景区，其中央山顶上修建有栈道相连的观景台。站上观景台，眼前的丹霞地貌仿佛变化多端，这边有祁连火炬，那边有骊靬遗珠；这边有金蟾观霞，那边有神驼迎宾；再观那小西天内层层窗棂如卢浮魅影，娑婆宫外群佛侧立方成“娑婆世界”。

和冰沟丹霞不同，七彩丹霞是丝绸之路上一颗璀璨明珠，平均海拔 1820 米，主要发育由 1.35 亿年至 6500 万年的白垩纪“红层”，厚层砾岩和砂岩经构造运动，流水与风力侵蚀作用而形成，以地貌色彩艳丽、层理交错、气势磅礴、场面壮观而称奇。其实张掖的丹霞山体并不高，但斑斓的色彩使得危崖劲露，岩壁光滑削齐，所以显得气势磅礴，苍劲雄浑。景区范围较大，各观景台有大巴接送。沿着西门入口、二号观景台、一号观景台、五号观景台、四号观景台、西门出口的顺序游览。二号观景台有景区最高的山顶观景点，可观景区全貌，睡美人、夕晖归帆、七彩屏等景点个个精彩。其中，七彩屏于2012年曾在美国纽约时代广场代表中国自然景观出现，让世界认识了中国张掖丹霞地貌的奇美。一号观景台分布了大扇贝、众僧拜佛、七彩飞霞、灵猴观海等数十个观景点，引得游客在此长时间逗留游览。四号观景台同样挤满了游客，它是公认最适合在日落时候观看的景点，可看到神龙戏火、神龟问天、小布达拉宫等景观。好不容易挤了上去，望向对面，夕阳余晖犹如七彩虹霞洒落在丘陵之上，色彩尤为绚丽。由于气候干旱，岩石上并没有太多的植被覆盖，显得更为彪悍、粗犷，随着一旁渐渐升起了热气球，整个丹霞地貌呈现了一副绝美的视觉盛宴。

■ 国家历史文化名城——敦煌

23日我们先后浏览了敦煌古城、西千佛洞、阳关、汉长城、玉门关、河仓城、雅丹魔鬼城、莫高窟、月牙泉等地。由于景点地点分散，交通不便，因此在当地报名一日游。第一站是大漠戈壁上的敦煌古城，这里是一个影视城，拍摄过《封神演义》《怒剑啸狂沙》《新龙门客栈》《敦煌夜谈》等二十多部中外影视剧。如今的古城建筑上落了满满的灰尘，有一种人去楼空的荒凉感，正是这种荒凉，也许更符合西北大漠古城的风格。第二站是西千佛洞，现存北魏、西魏、北周、隋、唐、五代、宋等朝洞窟22个、壁画910平方米，彩塑53身，但只有其中9个洞窟可以观赏。在导游解说下，佛洞门打开的那一刹，门外的阳光照亮窟内色彩淡雅的壁画，引得游客们异口同声发出惊呼与赞叹。洞窟外的戈壁峡谷像一把天刀将壮观的石壁切开，站在石壁下河床边，看一边的千佛洞，一边的沙漠绝壁，此情此景，雄美壮观。第三站是阳关，古时是通往西域的门户，又是丝绸之路南道的重要关隘，也兵家必争的战略要地。为此才有唐朝大诗人王维《送元二使安西》中"劝君更尽一杯酒，西出阳关无故人"的千古绝唱。如今的阳关已离却那朗朗炊烟，倒是一副"古道、西风、瘦马"的鲜明写照。第四站是汉长城，原本漫长的城墙，随着两千多年风雨流沙的侵蚀，部分已被夷为平地，保存下来的尤以党谷隧一带最为完整。令人惊讶的是，汉长城并无砖石，糅杂各植物为基，上铺土和沙砾再夹芦苇，层层夯筑而成。沿线每隔十华里许筑有烽隧一座，以此形成坚固的防御。第五站是玉门关，其四境多戈壁、荒漠和草甸，提起它就不得不想起唐朝诗人王之涣《凉州词二首·其一》诗句中“羌笛何须怨杨柳，春风不度玉门关”那悲壮苍凉的情感。作为“丝绸之路”北道的重要关隘，千百年来，玉门关仍在日夜值守，仿佛在等待着将士们的凯旋。第六站是河仓城，是丝绸之路北道上的重要粮仓。如今只有北壁较为完整，南面被高出沼泽的戈壁所掩护，位置险要，隐蔽安全，不由得让人叹服古人的匠心慧眼。第七站是雅丹魔鬼城，据说这里遇有风吹，鬼声森森，夜行转而不出，“魔鬼城”因此得名。层层沙堡似城墙、似街道、似大楼、似雕塑，惟妙惟肖，犹如中世纪的古城，惊讶于大自然的造化之时，抚摸那一个个沙堡，仿佛有如金戈铁马纷沓而至，又如海上舰队浩荡而来，震撼之余不禁为这些大自然的杰作去喝彩。

24 日来到莫高窟，为了此行特意观看纪录片、书籍和上网了解，但初次见到它时，还是被深深震撼。它与山西大同云冈石窟、河南洛阳龙门石窟并称中国三大石窟，兴于十六国时期，历经北魏、隋、唐、宋、西夏而讫元代，有洞窟 735 个，壁画 4.5 万平方米、泥质彩塑 2415 尊，是世界上现存规模最大、内容最丰富的佛教艺术地。窟内严禁摄影和摄像，窟外也能看到许多形态各异的壁画，可以满足游客们的拍摄欲望。

参观时要排队分组，每组安排一位讲解员，每到一个洞窟，开门开灯讲解，完毕后锁门，极为神秘和严肃。跟团参观 14 个洞窟后，又跟着其他团参观了 17 个洞窟，现在想想，一天看 31 个洞窟，实在是极其幸运了。

莫高窟第 96 窟尤为著名，窟外一座九层楼阁依山崖而建，从远处观看，气势雄伟壮观。入内观看，更为吃惊，依崖而塑一弥勒佛坐像，其高度为全国泥塑造像之冠。九层楼为保护佛像而建，内部空间狭小，佛像距离楼内部墙壁非常近，站在佛像之下需要非常费劲地抬头仰望才可观其神态。

第 158 窟的释迦牟尼卧佛塑像为莫高窟第一大卧佛。工匠们通过巧妙的手法，融入女性化柔美身材的塑造，出神入化地刻画出释迦牟尼涅槃时安详自信、泰然而往的形象，令人惊叹不已。

第 17 窟即是藏经洞，令人痛心的是，自 1905 年至 1915 年期间，先后有英、法、日、俄等商人陆续用低廉的价格从王道士手中骗购文书、经卷和其他文物近四万件。导致敦煌藏经洞文物中的大多数精品就此流失海外。藏经洞对面是敦煌藏经洞陈列馆，馆内展出历史图片和藏经洞出土文物及复制品，呈现藏经洞封闭、发现和文物流散的历史，以及洞中文物的内容和价值。在敦煌石窟文物保护研究中心有《沙漠瑰宝—敦煌石窟经典洞窟复制展》，均属各时期的杰出代表窟，值得前往参观。

出莫高窟来到鸣沙山月牙泉风景名胜区，鸣沙山以沙动成响而得名。沙峰形状都是“金字塔”形，棱线非常分明，千年来都是这样，让你不得不感叹大自然的奇妙。而更神奇的是，即使白天游人们在嬉戏中破坏了沙棱，第二天再去看已恢复如初。据说是因为鸣沙山处于一个大风口，两边来的沙漠大风在此交汇，互不相让，风过如削，一夜可将“金字塔”恢复如初。这种景观现象世界罕见。

月牙泉处于鸣沙山环抱之中，其形酷似一弯新月而得名。古称沙井，数千年来沙山环泉，泉映沙山。站在这月牙泉边，心情欢愉到就像是唐僧西天取经见到大雷音寺一样，曾几何时热切期盼的远方美景，终于近在面前。由于水量充足，月牙泉周边植被茂盛，有裸果木、胡杨林、梭梭林等珍贵植物资源。而那“月牙之形千古如旧，恶境之地清流成泉，沙山之中不淹于沙，古潭老鱼食之不老”的月牙泉四奇，也令多少游客趋之若鹜。

敦煌鸣沙山

当落日来临，光与影用最流畅的线条分割着绵绵不绝的沙山，这里只剩下温暖的金黄。登上山顶极目远眺，鸣沙山那一道道沙峰如大海中的金色波浪，气势磅礴，汹涌澎湃。以手脚当桨，滑下山去，细细软软的沙粒，在身下一波一波涌动，如水流转。忍不住捧起一把，又悉数从指缝间滑落，分外令人欢愉。这山泉共处，沙水共生不愧为塞外风光之一绝。

天然博物馆——新疆

新疆被中外称为“天然博物馆”，沿着丝绸之路，分布着全国众多重点文物保护单，还拥有众多寺观庙宇。新疆的旅游资源也非常多，草原岩画、石人、古墓群、烽火台等，南北疆都有分布，各种类型的冰川、冰塔林、雅丹地貌、冰山湖、高山湖等，构成了新疆奇异的自然风光。我们先后游览了吐鲁番、千佛洞、阿斯塔那古墓群、葡萄沟、火焰山、坎儿井、交河故城等地。

25 日前往新疆维吾尔自治区吐鲁番，一首《吐鲁番的葡萄熟了》令人无限遐想。时值九月底，这里气温依然很高，包车依次参观了千佛洞、古墓群、葡萄沟、火焰山、坎儿井、交河故城等景点。这一决定实在明智，免受交通之苦。司机人很好，他推荐了最正宗、最好吃的“馕”。

吐鲁番千佛洞

柏孜克里克千佛洞始凿于南北朝后期，经历了唐、五代、宋、元长达 7 个世纪的漫长岁月，一直是高昌地区的佛教中心。13 世纪末，高昌王室东迁甘肃永昌，加之伊斯兰教传入吐鲁番后，佛教渐衰，千佛洞随之衰落，壁画被切割下来运出国去，现收藏于德国、俄国、日本、英国、印度、韩国等国的博物馆中，实在是令人痛心。

阿斯塔那古墓群是新疆地区发掘晋唐墓葬数量和出土文物最多的遗存，其中带有纪年的文书、墓志等地下文献资料为墓葬定年提供了绝佳参照。其墓葬形制、方式与河西乃至中原一脉相承。尤为重要的是，古墓群除汉人外，也不乏车师、匈奴、昭武九姓等人群，说明各族人群在共同开发西域的过程中，形成了对于中华文化的深刻认同。

葡萄沟是火焰山山谷中最大的一个沟谷，它像一条飘逸在盆地中央的绿色丝带。在葡萄沟里，不仅能感受到大自然的神奇景观、品尝到世界上最甜的葡萄，还能欣赏到维吾尔族小伙儿的热情舞蹈、惊险刺激的达瓦孜表演、热闹喜庆的少女采葡萄等，令人目不暇接。

火焰山屹立在吐鲁番盆地北部，高温难耐，热浪翻滚，使人透不过气来。山体沟壑林立，曲折雄浑，寸草不生。由于地层堆积比较水平，加上岩层软硬相间，在经年雨水侵蚀下，顺坡形成一条条沟壑。在干旱环境下又形成无数多边形龟裂。整个火焰山山体还是一条天然地下水库的大坝。山脚下有一组《西游记》群雕，一旁的巨大金箍棒是个温度计，可显示地表温度。走近一看，78℃！哇！难怪热得喘不上气来，于是赶快离开。

坎儿井与万里长城、京杭大运河并称为中国古代三大工程，这是吐鲁番的母亲河，是新疆特殊的水利灌溉方式，使用历史超过千年。主要在吐鲁番盆地、哈密和木垒地区，尤以吐鲁番地区最多，有千余条，如果连接起来长达5000公里，因此有人称之为地下运河。

交河故城是世界上最大最古老、保存得最完好的生土建筑城市，也是我国保存两千多年最完整的都市遗迹，1961年被列为全国重点文物保护单位。2014年作为中国、哈萨克斯坦和吉尔吉斯斯坦三国联合申遗的“丝绸之路：长安—天山廊道的路网”中的一处遗址点成功列入《世界遗产名录》。

■ 亚心之都——乌鲁木齐

乌鲁木齐，简称乌市，古称迪化，是新疆维吾尔自治区首府，新疆的政治、经济、文化、科教和交通中心，是世界上距离海洋最远的大城市。我们先后游览了天山天池风景区、红山公园、新疆维吾尔自治区博物馆、陕西大寺、国际大巴扎、古尔班通古沙漠、五彩滩、喀纳斯湖、鸭泽湖、神仙湾、月亮湾、草原石人、魔鬼城、胡杨林、赛里木湖、克勒涌珠、果子沟大桥、那拉提草原、巴音布鲁克草原等地，收获颇斐。

当天晚上到达乌鲁木齐。

26日去往天山天池风景名胜区，这座世界著名的高山湖泊，是每一个到新疆的游客都要去的地方，天池之胜，不仅因西王母“瑶池盛会”名传千古，更因其得天独厚的自然景观蜚声中外。游览天山，老人票价140元，包含了门票和区间车，乘上区间车，中途在哈萨克民族风情园停车，参观了哈萨克族毡房，观看了民族舞蹈表演。来到天池，眼前豁然开朗，群山环抱着一池碧水，如镜子般平静。天池东南面是雄伟的博格达主峰，峰顶的冰川积雪，闪烁着皑皑银光，与天池相映成趣，构成了高山平湖绰约多姿的自然景观。再往东是天山特有的雪岭云杉，在巍巍天山深处，犹如一道沿山而筑的绿色长城。风吹林海，松涛声声，绿波起伏，其势如潮。乘索道上马牙山顶俯瞰天池美景，天池如一面镜子悬于群山之间，其景之美，已无法用语言描绘。

27日去往红山公园，山体呈赭红色，故名。山上有座红山塔，远远望去，九层砖塔造型美观，站在塔前可饱览乌鲁木齐市区风光。

走进新疆维吾尔自治区博物馆，该馆通过《西域历史的记忆——新疆历史文物陈列》《新疆民族民俗》等常设展览，系统展示了新疆地区的历史发展进程和民俗风情。馆内还设有《新疆古代服饰的记忆》《逝而不朽惊天下——新疆古代干尸展览》等主题展览，其中，展出的1980年在罗布泊北铁板河墓葬出土的铁板河女尸，是世界著名的古尸之一，有“楼兰美女”的雅称。

新疆有一座陕西大寺，是市内最大的回族清真寺，可容纳千人礼拜。与一般清真寺相比，该寺是庭院式建筑，前殿为单檐歇山式，飞檐脊兽，雕梁画栋，屋顶为绿色琉璃瓦，在周边现代化建筑中显得很古朴。

然后来到国际大巴扎，“巴扎”在维吾尔语为集市、农贸市场之意，它集伊斯兰文化、建筑、民族商贸、娱乐、餐饮于一体，是新疆旅游业产品的汇集地和展示中心，具有浓郁的伊斯兰建筑风格，在涵盖了建筑的功能性和时代感的基础上，重现了古丝绸之路的繁华，集中体现了浓郁西域民族特色和地域文化。其硬件设施、文化氛围远超伊斯坦布尔大巴扎，堪称“世界第一大巴扎”。

28 日参加了乌鲁木齐当地旅游团。由于新疆太大了，景点又分散，交通极不方便，且车速限速为 30 公里。只适于参团、包车和自驾三种方式。

首先前往布尔津，途经壮丽的古尔班通古沙漠，之前见到的沙漠都是黄沙漫天，没想到这个沙漠有山有水有植被，过了喀木斯特之后，更是一望无际的辽阔草原，没有一点沙漠的样子，后来才知道它是非流动性沙漠。笔直前行，两侧金黄色的白杨如茅盾《白杨礼赞》中的那样，“这是虽在北方的风雪的压迫下却保持着倔强挺立的一种树！”第一次对那课文中的白杨有了直观的了解。

见到了五彩滩。悬崖式的雅丹地貌在夕阳照射下呈现色彩斑斓，娇艳妩媚，因此而得名。向南看去，发源于阿尔泰山南坡的额尔齐斯河此刻在静静流淌，犹如一条蓝色丝带。河北岸五彩滩连绵起伏，河南岸绿树葳蕤成林，两岸风光遥相辉映，可谓是“一河隔两岸，自有两重天”。待夕阳完全落下山去，此地之绝美，仍然让人不想离开。

五彩滩

29 日一早乘车赶赴距离布尔津县城 150 公里的喀纳斯，喀纳斯在蒙古语中有“美丽富饶、神秘莫测”之意。沿途见到了成群的喀纳斯肥尾羊，走起来屁股一摇一晃的，十分有趣。

踏着红色的地毯走进图瓦村里一户人家的屋子，进门的时候要先迈右脚，出门的时候要先抬左脚。一张小桌子上摆满了奶酪、酥油奶茶、奶酒、薯片等自制食品。待大家坐

白哈巴村

定，男主人唱起了《敬酒歌》。然后，老人用喀纳斯湖区生长的加拉特草制作而成的乐器楚吾尔，吹了一曲《奔腾的骏马》，欢迎游客们的到来。悠远而低沉的声音在小屋中环绕，仿佛让人看到了在骏马在辽阔的草原上奔腾。

来到喀纳斯湖，岸边漫山遍野的松林为湖光平添几分秋色。不远即到了中国和哈萨克斯坦交界处的铁列克提大峡谷，大峡谷的下方便是中哈两国的界河阿克哈巴河。“阿克”在哈萨克语中是“白”的意思，因此也叫白哈巴河。这里的白哈巴村是我国最西北第一村和西北第一哨，《中国地理》将它评为中国最美的八个小镇之一，歌曲《小白杨》的原型地址就指的是这里。村子坐落在一条沟谷之中，村民所住的尖顶木头房子星罗棋布地分布在沟谷底，金黄色的桦树、杨树点缀其间，两条清澈的小河蜿蜒环村流过。村子像是五彩的，加之阿勒泰山皑皑雪峰的映衬，呈现出一幅完美的油画。图瓦人的木屋上开始升起了袅袅炊烟。炊烟伴着晨雾，将整个村子点缀得犹如仙境，好似那东晋田园诗人陶渊明笔下的世外桃源。

喀纳斯湖

乘区间车返回贾登峪，当天晚上下了一场大雪，担心次日会封山，幸运的是凌晨雪就停了。喀纳斯湖一望无际，湖面风平浪静，两岸高大的木杉如彩色屏风紧紧拥抱着湖水，树影倒映湖中，山光云影交相辉映，湖水变幻出黛绿、深蓝、碧绿、灰白等各种颜色，岸边落叶像一片片金子铺在地毯般的草地上，踩上去松软无声，真是一个梦幻般的世界！登上海拔 2030 米的骆驼峰顶，站在观鱼亭鸟瞰喀纳斯湖，湖面被浓雾笼罩，宛如一块色彩斑驳的翡翠镶嵌在山谷之间。不一会儿，浓雾奇迹般地散开，天空一下子变蓝，远远望去可见神仙湾，卧龙湾等河流。

下山后，徒步游览了鸭泽湖、神仙湾、月亮湾等景点，然后参观草原石人。其皆选用整块岩石雕凿而成，头部、脸部、身躯，生动逼真，线条明快，站在草原上遥望东方，仿佛在诉说那经年累月、风霜雨雪的故事。

10 月 1 日来到距克拉玛依 100 公里的魔鬼城，魔鬼城又称乌尔禾风城。是一处独特的风蚀地貌，形状怪异，同之前到过的甘肃玉门关雅丹魔鬼城同属雅丹地貌，形成原理因内城地处风口，风在城里激荡回旋，凄厉呼啸如同鬼哭，故得名。乌尔禾魔鬼城在大自然鬼斧神工长期作用下，形成了一个梦幻般的迷宫世界。2005 年，《中国国家地理》杂志社在“选美中国”的评选中，乌尔禾魔鬼城获得中国最美的三大雅丹的第一名。电影《冰山上的来客》《七剑下天山》《卧虎藏龙》都曾在此拍摄，吸引大量游客慕名而来。

随后去往乌尔禾乡以北 2 公里处的胡杨林。那里的胡杨树据说有三千年寿命，即活一千年，立一千年，卧一千年。胡杨能在烈日中娇艳，能在严寒中挺拔，不怕侵入骨髓的斑斑盐碱，不怕铺天盖地的层层风沙，真可谓不到沙漠，不知天地之广阔；不见胡杨树林，不知生命之辉煌。走进胡杨树林，其形状千姿百态，有的似鲲鹏展翅，有的像骏马扬蹄，有的如纤纤少女，有的像魔王降临，简直就是一座天然的艺术宫殿。

10 月 2 日早餐后乘车来到被誉为高原明珠的赛里木湖，也是新疆海拔最高、面积最大的高山冷水湖。这里空气清新，湖水如明镜一样静静地躺在天山山脉的群峰之间，闪耀着宝石的光泽，看一眼就会令人赞叹不已。

赛里木湖

克勒涌珠是赛里木湖景色最美之处，北边高耸云间的雪峰，倒映在清澈的湖水中，太阳钻出云层金光四射，引得游客们纷纷拍摄。

乘车沿果子沟盘山公路继续西行，经果子沟大桥到达霍尔果斯口岸，它是伊霍铁路、连霍高速公路、312 国道，以及中国—中亚天然气管道的起讫点，出口岸即到哈萨克斯坦境内。

10 月 3 日上午来到了那拉提草原，一望无际，辽阔无边，各种野花将草原点缀得绚丽多姿。虽然天空在下雨，又值秋季，但草原景色依然令人陶醉，苍鹰悠闲地盘旋在天上，一群群牛羊安逸地在山坡徘徊，一派理想的草原风光。在那拉提的牧野画意中生活的是热情奔放的哈萨克人，他们居住在被称为“宇”的白色毡房里，家家驯养着猎鹰。平时撒鹰追捕狐狸和兔子，游客们来到时又收回猎鹰供观赏和互动。当猎鹰低翅落在跨着骏马的哈萨克小伙儿前臂的那一瞬，才是那草原牧民捕猎的最佳画面。

巴音布鲁克草原

午餐后乘车来到巴音布鲁克草原，巴音布鲁克在蒙古语中是“丰富泉水”之意，它平均海拔在 1500 米至 2500 米之间，是我国仅次于内蒙古鄂尔多斯的第二大草原。走上草原的那一刻，默然坚信，这里就是旅行中的远方之诗！一片拥抱着雪山的世外桃源，是美丽天鹅的理想繁殖栖息地。遍野的天山牦牛和查腾羊悠闲吃草，焉耆马恣意地奔驰。加上那素有“九曲十八弯”美称的开都河蜿蜒流淌，真是一派绝美的草原风光。

此番新疆之行令人终生难忘。

10 月 4 日由巴音布鲁克车行 11 个小时回乌鲁木齐，准备乘火车去往甘肃省天水市，直到看到了手中的票才发现订票时算错了返程时间，早晨的火车早已开出。麦积山石窟、伏羲庙、卦台山等景点也成了此行的遗憾。

由乌鲁木齐乘 30 个小时火车去往四川省广元市。10 月 7 日到达广元住宿一宿，8 日一早出发前往位于四川省阿坝藏族羌族自治州境内的九寨沟，计划游玩三到四天再去四川省会成都。

天府之国——四川

四川，简称川或蜀，省会成都。位于中国西南地区内陆，地处长江上游，素有“天府之国”的美誉。为中国道教发源地之一，古蜀文明发祥地，全世界最早的纸币“交子”出现地。四川盐业文化，酒文化源远流长；三国文化，红军文化，巴人文化精彩纷呈。我们先后游览了九寨沟、镜海、长海、成都天府广场、青羊宫、杜甫草堂、四川博物院、宽窄巷子、文殊院、武侯祠等地。

九寨沟因九个藏族村寨坐落而得名，在巍峨的岷山山脉深处，其中树正沟、日则沟、则查洼沟三条主沟呈“Y”形分布。傍晚到达九寨沟，在沟外住一宿，次日到查洼寨放行李后，轻身游览一天，下午五点以前赶回安多藏家，吃着牦牛干，品着青稞酒，真是一顿美味的晚餐。

第二天一早来到镜海，之后乘区间车直接到长海。中午返回安多藏家取行李，再来到犀牛海。经老虎海和树正瀑布来到树正寨，再经如神龙潜游的卧龙海，如火光闪烁的火花海，如双龙潜藏的双龙海，如玉带飘舞的芦苇海，到达盆景滩。滩流中生长着许多喜水的植物，造型各有不同，如盆景一般矗立在水中，令人不由称奇。

回望九寨沟，“九寨归来不看水”此话果然不虚。

九寨沟诺日朗瀑布

原计划下一个景点是牟尼沟，但是，这两天连续下雨，而牟尼沟地势险恶，所以直接乘上前往成都的大巴离开，途经牟尼沟时，雨下得更大，心中庆幸不已，看来旅游也是要有机缘才行。

晚上到达成都后，来到天府广场欣赏夜景，广场的夜景繁华而漂亮。

12 日来到成都青羊宫，始建于周朝，是全国著名的道教宫观之一。中轴线依次是山门、混元殿、八卦亭、三清殿、斗姥殿、紫金台、降生台和说法台等，三清殿前有对大名鼎鼎的铜羊，俗称青羊，全身被游客摸得锃亮。

出青羊宫来到杜甫草堂，杜甫在此居住了四年，还创作了 240 余首诗歌，草堂由此被誉为“中国文学的圣地”。草堂自宋元明清历代的修葺扩建，已衍变成一座集纪念祠堂格局和诗人旧居风貌为一体的旅游胜地，这里有杜子美走过的每一步足迹，也有用在写作的每一处景观。走进其里，观景即想起杜甫经典诗句。“万里桥西一草堂，百花潭水即沧浪。”描绘的是那正门旁浣花溪欢快景象；“我有新诗何处吟，草堂自此无颜色”描写的是那被暴风雨拔起的楠木后的悲凉；水竹居取自“懒性从来水竹居”，一览亭取自“一览众山小”，最有写意的是花径，那通向草堂的红墙夹道上种满的花草，让人直接脱口吟出：“花径不曾缘客扫，蓬门今始为君开。”

出草堂北门来到四川博物院，博物院目前拥有 14 个展厅，展览区分为三层，第一层设有四川汉代陶石艺术展与临时展厅，四川汉代陶石艺术展、多功能厅会议接待室；第二层为巴蜀青铜器馆、陶瓷艺术馆、书画馆、张大千艺术馆；第三层是藏传佛教文物馆、万佛寺石刻馆、四川民族文物展、工艺美术馆。

出馆来到青羊区长顺街附近的宽窄巷子，由宽巷子、窄巷子、井巷子平行排列组成，全为青黛砖瓦的仿古四合院落，是一座成都遗留下来的较成规模的清朝古街道，与大慈寺、文殊院一起并称为成都三大历史文化名城保护街区。宽巷子是“闲生活”区，是老成都生活的再现。这里有老成都生活体验馆，风土和民俗都可以在这里看到。窄巷子是“慢生活”区，展示了老成都的院落文化。井巷子犹如历史文化博物馆，路南一侧用古砖、浮雕筑成一道 500 米长的历代砖文化墙和 500 米长的民俗留影墙，在国内尚属首例。总之，在宽窄巷子里，每一个人都在被慢节奏的文化生活所浸染。

13 日一早步行去往文殊院。文殊院是川西著名的佛教寺院，禅宗四大丛林之一。文殊院庄严肃穆，古朴宽敞，属于典型的清代建筑。殿堂之间、东西两侧有长廊密柱相联结，配以禅、观、客、斋、戒和念佛堂、职事房，形成一个个近似封闭的四合院。

武侯祠坐落于成都老南门外的武侯大街，是纪念三国时期蜀汉丞相诸葛亮的祠宇。初建时曾与昭烈帝刘备的祠庙相邻，后于明朝初年并入汉昭烈庙，成为中国唯一君臣合祀的祠庙。与武侯祠一墙之隔是素有“成都版清明上河图”之称的锦里。里面的锦里民俗休闲一条街，是成都市首座以传统川西古镇为建筑风格的旅游休闲街区。也许旅游景点大都如此，真正的美食小吃，还得去那种平民巷陌，或者成都人说的“苍蝇馆子”里吃。

中国火锅之都——重庆

重庆是曾三为国都，四次筑城的国家历史文化名城。1189 年，宋光宗赵惇先封恭王再即帝位，升恭州为重庆府，重庆由此得名。重庆是“红岩精神”起源地，巴渝文化发祥地，“火锅”“吊脚楼”等影响深远。我们先后游览了解放碑、朝天门、洪崖洞、磁器口、南滨公园、重庆中国三峡博物馆等地，感受颇深。

14 日早上乘坐城际列车来到重庆。跨座式单轨交通方式具有当代国际先进水平，在我国尚属首次引进。绝大部分路段避免了山城地势起伏的难题，是重庆城市交通现代化的里程碑工程。大大改变 1987 年来重庆时对它“出门就爬山”的印象。

前往位于重庆主城渝中区的解放碑，全称是抗战胜利纪功碑暨人民解放纪念碑。它是抗战胜利和重庆解放的历史见证，还是全国唯一的一座纪念中华民族抗日战争胜利的纪念碑。

下一站是朝天门。因其地势险要，是重庆历史上最早的一个古码头，商务活动兴盛，于是就有人称它为“天字第一号码头”。

下一站到达洪崖洞。它是重庆目前唯一遗留的一处老山城人文景观。洪崖洞景区沿绝壁修建，共分十层，右侧以“洪崖滴翠”为背景。从下面一层层往上爬，走过“洪崖滴翠”前的吊桥。站上

重庆洪崖洞

千厮门大桥可以俯拍到洪崖洞全景。

最后，乘地铁返回旅馆。

磁器口始建于宋真宗咸平年间（998），因明朝建文帝朱允文隐修于镇上宝轮寺，故又名龙隐镇。清朝初年，因盛产和转运瓷器，而得名磁器口。走过牌坊就是黄桷坪一巷，顿感与现代繁华闹市成为鲜明的对比，磁器口最有特色的石板路就是从这里开始。小巷不长，沿街店铺林立，两边的房子据说建于明清年间，高高低低，高者是三层的楼房，低者似乎伸手就可够到屋檐。有陈昌银麻花、木锤酥等小店，继续前行，人头攒动，小路越走越窄，两旁房屋也是一层加小阁楼。真有一种老瓦房、老院子、老味道的感觉。

下午，过嘉陵江到南滨公园，看到嘉陵江江北的风光，可惜江上雾气重重，看得不真切。然后到南岸区洋人街，洋人街的每一个建筑都充满了想象力，体现了建筑者的想法。有的房子是倒着建造的，就好像脱离了地心引力；有的建筑外涂上了鲜艳的涂鸦，体现了浓郁的后现代风格。即使是平庸的小楼，也会着力刻画一些别具特色的细节。

16 日参观重庆中国三峡博物馆。陈列展览由 4 个基本陈列、6 个专题陈列、1 个 360 度全周电影、1 个半景画陈列、1 个观众实践中心和 3 个临时展览构成。陈列展览主要包括《壮丽三峡》《远古巴渝》《重庆 · 城市之路》《抗战岁月》，专题陈列分别为《李初梨捐献文物》《历代书画》《历代瓷器》《汉代雕塑艺术》《西南民族民俗风情》《历代钱币》等。看完展览后，除对《壮丽三峡》展览稍觉有特色外，其他的展厅均应在“渝”字上着以更多刻画。

10 月 17 日乘坐飞机返回武汉，一趟漫漫长途之行至此结束。回首去看，此趟行程历时 28 天，游历甘肃、新疆、四川、重庆共 15 个城镇。中途有惊险，也有遗憾，还两次改变计划。但重要的是，两人平安归来。也收获了自由行应和当地参团合理配合的重要经验。

大河之南北

2015 年 8 月决定好了一趟河北与河南的旅行，恰好儿子一家三口也有时间，小孙子嚷着要到北戴河，于是先来一次北戴河全家之旅。

8 月 2 日晚自湖北黄石出发，火车跨过黄河以北，进入河北省，3 日下午到达北京西站，然后从北京乘车去往河北秦皇岛，候车室中一家三人各自忙着上网。

“天堂之城”——秦皇岛

秦皇岛是国家历史文化名城，也是低碳试点城市；国家园林城市；中国优秀旅游城市；中国综合交通枢纽城市；全国十佳绿色生态旅游城市；中国最具幸福感城市。我们先后游览了北戴河、海滨浴场、山海关等地。

晚上 8 点达到了秦皇岛北戴河，天空下着小雨，晚饭点了一桌子海鲜，小孙子吃了个痛快。

4 日上午到海滨浴场，小孙子看到了海的兴奋感和他爸爸第一次看到海时一模一样，他穿着小泳衣，戴着帽子和太阳镜，一会儿拿水枪射水，一会儿玩起了沙坑，十分开心愉快。中午一觉睡到下午五点，然后又到海滨浴场去玩了一阵儿，才心满意足地回旅店。

玩沙、玩水、吃海鲜、睡懒觉，这种悠闲的生活连过两天，换作大人，两天时间会走遍周围景点。不过，孙子为大，他高兴就行。

北戴河玩水枪

玩沙

天下第一关

6 日一早由秦皇岛站坐火车来到被誉为“天下第一关”的山海关，山海关是明长城的东北关隘之一，与甘肃嘉峪关遥相呼应，明长城的东部入海口即著名的“老龙头”，向东接水上长城九门口，入海石城犹如龙首探入大海，“老龙头”因此得名。在总兵府和“老龙头”，小孙子听着他爸爸讲了许多关于兵器、海捕令、战船、攻城云梯的知识，似懂非懂地眨着眼睛点着头，可爱极了。

快乐的时光总是短暂的，至今回想，那是唯一一次全家旅行，一家人玩得很开心。下午乘火车去往承德，儿子一家去北京，真是依依不舍和如此可爱的小孙子分开啊！

■ 承德——避暑山庄

8 日来到承德避暑山庄，又名“承德离宫”或“热河行宫”，是中国四大名园之一。始建于 1703 年，前后共历清朝康、雍、乾三位皇帝。占地面积相当于两个颐和园，八个故宫，是中国现存最大的皇家园林，内有康熙乾隆钦题“七十二景”及其他人文景观共 120 多组群。1961 年被公布为第一批全国重点文物保护单位，1994 年列入《世界遗产名录》。

避暑山庄分为宫殿区、湖泊区、平原区、山峦区四大部分，其中，宫殿是皇帝处理朝政、举行庆典和生活起居的地方，由正宫、松鹤斋、万壑松风和东热河行宫组成，布局采取北方四合院的形式，层层递进，纵深发展。宫殿周围广植花木，或叠石为阶，使宫殿建筑园林化，缓解正宫严肃的气氛，这也正是避暑山庄造园成功之处。

此时正值周末，大量的游客拥挤到山庄的正门，它也是正宫之正门，正宫有九进院落，分为前朝、后寝两部分。前朝是皇帝处理军机政务的办公区，后寝是皇帝和后妃们日常起居的生活区。

走入为乾隆"三十六景"之首的丽正门，一派宫殿景象，重台上建有城阁三间，迎面建有 30 米长红照壁，布局规格严整，风格质朴秀丽。穿过午门来到阅射门，抬头可看到康熙皇帝御笔"避暑山庄"四个金色大字，东西厢房现辟为《兴盛时期的避暑山庄》展室，里面陈列着大量反映清朝帝王在避暑山庄文化活动的展品和长卷。走进主殿澹泊敬诚殿，是清朝举行重大庆典，接见少数民族首领和外国使节的地方。乾隆年间此殿以金丝楠木改建，有股清新宜人的楠木之香。大殿正中设有紫檀凸雕纹宝座，宝座后有紫檀耕织图围屏，两侧有紫檀云龙组合顶箱大立柜，堪称中国家具之最。

通过长廊来到四知书屋，是皇帝临朝前后更衣小憩，接见近臣和贵客的便殿。屋后有一排 19 间房称万岁照房，有回廊与四知书屋和主殿相通。以此为界，南为前朝北为后寝，文武官员及其他男性不得超越此界，现辟为"清帝御用瓷器、珐琅展览"，展出的都是清代瓷器中的精品，具有极高的艺术价值。万岁照房前东西两侧辟为"清代帝后用的轿舆展览"，展出皇帝出行时使用的步舆以及贵妃使用的车，还有黄呢小轿和暖轿。

穿过万岁照房就来到了后宫，主殿为烟波致爽殿，是清朝皇帝在承德时的寝宫，为康熙"三十六景"第一景。庭院里绿草如茵，古松如盖，山石散置，极富园林气息。殿后是云山胜地楼，是正宫最高的一座建筑，为康熙"三十六景"第八景，楼下有戏台可供帝后听戏，二楼有佛堂"莲花室"，为帝后祭月祈福之所。楼后即岫云门，为正宫的后门，开门即见"望鹿亭"和"驯鹿坡"，据说当年这里曾是一派麋鹿漫游，霭遮树掩的绝好风光。

山峦区路面很窄，仅容一辆游览车通过。车行其中，闻着清新的空气，心情顿觉舒畅。登上山峦区最高点四面云山亭，虽是盛夏，却也凉爽如秋。据说乾隆皇帝每来山庄，必到此一游，触景生情作诗多首。来到二马道，是避暑山庄的宫墙，可并行两匹战马，故称。顺山而看，宫墙如小长城一样，随山势起伏蜿蜒。在此可俯瞰外八庙。

继续前行来到青枫绿屿和罨画窗，分别为康熙乾隆"三十六景"第二十一景和第二十七景。下山走到芳园居，为山庄里面的买卖街。据说很受后宫妃嫔们喜欢，因为在这里让她们有一种离开皇宫回到市井生活中的感觉。

来到湖泊区，此处集中国南方园林的秀美和北方园林的雄浑于一处，使它成为“来于天然，胜似江南”的独特风格，是中外游客到避暑山庄都会去的地方。内有大小湖泊八处和三个长堤相连的岛屿。

从避暑山庄看须弥福寿之庙

沿如意湖走到“万壑松风”，它是避暑山庄宫殿景区兴建最早的建筑，为康熙“三十六景”第六景。随后来到下湖与银湖间的水心榭，是在水闸桥上的三座亭榭，亦为乾隆“三十六景”第八景。其东侧是建于银湖中一岛上的文园狮子林，乾隆皇帝南巡时对苏州狮子林情有独钟，遂诏令在避暑山庄内仿建文园，内有十六景。水心榭北行过桥，有一岛名曰月色江声，系乾隆“三十六景”第十二景。回到万壑松风，再北行可看长堤蜿蜒，此处就是仿杭州西湖苏堤白堤而建的芝径云堤，系康熙“三十六景”第二景。北行来到环碧岛，有两座小巧玲珑的建筑相邻，曾作为皇子们读书之所。再北行，过桥即达一个大岛，其形状颇似如意，故名如意洲。曾是康熙皇帝接见文武大臣和少数民族王公首领的地方。这里有康乾“七十二景”中的十二景，现尚存八景。

来到烟雨楼，系仿浙江嘉兴烟雨楼形制而建，布局紧凑，庭院古松挺拔，院外遍植荷、苇、蒲、菱，其他附属建筑也颇见匠心。回到如意洲，往东来到“水流云在”，系康熙“三十六景”最后一景。然后沿澄湖向南经康熙“三十六景”的“莺啭乔木”“濠濮间想”“甫田丛樾”等来到热河泉，泉由一群细泉组成，热水从断层石隙间如串串珍珠喷涌而出，缓缓汇入澄湖。

最后走近澄湖以北的平原区，其西部是以文津阁为主的大型建筑组群。文津阁仿浙江宁波天一阁而建，原曾珍藏《古今图书集成》和《四库全书》各一部。平原区东边为万树园，生长有数百年的古榆、古柳、古槐，树种繁多，枝叶茂密，飞雉、野兔、狍、鹿来此就食，是步行围猎的好场所。28 座蒙古包散置其间，皇帝多次在这里会见、宴请少数民族王公贵族及外国使节。万树园西南部为试马埭，是清朝皇帝赴木兰围场举行“秋狝大典”之前，精选良马的地方。平原区东部的永佑寺为山庄寺庙之中规模最大的一处，寺中舍利塔仿南京报恩寺塔和杭州六和塔而建，庄严高耸。

从避暑山庄东门出园，到附近一家羊汤馆尝了尝羊汤和烧饼，挺好吃的。

开国第一城——石家庄

石家庄被称为“开国第一城”。不仅仅因为其是全国解放的第一座大城市，还因为中央人民政府的前身——华北人民政府在这里成立，中华人民共和国的金融、新闻等多项事业也从这里起步。

9 日乘火车去往河北省会石家庄，10 日清晨到达。石家庄火车站给人第一感觉就是好大。来到车站附近预定的家庭旅馆放下行李，坐上公交车去往正定。在正定第一次吃到了驴肉火烧，加了一碗小米粥，又香又饱。

古建艺术宝库——正定

古城正定历史、古韵相依相融，素有“古建艺术宝库”之美誉。著名学者余秋雨行走古城正定发出由衷慨叹：“正定拥抱着太多的国宝，让人强烈地感觉到一种千古之美。”我们先后游览了赵云庙、隆兴寺、开元寺、天宁寺、广惠寺、临济寺等地。

首先到赵云庙。庙不大，穿过山门殿、四义殿来到主殿顺平侯殿，内供正襟危坐的赵云塑像。殿左、右各是五虎殿，君臣殿。君臣殿内有张飞书法，没想到这个豹头环眼五大三粗的将军竟有一手好书法，令人颇为惊讶。

一路步行来到隆兴寺，始建于隋朝开皇六年（586），其拥有多个寺庙之“最”，即形制最奇特的摩尼殿，最美五彩悬朔观音像，最古老的转轮藏，现存最早的楷书碑刻隋《龙藏寺碑》，最高大、最古老的千手千眼观音，中国古代最精美的铜铸毗卢佛。

寺院没有山门，迎面是一座宏伟壮观的双龙照壁。穿过天王殿来到大觉六师殿遗址，它原是寺中相当于大雄宝殿一样的主殿，但民国时期倒塌。其北面的摩尼殿被建筑学家梁思成誉为世界古建孤例，殿北壁即为最为著名的五彩悬塑“倒坐观音”，左足踏莲，右腿踞起，两手抱膝，身体稍向前倾斜，面容秀丽恬静，姿态优雅端庄。柳眉之下，那双智慧深邃的眼睛微微俯视，恰与礼佛者仰视时形成感情上的交流。

前行穿过被梁思成称为小珍品的“妙庄严域”牌楼来到戒坛，坛内供明代铜铸双面佛像，面南为西方极乐世界教主阿弥陀佛，面北为东方净琉璃世界教主药师佛，二佛像相背而坐，背身相连。戒坛向前，西为转轮藏阁，正中安置木制八角形“转轮藏”。东为慈氏阁，阁内立有一独木弥勒佛雕像，为宋代木遗物。阁后为龙藏寺碑，里面现存最早的楷书碑刻隋《龙藏寺碑》，具有很高的书法艺术价值。

大悲阁是寺中主体建筑，阁中矗立我国古代最高大、最古老的铜铸千手千眼观世音菩萨像。大悲阁两侧有御书楼和集庆阁，御书楼与大悲阁以空中小桥相通。大悲阁向前到达弥陀殿、毗卢殿和龙腾苑，毗卢殿内有铜铸毗卢佛像，造型奇特，为国内孤例，整尊造像上有大小佛像 1072 尊，精美十分。龙腾苑位于寺院东北侧，是一处明清式园林。游客环游其中，仿佛走入美丽而深邃的历史画卷。

出隆兴寺步行至开元寺，寺始建于东魏兴和二年（540），寺内仅残存一座钟楼和一座须弥塔，以及近年发掘出来并在原址重新搭建起来的三门楼。梁思成判断钟楼下层部分是唐代遗构，开元寺因此而闻名。其正中有圆井，与二楼悬挂的钟口相对，顺楼梯登上二楼。看到偌大一口铜钟悬挂于其上，千年不坠可谓奇观。20 世纪 50 年代初，数学家华罗庚等三人专程前来，历时八天也未算出楼的受力结构和钟的挂法之间的关系，谜题一直留到了现在。钟楼西侧是颇似西安雁塔的须弥塔。一旁的三门楼建成于武周如意年间，仔细观察仍能在石柱表面辨认出许多线刻的佛像和纹饰。2000 年安置在寺里的赑屃据说是国内出土最大的一只，形象笨拙而可爱。

出开元寺来到天宁寺，寺建于唐懿宗时期，现独存凌霄塔。其为一座砖木结构的九层楼阁塔，最大特点是在塔身第四层中心部位竖立一根直达塔顶的木质通天柱，并依层用放射状 8 根扒梁与外搪相连。如此结构国内现存仅此一例，因此极其珍贵。

随后来到广惠寺，寺院早已不存。仅一座砖砌八角楼阁式华塔耸立，塔身分主塔与小塔。主塔为四层，底层四隅各建一六角形亭状小塔，将主塔一至二层环抱，高低错落，主次偎依。

最后来到临济寺，寺最早建于东魏孝静帝时期，澄灵塔是该寺目前唯一保存下来的古建筑，为义玄大宗师衣钵塔。南宋时期日本僧人荣西两次前来学习佛法后回国首创临济宗，现成为日本佛教主要宗派之一。此宗认定临济寺为其祖庭，澄灵塔为其祖塔之一，因此常有日本僧人来交流参佛。

出寺已时间不早，只能放弃到正定古城门参观的计划，但正定之印象，无愧于“古建艺术宝库”之美誉。

■ 太行八陉之第五陉——井陉

井陉，位于河北省石家庄，是我国首批千年古县，其被称为“太行八陉之第五陉”“天下九塞之第六塞”。井陉的地形基本为盆地，其四面有山。而中间陷下，就好像是一个深井，又如一个灶的陉。所以称为“井陉”。我们游览了苍岩山景区。

11 日一早起来，老伴略感身体不适，只好独自前往苍岩山。苍岩山位于石家庄市井陉县，海拔 1039.6 米，有“三绝”闻名。一绝“桥楼殿”，二绝“白檀树”，三绝“古柏朝圣”。此外，还有著名的十六景，景景入胜，步步宜人。而那关于隋炀帝长女南阳公主在苍岩山出家，行医百姓恩泽四方留下许多动人的传说，也引得无数游客纷纷来此游览。

苍岩山桥殿飞虹

进銮台口，苍岩山十六景依次出现，一白鹤泉水过山门，涧上清风拂俗尘，为“风泉漱玉”。沿山谷而行见一苍山书院，绿荫遍地，静寂幽谧，为“书院午荫”。沿书院进山石径而上，丛林参天蔽日，阵阵清馨袭人。月门当道，见“碧涧灵檀”，此处白檀有的已逾千年，不仅心空皮脱，而且树形因地而异，又为苍岩山三绝之一。观之；那主干随意地一倾一侧一转身，枝条任性地一扬一甩一交臂，似在舞姿曼妙，直叫人为之倾倒。

休息片刻，经龙王庙和三星庙步入西南绝谷深处，只见一桥殿飞架崖间南北，金碧横空可谓奇观。移目桥下，耸立的石磴直通桥殿。登上石阶，涧风吹来，透胆生寒，森然动魄，似可直入云端，系“悬蹬梯云”。登临顶端，有灵官殿当面而立，其后，一巨大黑石嵌于两崖之间，应有飞瀑从石后隧道宣泄而下但久未可见，系“峭壁嵌珠”。灵官殿东南水帘洞以东即大、小桥楼殿和天桥，三桥如飞虹并驾，系“桥殿飞虹”，抬眼看去蔚为壮观。我国三大悬空寺之一，同时也是苍岩山三绝之一的桥楼殿也在于此。其凌驾于百仞峭壁之间，仰视蓝天一线，俯首万丈深渊，景色惊险异常。

南侧为圆觉殿，其大门石阶上的玉玺蹲配据考证为北魏时期作品，全国仅有两对，因此无比珍贵。殿后南崖崖壁上有一山洞，沿洞中小路一路曲折盘旋至山巅一凹处出洞，站上风雨小亭极目远望，天高地阔，系“窍开别天”。在西峰间的断崖上，禅房、危台、祠宇等耸于空际，由凿壁修成的栈道，曲折直达崖端，过去曾惊险异常，直到边缘修上短墙后到此已是有惊无险，系“绝巘回栏”。上山来到南天门，憩息林下，山鸟啁啾，一唱百啭，余音绕林，陶然欲醉，系“空谷鸟声”。绝谷崖壁挂满钟乳，其形状光怪陆离，无奇不有，系“阴崖石乳”。原路返回登上玉皇顶，再登临菩萨顶，经通天洞行走于岩山之中，可见苍岩山三绝之一的“古柏朝圣”。上千万棵千年生的崖柏、沙柏、香柏生长于悬崖峭壁之上，伸出千姿万态的枝干，虽如虬龙狂舞，青凤凌翅，但均朝着南阳公主祠的方向生长，仿佛朝圣一般。向前经数景，见崖壁上有一孤峰兀立，其上平坦如砥，置身台上，西南绝谷中诸景历历可数，喧呼一声，山传谷回，系“说法危台”。

返回桥楼殿，二次到玉皇顶，乘缆车下山，可俯瞰苍岩山全景。东峰北端半崖上，耸立有形状极似香炉的孤石。据说每当日暮晚霞，“炉峰夕照”即呈现。缆车将到站时，可看到苍岩东、西二峰断崖之间形成山口，千年古刹福庆寺之山门巧借山势建于口上，茂林与深谷尽掩其后，山门与牌楼皆隐其内，此系“岩关锁翠”。回首苍岩，其享“五岳奇秀揽一山，太行群峰唯苍岩”之美誉，果然名不虚传。

回程时正好有人拼车，于是一同返回。

■ 爱国主义教育示范基地——河北博物院

下午来到河北博物院。从三楼开始参观，有诸如《慷慨悲歌——燕国故事》《慷慨悲歌——赵国故事》《石器时代的河北》《河北商代文明》多个展览，通过大量文物，集中展现了河北石器时代、商代到燕赵两国可歌可泣的历史。二楼的《战国雄风——古中山国》《大汉绝唱——满城汉墓》展出了三千余件出土文物，其中，中山靖王刘胜和王后窦绾的金缕玉衣是我国出土年代最早的完整玉衣；鎏金长信宫灯、错金博山炉、鎏金银蟠龙纹铜壶等都是具有代表性的精品，被评为中国20世纪百项考古重大发现之一。一楼的《曲阳石雕》和《北朝壁画》展览集中展现了河北的石雕和壁画历史，最壮观的当属北齐文宣帝高洋墓墓道临摹壁画，大气磅礴。《名窑名瓷》展览充分展示了河北古代瓷器的辉煌成就。展品琳琅满目，精品荟萃，令人大开眼界。

■ 九州腹地——河南

河南地处“天下之中”，是夏商周三代文明的核心区。我们先后游览了郭亮村、万仙山、云台山、白马寺、洛阳博物馆新馆、龙门石窟、龙门博物馆、嵩山、郑州商代都城遗址、郑州二七罢工纪念塔等地。

从石家庄乘火车到达河南新乡，住宿一宿。

12日清早乘坐城际公交赶到辉县万仙山，先去往山中郭亮村，郭亮村得名于西汉末年农民领袖郭亮。村中宅院依山而建，门外三米即为绝壁悬崖，因此被称为“崖上人家”。连接村中与外面的是郭亮洞，那是一条1250米的长廊，是村民们自己动手，用简单的工具耗时五年凿成，从此与世隔绝的“崖上人家”开始了与外界的接触，同时也吸引了大量的游客来此参观，数十部影视剧来此取景拍摄，其中就有著名的《清凉寺钟声》《举起手来》等。

从村中人家门外往山下看去，悬崖峭壁如猛兽一般令人胆战心惊。登上观景台向西看，绝壁上有一挂瀑布直落深潭，景色十分优美。

漫步在村中，石头房、石桌、石凳、石磨、石碾、石院墙、石桥、石路，举目皆是石头，一派山村野趣。有座用红石垒砌的山门，曾是电影《清凉寺钟声》里的乳泉门。还有座谢晋居，是当年谢晋导演所住过的农家小院。村子下面有棵古柳，相传是西汉末年刘秀被王莽追杀到此地，爬上此柳树藏身才躲过劫难，百姓称之为汉柳。一路穿行来到喊泉，其水量受声音影响，十分奇特。来到天梯，是从前郭亮村民通往山外之路，险要之处不得不侧身而过。来到郭亮洞，近距离体验时才看到外侧凿有35个大小不同，形状各异的天窗。无数游客在这里参观，纷纷感叹工程难度之大。

郭亮洞

13日到观景台看日出，然后乘车前往南坪，有一座石峰似身披盔甲的将军，峰下则是日月星奇石，淡红色的沉积岩上清晰地显现出太阳、月亮、星星的图案，是万仙山镇山之宝，令人称奇。从山脚乘坐旅游专用车到达山顶的丹分村，再下丹分沟经黑龙潭到南坪。沟内凉风阵阵，山雾弥漫，奇特的山体和溪水相互衬托。瀑布从山的坳口处直冲出来，中途没有阻碍，也没有水石相激的迸溅，毫不犹豫地，轰轰作响扎入潭底。谷底的黑龙潭瀑布落差不大，但具有太行瀑布的鲜明特点，走近看去，奇哉美哉，也分外清爽。

如果是过去，会继续前往磨剑峰瀑布，但年纪大了，还是量力而行。回到旅店，与老板一家一起吃饭，美美睡一觉，然后信步闲游，权当散步。

14日来到位于焦作市修武县境内云台山，它含百家岩、红石峡、子房湖、潭瀑峡、猕猴谷、茱萸峰、峰林峡、青龙峡等主要景点。因为是周六，游客比较多，所以制定了两天的游玩计划。

第一站来到万善寺，游览一番，与一般寺庙无异。然后前往历来以三奇著称于世的红石峡，第一奇在小中见大，峡谷巧妙地将山川精华荟萃于方寸之中；第二奇在峡谷深藏于地下，千般美景和万种风情均藏在地面之下；第三奇在红石峡四季如春，峡内空气自成气候，冬暖夏凉，四季如春。

正巧下雨，红石峡石头遇水越发红艳，看上去十分壮观。下午峡内游客稀少，从入口进入红石峡景区，一路往下探到谷底，走在栈道中，眼前的景象或幽深，或旷远，或清秀，或迷蒙，既是画境也是诗境，让置身其中的游客，赏心悦目，思绪翩然。不时闪现的瀑布，给峡谷增添了灵动，哗哗水声与岩石碰撞出曼妙的姿态，清静山谷回荡着音乐的充盈。穿过一条长约30米的黑龙洞才是进入了真正的红石峡。洞口可见潺潺流水，闻股股清香。下到谷底，远处传来空彻的瀑布声，一条白龙瀑布犹如飞雪玉龙落下，瀑下便是白龙潭，一瀑一潭，一动一静，一上一下，相映成趣。据说地质专家曾在白龙潭发现了34亿年前的锆石，是目前地球上发现的最古老的岩石。

红石峡

走过山壁间开凿的隧洞，首先直入眼帘的是“一线天”，人行其间山体相合只留下一线天地，甚是奇妙。这里涧水分切山体，急流而下，绝壁高耸，崔巍对峙。峡谷外旷内幽，奇景深藏，两岸峭壁山石秀丽，仿佛鬼斧神工雕凿而成的一个巨大盆景，又似名山大川的浓缩。

从此处一路上升，出了红石峡回望，在这条长长的“自然山水精品廊”里，水是薄轻剔透的丝巾，飘在温盘峪的玉颈；是孔雀翎的翡翠饰带，缠绵在温盘峪的腰间；是无坚不摧的锋刃，削岩切岱，塑出千奇百怪的群像。

出了峡谷，远远看见雄伟的子房湖大坝横亘眼前，伫立大坝之上，右手边是红石峡幽幽出口，左手边是波光潋滟的湖水，快艇肆意叱咤而过，掀起白白的浪花，拖着白白的水痕，仿佛潜龙出海。结束红石峡之旅回旅店休息，晚上出来逛街。这里有诸多的小吃，可以大饱口福。

15 日一早乘车前往茱萸峰，途经叠彩洞。叠彩洞全长 4831 米，高度差 912 米，不仅坡陡，而且路险。这是一条修武县人民自己建造的隧洞公路，从 1977 年到 1987 年历时近十年打通，由大小 19 个洞首尾相连组成，隧洞深处十分幽暗，车中都能感受这里的惊险。山洞外面有许多旖旎风光，可惜车开得飞快，根本不及欣赏。

茱萸峰

茱萸峰是云台山主峰，海拔 1308 米，因在古时遍生茱萸而得名。登上峰顶，不由想起唐朝诗人王维《九月九日忆山东兄弟》：“遥知兄弟登高处，遍插茱萸少一人”的名句。

来到云台山北部的潭瀑峡，这里三步一泉、五步一瀑，十步一潭，呈现出千变万化的飞瀑、走泉、彩潭和山石景观，故得名潭瀑峡。进入潭瀑峡大门，已被路边的倒影、白石和流水吸引到挪不开脚步，茫茫山峦美景伴着耳边川川溪流直扑眼帘。沿着小龙溪的溪水溯峡而上，过了龙蛇潭，有山水两条道路通往景区。水路供游客游览，山路可以返回。

晚上到达洛阳，这座城市是中华民族和华夏文化重要发祥地，自第一个王朝夏朝开始到后晋为止，共经历 15 朝，105 帝，历时 1650 年。是中国建都最早、朝代最多、影响力最大的都城。夜游在丽景门的老街上，灯火阑珊下，磨得光滑的石板路在发着幽幽的光芒，林林总总的商铺里热闹非凡，感受千年帝都文化，领略丽景门风采神韵，真是“不到丽景门，枉来洛阳城”。这里有家号称洛阳第一的“绝味不翻汤”所谓“不翻”，就是将绿豆面糊倒在平底锅里，不用翻个即成一张春卷似的薄片，取两张叠放在碗里，再浇上骨头汤及各种佐料，即成“不翻汤”。店虽小，人却十分拥挤。挤进去买了一碗，酸辣爽口，余味悠长。

16 日走进洛阳白马寺。白马寺是中国第一古刹，世界佛教圣地，始建于东汉永平十一年（68 年），是佛教传入中国后兴建的第一座官办寺院。历来被佛教界称为“释源”和“祖庭”。

寺坐北朝南，分为中国古建区、齐云塔院、泰国佛殿苑、印度佛殿苑、缅甸佛塔苑，为一长方形的院落。寺内建筑左右对称，布局规整。大雄宝殿后面的“石桃”，据说能保佑人们长寿，因此被游客摸到光滑。其实这是从屋顶上掉下来的顶端。

寺内藏经阁中供奉着泰国佛教界赠送的中华古佛，并收藏有龙藏经、中华大藏经、日本大藏经、西藏大藏经、敦煌大藏经等 10 余种藏经。藏经阁一楼是释源美术馆，经常性地展出与佛教文化相关的美术、书法作品。

泰国佛殿苑位于白马寺院西侧墙外 100 米处，始建于 1992 年，其廊柱与墙面均用大理石镶嵌，具有鲜明的泰式建筑风格。殿中供奉泰国友人赠送的铜佛一尊。印度佛殿方正严谨，佛殿下水流往来，喷涌不断，从造像、壁画、牌坊，处处突出印度佛殿建筑浮雕的艺术审美特色。缅甸佛殿主体建筑为大金塔，其造型是完全按照贡榜王朝的曼德勒皇宫样式直接移植。东北侧有一座造型别致的龙头蛇身塔，中间供奉佛像。

随后前往白马寺的齐云塔院，它在 1990 年被辟为河南省第一座比丘尼道场。寺中齐云塔距今已有八百多年历史，共 11 层，塔周围的石栏杆上雕刻全国名塔。目前女僧数量并不多，年龄也相对较为年轻。

出寺来到洛阳博物馆新馆，其建成于 2009 年 3 月，建筑外形如大鼎屹立，寓意“定鼎洛邑”，体现了洛阳十三朝古都的历史底蕴。主馆外墙上有 13 龛浮雕，让参观者可以了解洛阳厚重的历史和灿烂的文化。

馆内基本陈列展为《河洛文明》，展出文物 2000 多件，通过五大篇章，全方位、多角度展示了河洛文化的形成与演进轨迹。专题陈列分为洛阳珍宝馆、汉唐陶俑馆、唐三彩馆、宫廷文物馆、古代石刻馆和书画馆。主楼一层、二层还设有壁画展临时展览和多种类型的机动展览。 利用大量的展品，全面地展示了洛阳的出土文物以及明清书画作品。游览一番，展品琳琅满目，形式多样，别开生面，令人一饱眼福。

17 日走进龙门石窟，它可以称得上是洛阳的一张名片，是世界上造像最多、规模最大的石刻艺术宝库，石窟始凿于北魏孝文帝年间，盛于唐，终于清末。历经 10 多个朝代陆续营造长达 1400 余年，又经历天竺、新罗、吐火罗、康国等古国营造，并发现有欧洲纹样、古希腊石柱等，堪称国际化水平最高的石窟。

龙门石窟分为西山与东山，首先来到西山。从北向南依次参观了潜溪寺、宾阳三洞、摩崖三佛龛、双窑、万佛洞、惠简洞、汴州洞、慈香窑、老龙洞、莲花洞。继续向南。一路崖壁上如蜂窝般布满了洞窟，一尊尊精美的佛像犹如璀璨的明珠镶嵌其中。依次游览了普泰洞、赵客师洞、窟破洞、交脚弥勒像龛、魏字洞和唐字洞后来到奉先寺。

洛阳龙门石窟奉先寺

奉先寺原名大卢舍那像龛，唐代上元二年（675）完成，是龙门石窟中规模最大、最具有代表性、艺术最为精湛的一组摩崖型群雕。雕一佛、二弟子、二胁侍菩萨、二天王及力士等 11 尊大像。形态各异、刻画传神，显示了盛唐雕塑艺术的高度成就，为石雕艺术史上的奇观。

继续向南有药方洞、古阳洞、皇甫公窟、路洞和极南洞。而后走过伊河上的漫水桥来到东山，东山包含了擂鼓台中洞、擂鼓台北洞、看经寺、四雁洞、二莲花洞 5 个分景点。从观景台看向对岸的西山，奉先寺中主佛更显高大，主佛与西山群窟比例关系更加清楚，是一个绝佳的西山全景拍摄点。

香山寺为龙门十寺之首，建置时间在690—700年之间，因盛产香葛而得名。又因“海东瑜伽之祖”圆测葬于此而被尊为韩国唯识宗的祖庭。武则天称帝时常来此中石楼坐朝，并主持了一次“龙门诗会”，留下了“香山赋诗夺锦袍”的佳话。唐朝诗人白居易曾捐资重修香山寺，并撰《修香山寺记》，由此寺名大振。清朝乾隆皇帝曾巡幸到此，称颂“龙门凡十寺，第一数香山”①，并建造御碑亭。迄今，香山寺已历经1400多年的沧桑，一直以来法音绵延，香火炽盛。

东山琵琶峰上有一座白园，是白居易墓园，也是全国唯一纪念白居易的主题公园。园内有青谷区、乐天堂、诗廊、墓体区、日本书法廊、道时书屋等 10 余处景点。其中，乐天堂是诗人作诗会友之处，现陈列与白居易有关的资料与书籍，琳琅满目。诗廊立石 38 块，既可以欣赏白居易的名作，又可以领略书法艺术之美。拾级而上，即琵琶峰顶，在翠

① 李金早 . 唐诗中的旅游 [M]. 北京：中国旅游出版社，2017：262.

柏丛中，有砖砌矮墙围成圆形的墓丘，白居易长眠之地。墓旁有重达24吨的自然石卧碑，上面刻有目前国内最大的石书。白居易生平嗜酒，洛阳市民和四方游客前来拜墓，都用杯酒祭奠，因此墓前土地常是湿漉漉的。墓周围有来自日本、韩国、新加坡的代表团竖立的纪念碑，由此可见白居易的影响力之广远。

龙门博物馆坐落于龙门石窟脚下，是一座以丝绸之路为线索，以收藏、保护、展示龙门石刻艺术为主要任务的博物馆。

18日登山中岳嵩山之巅。19日早晨乘火车到达郑州，首先到河南博物院，主馆正在装修，旁边的副馆只展览部分展品。因此只好放弃。郑州离黄石较近，以后有机会再来参观吧。

郑州商代都城遗址是中国第二个王朝商代的开国之都——亳都的遗址，是迄今为止已知的中国最早的都城遗址，三重城和25万平方公里的面积使它成为世界同时期规模最庞大的城市遗址。被评为中国20世纪100项考古大发现之一，被国务院确定为全国重点文物保护单位。自公元前17世纪建成以后，这里的人代代相守，生活传承3600余年，它也使郑州成为世界上年龄最大的城市。

位于二七广场上有一座郑州二七罢工纪念塔，是为纪念京汉铁路工人大罢工中牺牲的烈士，发扬“二七”革命传统而修建的纪念性建筑物。就在不远处遥相呼应的郑州二七纪念堂，是当年京汉铁路总工会成立旧址。它们承载着“二七”历史，寄托着人们对“二七”英烈的崇敬和哀思。纪念塔二至六层有展室。分四个主题，通过大量实物、图片、模型、图表、照片和文字资料，详细介绍了那段历史。

■ 八朝古都——开封

开封是首批国家历史文化名城，迄今已有4100余年的建城史，先后有夏朝，战国时期的魏国，五代时期的后梁、后晋、后汉、后周，宋朝，金朝等在此定都，素有“八朝古都”之称，孕育了上承汉唐、下启明清、影响深远的“宋文化”。20日早晨我们乘火车到开封市，游览了清明上河园、铁塔公园、天波府、开封府和大相国寺。

清明上河园以北宋张择端名画《清明上河园》为蓝本，采用宋代营造法式，结合现代建筑方法，设8个功能区、4个文化区。集中再现了原图景观和民俗风情，让游客有一种“一朝步入画卷，一日梦回千年”的感觉。

园内广场中央是张择端手捧《清明上河图》的雕像，雕像后面是长16米的大型浮雕，

开封清明上河图

栩栩如生地再现了太平盛世时开封的繁华市景和民俗生活。

塑像南面是东京码头，塑像西面是宋都广场，水中浮动着一只造型古朴的宋代木船，船上桅杆高耸，云帆高挂，象征着宋代繁忙的漕运和高超的造船技术。再往西是清明文化广场，这里有一道民俗街，由一个民俗建筑长廊花园和 15 个古代作坊组成，集中了木版年画、茶道、面人、糖人等宋代传统的手工艺制品。来到一座虹桥，虹桥下是模拟的汴河，走下虹桥进入虹桥广场，可见《清明上河图》中市井万象。再来到上善门，登上城楼放眼望去，眼前俨然一幅流动的《清明上河图》。

过小石桥到金水门，沿河道向北转来到北苑景区，这里全面表现了北宋的皇家园林与宫廷娱乐。“大宋东京保卫战”将在这里演出。临水大殿由宣德、宣和两殿组成，两殿造型一致，远观似城楼，近看如皇宫，建筑结构精细，加以彩绘。大殿下面是水心榭，水心榭南面隔岸是茗春坊茶楼，坐在上面看碧波荡漾，品茶香芬芳，沁人心脾，又别有一番滋味。走上九龙桥，桥中央主干道两坡拱镶了四块刻有盘龙浮雕的大青石，每块青石上均刻有九条龙。过九龙桥来到丹台宫，其相当于宋朝的皇家科学院，内有造纸馆、织锦院、司南坊、大宋官窑、火药馆 5 个主要庭院。走上双亭桥，中流设吊桥一座，供大小船只通行上下，左右盖瓦亭两间，为南北客人遮阳避雨，故得名。双亭桥旁是东京食坊，共有特色开封小吃 26 家，让人大快朵颐。

出园来到铁塔公园，园里环境幽静，亭台水榭各具趣味，其中，灵感院玉佛殿内供奉有一尊旅居缅甸的华侨捐赠的释迦牟尼玉佛，玉佛由整块白玉精雕而成，端庄质朴，晶莹剔透，堪称珍品。走过南侧接引佛殿，一旁的荷风苑中荷花盛开，阵阵香气扑鼻而来，令人心旷神怡。

开封铁塔的建造据传说同佛祖舍利有关。相传释迦牟尼佛舍利被古印度的 8 个国王均分，其中摩陀国一份辗转到阿育王手中，他将舍利分藏于各小塔中，然后运送到各地，浙江宁波的阿育王寺就是因此而建，而此铁塔是由宋太祖赵匡胤下令修建，以供奉舍利。后历经数次地震、大风、水患等自然灾害，甚至在侵华日军的猛烈炮火袭击下仍能屹立不倒。1952 年毛主席参观铁塔后，语重心长地说："这座铁塔名不虚传，代表我们中国人民是打不倒的。"

铁塔从建筑艺术上讲，可称上是一座完美的巨型艺术品，远望即感到宏伟，比例匀称美观，气势惊人。

走近细看，塔遍身琉璃浮雕艺术品，有僧佛、瑞兽、奇花等，各种花纹砖琳琅满目，令人目不暇接。而在挑角、拔檐、转角等处也采用各种艺术装饰砖，勾勒出精细的装饰韵味，令人赏心悦目。进入铁塔，层层开设明窗，一层向北，二层向南，三层向西，四层向东，以此类推。塔里虽有灯光，可依然较暗，且通道狭窄，仅能容一人通过。据说登到第 12 层向外看去，仿佛直抵云霄，故有"铁塔行云"之称，为汴京八景之一。但塔内实在闷热难耐，光线又很差，故只到三层就决定不再往上走了。

出铁塔来到天波府，它位于开封城内西北隅，是北宋抗辽名将杨业的府邸，亦名"天波杨府"。因杨家世代忠良，忠心报国，宋太宗赵光义赐金五百万敕建一座"清风无佞天波滴水楼"，并亲笔御书"天波杨府"匾额，下旨满朝官员凡经天波府门前经过，文官落轿、武官下马，以示对杨家的敬仰。杨业为国捐躯后，这里改为家庙，名曰孝严寺。

天波杨府建筑布局由东、西、中三个院落组成，主体有杨家府衙、杨家花园、演兵场三部分组成。

进入天波门，迎面影壁上书"杨家将，血染疆场撼天地。父子兵，前赴后继铸忠魂；天波府英烈遗属寻根处，故事会荡气回肠动人心"。西院无佞楼现辟为开封豫剧博物馆，里面用豫剧演绎杨家将故事。在杨家花园里，天波碧潭从西边引入，南部迂回穿过水榭和东西长廊，经假山最后绕到花园北部，颇有情趣。天波府中院是杨业办公的府邸，建筑布局对称规整。由后殿进入依次游览一番，各殿分别供有杨家将英烈塑像，并置有展现杨家保卫大宋江山战场杀敌的多组大型群雕，让人看到心潮澎湃，不由敬赞可歌可泣的杨家满门忠烈。出中院前往东院，这里的演兵场定时有精彩的马术表演。然后过白虎桥与长廊出天波府南门，此门是天波杨府正门，大门柱顶上方的斗拱以彩图松枝遍布，象征着杨家将的事迹像松柏一样万古长青，永远世代赞扬。门板绘有许多表示正义的瑞兽，也向游客诉说着这一门忠烈的铮铮铁骨与荡气回肠。

走进开封府，据史料记载曾有183任府尹，尤以包公倒坐南衙而驰名中外。今日之开封府是依照北宋李诫的《营造法式》重新建造，同包公祠、包公湖相互映衬，形成了东府西祠、楼阁碧水的秀美景观。城门楼高大、威严，东边奉诏亭是接受朝廷命令之地，西边颁春亭是举行“打春”活动之地。与以往的防御外敌可御马而行的“武城墙”相比，开封府城楼中国历史上独一无二的“文城墙”，报时钟、报时鼓和听更台，以及供人饮酒赋诗的角楼，处处彰显着文人墨客的书香之韵。据传此与宋太祖赵匡胤杯酒释兵权有关。

开封府大堂

城门以内两边有一东一西两座碑亭，在其中的开封府题名记碑上，刻有历任知府的姓名、官职和上离任等情况，尚能清楚地看到寇准、欧阳修、范仲淹、蔡襄等许多名臣贤相的姓名。碑正中偏右的包拯二字有浅浅的凹痕，是被人用手指摸出，足见千百年来包公一直受到人们的景仰和爱戴。

进入以仪门、鸣冤鼓、戒石、大堂等为主题的府衙文化区，仪门是开封府大堂的正门，鸣冤鼓和开道锣分设左右，门内陈设有巨大的开封府印，威武森然。穿过仪门到院落的正中央，有一块巨大的南阳濮玉上刻“公生明”三个大字，即历史上有名的戒石，以提醒官员只有公正，一心为公，才能明察秋毫，清正廉明。戒石后面是大堂，堂前甬道的两侧是左厅、右厅、左军巡院、右军巡院、使院和架阁库等办公机构。大堂“黄河巨浪图”屏风前的三尺公案上放着文房四宝、惊堂木、断案牌、发令牌，以及开封府的大印和签筒。案台两侧竖立“回避”“肃静”的虎头牌，而最引人注目的便是案前那锃亮发光的龙头、虎头、狗头三口铜铡，令人望而生畏。

厅内两边各有5张公案桌，是当年开封府各要员列席办公处。大堂后面的通道上立有正冠镜，以方便官员、衙役升堂办案前整理衣冠，也有提醒执政官员见贤思齐，见不贤而内自省，为官清正，执法为公的意思。大堂后直通议事厅，是对重大事情议事的地方。齐民堂则取“以民为本”之意。

穿过齐民堂来到一个梅花飘香的小院，梅花堂坐落其中。这里是以包拯倒坐南衙为主题的包拯传说文化区，堂里的蜡像群将包公“倒坐南衙”的断案场景形象逼真地刻画出来。然后来到以宋太宗、宋真宗、宋仁宗为主题的潜龙宫帝王文化区，内设有寿王议事、雪夜访赵普群雕。开封府出过三位皇帝，可谓潜龙之地。再来到以范公阁、曲桥、明镜湖、弦月山为主题的休闲文化区，为纪念范仲淹曾任府尹而修建，环境幽雅。然后走进以清心楼历任府尹事迹为主题的府尹人文文化区，清心楼是开封府的标志性建筑，名字取自包拯生前所写《书端州郡斋壁》中“清心为治本”。登上第七层，可瞭望开封古城风貌。

下楼走进以太极八卦台、三清殿为主题的道教文化区，庭院几乎被一个巨大的太极八卦台所占满，三清殿内供奉有三清塑像，英武楼东侧为清官长廊，西侧为百家书廉，处处体现廉洁。随后来到以典狱房、牢狱为主题的刑狱文化区，也称“府司西狱”，设有典狱房、囚车、狱神庙等处，牢房内陈设有宋代法外酷刑的行刑模型，形象地展现了宋代刑罚的一些场面。

开封大相国寺以悠久历史和宏伟建筑而著名，是中国十大佛教寺院之一。寺始建于北齐天保六年（555）。北宋时期引向鼎盛，古人称赞其“大相国寺天下雄”。大相国寺历经几次损毁与修建，1992年起，寺中恢复佛事活动，并复建了建钟鼓楼、放生池、山门殿、牌坊等建筑。

与一般寺庙无异，大相国寺第一进院落有天王殿和钟、鼓二楼。那铸于清乾隆三十三年（1768）的硕大铜钟，尤其是秋冬霜天叩击，声音清越，响彻全城，汴京八景之一“相国霜钟”由此得名。第二进院落有主殿大雄宝殿。气势恢宏，被誉为“中原第一殿”。迎面是重达5000余公斤的铁质万年宝鼎，殿后有一块太湖石，高有丈余，据说是宋代著名宫苑“艮岳”留下来的遗物。第三进院落有八角造型的罗汉殿，又称“八角琉璃殿”，其造型在中国佛教寺院中可谓独一无二。殿内一尊四面千手千眼观音菩萨像，材料珍贵，雕工精巧，乃镇寺之宝。最后一进院落是藏经楼，建筑高大，垂脊挑角，角下吊挂风铃，微风拂之，叮咚作响，令人心旷神怡。

开封府清心楼

我在欧洲的足迹
Drakes fish chips
伦勃朗故居
西教堂
旅店
犹太历史博物馆
安妮之家
旅店
皇家艺术博物馆
伦琴博物馆
威廉二世广场
游客信息中心
旅店
开往机场大巴车站
大公宫殿
赖谢瑙岛
地区博物馆
圣乔治教堂
圣玛莉和马克斯教堂
文化中心
哈尔施塔特上车地点
L'ancien arsenal
俄罗斯正东教堂
塔维尔博物馆
柏林
圣约翰洗者圣殿
画廊
亚当密茨凯维奇文学博物馆
华沙博物馆
华沙
超市
民族学博物馆
地铁站
集市
杨马泰伊科故居
超市
市政厅
超市
盐矿
第一共和国纪念碑
维也纳国际中心
卡尔·雷纳雕像
格拉茨
布达佩斯
萨格勒布
普利特维采湖群国家公园
兰布拉大道
四只猫
旅店
奥林匹克博物馆
西班牙广场
旅店
旅店1
大巴车站
埃及市场
雅典
凯拉米克斯公墓
X95车站
多特季节酒店
剧场
希拉波利斯遗址
南门
以弗所
孔亚
教堂
安塔利亚
海外游历篇

启行越南

越南是一个狭长的国家，东临中国南海，西接老挝和柬埔寨边界。从北部苍翠繁茂的梯田和森林密布的高山、中央高原风景如画的山谷，到南部肥沃的三角洲和美丽的沙滩，越南拥有极佳的风景。我们先后游览了广宁省鸿基市下龙湾、迪独岛、巴亭广场、独柱寺、还剑湖风景区等地，激动不已。

第一次与老伴儿携手出国旅行是在 2010 年的 10 月。

晚上，三十多人坐卧铺大巴浩浩荡荡地从珠海出发，凌晨来到广西壮族自治区的东兴市，这里与越南北方城市芒街仅以一条北仑河相隔，出了芒街口岸便是越南境内。

首出国门

当跨出国门的一刻，“啊！我们出国了！”个个心情激动无比。

10 月 1 日晚到达越南广宁省鸿基市下龙湾，下车后那和煦的凉风沁人心脾。下龙湾历史悠久，风光独特，各国游客趋之若鹜、流连忘返，它美丽传说下是那 1994 年作为遗产被列入《世界遗产名录》的名气，令当地人引以为傲。

河内巴亭广场

次日一大清早从码头登上游船，旁边兜售水果、海鲜的小船靠拢过来，船上的小孩儿轻盈地走在游船的船舷上，帮着传递商品。果品新鲜便宜，还挂着晨曦

下龙湾

的露水。游船开动，下龙湾不愧旅游名胜，海水清澈见底，两旁岩石挺立，人坐在船上犹行走于画中。大小石峰与岛屿一一出现，均有形似和名称，天狗石、香炉石、斗鸡石、人头石、马鞍石、孔雀石、将军石，蛤蟆石、鲸鱼石等等，竟有千余座！一时间仿佛置身于中国桂林山水之中，难怪此地被称为“海上桂林”。但相比之下，颇具东南亚风韵的下龙湾还是将一船人迷醉了，纷纷不住地称美称奇。

船停在了一座岛屿旁，岛的名字叫“天堂岛”，实际名称叫迪独岛，是下龙湾唯一可登上的岛屿。一片金黄色的沙滩和一湾蓝中透绿的海水共同构成了岛上风光。顺着阶梯攀上岛最高处的凉亭，极目远眺，看到海水被翠绿的群岛环绕，条条游船划出白色水痕穿梭其中，仿佛一幅流动的山水画卷。

10 月 3 日一大早，河内市中心的巴亭广场上人头攒动，热闹非常，“升龙—河内建城 1000 周年”大型庆典已布置完成，10 日上午将在此举行大型阅兵仪式和群众游行。巴亭广场干干净净，装饰一新，宽阔的雄王大道贯通其中。顺大道看去，西侧的胡志明主席陵庄严而肃穆，西北侧的总督府周身金黄而瞩目。而那身着越南传统服装“奥黛”的佳丽也会让你领略到越南独有的街景。

西南侧的独柱寺幽静而神秘，作为越南独具一格的名胜古迹，寺建在灵沼池中央一根直径 1.25 米的石柱上，形似出水莲花而得名，令游客纷纷称奇。寺里供奉千手观世音金身塑像，寺旁种有菩提树，一些游客虔诚地绕树行走，祈求带来好运。

离开独柱寺去往还剑湖风景区，沿途饱览河内城市街道的风光与文化，中国驻越南大使馆、列宁公园为这座喧嚣的城市增添了一些不同的建筑景观；越南女子身穿“奥黛”娉婷婀娜，为这座城市平添了东南亚的风土人情。

还剑湖作为河内第一风景区，水清澈如镜、优雅平静，岸边树木青翠，浓荫如盖。其名称由来据说是民族英雄黎利偶得“顺天”宝剑起义成功，建朝称帝，后游湖被金龟索回宝剑，故赐名“还剑湖”。沿湖游览一番，笔塔、玉山寺、龟塔、得月楼等古建筑点缀其中，汉字、对联、诗词贯穿其内。晨练的老人穿着与中国广州的老人无异，让人不禁以为是到了中国的公园里一般。

下午跨进友谊关，回到了祖国的怀抱，和老伴儿的首次出国旅行就这样结束了，还是有些意犹未尽。可当看到祖国大地辽阔，江河延绵不绝时，所有人都情不自禁地喊道：“回国真好！”

回国

旅行在泰国

万佛之国——泰国

泰国是世界上最大的佛国，大多数泰国人信奉四面佛，佛教徒占全国人口的九成以上。并且泰国有 3 万多座寺庙，世界居首，仅曼谷就有 400 多座，被誉为“寺庙之城”。泰北的清迈，人口仅有 50 余万，但寺庙却有 300 多座。我们先后浏览了湄南河码头、大皇宫、玉佛寺、曼谷旧国会大厦、芭提雅、东芭乐园、拉差龙虎园、皇家毒蛇研究中心、曼谷机场等地，深深地被“万佛之国”魅力所震撼。

湄南河

当你有了第一次的国外旅行，就会有第二次、第三次乃至多次，随着生活水平的不断提升，想再度出国旅行的心情也愈发强烈，2011 年 8 月，经澳门乘上飞往泰国曼谷的飞机，和老伴儿由此开启了第二场东南亚之行。

玉佛寺

一下飞机就感受浓郁的佛国气氛。到处是金色的佛像。出机场后，吃着饭同时欣赏演出，第一次看到身材高挑、打扮妖娆妩媚，又有一双大手的人妖，总有种说不出的感觉，与其合影要付 20 泰铢（折合人民币 4 元）作为小费。

第二天早晨到湄南河码头的大市场，水果和小吃最惹人注目。在国内超市上很贵的杨桃、菠萝蜜、榴莲、山竹和释迦，都可以在这里都很便宜地买到。乘船游湄南河，庙宇建在河左岸的较多，曼谷市内约有一万多间庙宇，所以泰国享有“千佛之国”“黄袍之国”的声誉。

大皇宫是泰国重要地标名胜，始建于建 1782 年，从国王拉玛一世到八世均居住于内，历经不断修缮与扩建，形成了如今大规模的建筑群。大皇宫对参观者的着装要求极为严格，穿短于脚踝以上的短裤、短裙，无袖上衣和拖鞋都禁止入内，不过会提供衣服租赁，为游览提供了便利。进入里面，一眼就能看到远处玉佛寺里金黄色的乐达纳舍利塔在阳光下闪闪放光。走进玉佛寺立刻就感到，这般集泰式建筑艺术之大成的古寺，其坐落、寺门、进深、屋檐、雕塑、神像等等均与中国古寺大为不同。一幅环绕整座寺庙的《罗摩衍那》精美壁画更是令人叹为观止，其上描画出拉玛坚起源的内容，细腻而精致。

玉佛寺因正殿中供奉着一尊高 60 厘米的玉佛而得名，玉佛通体玲珑剔透，晶莹无瑕。殿内墙面、柱面均由玻璃、金箔、宝石镶嵌而成，脚踏三头蛇的佛教神鸟金翅大鹏随处可见，流光溢彩，令人震撼。正殿以北的大平台上，乐达纳舍利塔、藏经楼、碧隆天神殿由

大皇宫

西向东依次耸立，三座尖顶直插云霄气势非常。藏经阁以北，有座被称为“小吴哥窟”的建筑模型，它仿柬埔寨“吴哥窟”而建，其灰色外形在周围金色暹罗式建筑群的包围下显得极为突兀。由此向北，自西向东分别是金刚佛殿、尖顶佛塔、皇家法藏殿。整个玉佛寺建筑布局紧凑无间，处处点缀着大小佛塔，求雨殿、钟楼也穿插修建其中，整体金碧辉煌到令人目不暇接，对于看惯了东方古建筑对称美的人来说，恐怕在不了解建造时代背景情况下，是难以言明这些建筑布局为何是如此紧凑的，也许，这就是泰国古寺建筑的艺术表现吧。

走进大皇宫建筑群中才发现，密不透风、间不容发的建筑风格唯玉佛寺所独有，大皇宫的建筑除屋顶是金色，主体墙面均为灰色，饱含欧洲建筑风格。大面积的广场和草坪，使布局显得舒朗大气，这缘起连续四代泰王对西方文化和欧洲建筑风格的青睐。大皇宫分为东部的湿婆花园区和西部中央宫殿区，西式建筑武隆碧曼宫和泰式的乐达纳佛殿、湿婆神殿、大神殿坐落在东部区域，布局疏朗；泰西建筑合璧的节基殿坐落于西部区域的中心位置，它是国王接见外宾的地方。泰式摩天宫殿群和兜率殿侍立两侧，共同彰显出整个大皇宫建筑群的壮观风格。

第三天来到曼谷旧国会大厦，又称阿兰达皇家博物馆，曾是泰国五世皇从意大利游历归来后修建的皇宫。里面展示有各色奇珍异宝，包括泰国皇室加冕用的黄金龙船、黄金大象鞍座等诸多展品，令人大饱眼福。与它仅一墙之隔的是泰西建筑风格合璧的泰王五世行宫，作为世界上最大的金色柚木建筑，未用一根钉子建造而成，外面望去气势非常。

随后，沿泰国 7 号公路一路车行来到距曼谷东南方 154 公里的芭提雅，它是著名的海景度假胜地，享有“东方夏威夷”之誉。四方水上市场因其融汇泰国东部、西部、东北部及南部四个区域水上市场的特色而得名，中国影视作品《杜拉拉升职记》对它的提及而使它成为中国游客旅行必选之地。走进水上市场，纵横交错的水路，别具风格的木楼，展现出一派东南亚水乡风光，市场里商品琳琅满目，吸引着大量游客到此游玩观光。从四方水上市场向南来到东芭乐园，它曾是一位泰籍华人的私人园林，分热带植物园和表演区域，热带植物园里多以兰花和热带植物为主，种类繁多，花朵竞相争芳，令人赏心悦目。表演区域有民俗表演和大

水上市场

象表演。最后，来到芭提雅码头，登上“东方公主号”游轮夜游泰国湾，直到下船才发现，这艘游轮只是停泊在海上的水上餐厅和娱乐场所，本身无法开动，令向往夜游泰国湾的一众游客大失所望。

芭提雅观光塔

太平洋沿岸的芭提雅公园内矗立着一座56层高的观光塔，站在塔顶放眼望去，芭提雅一城之美和远处的大洋风光尽收眼底。在这里享受了正宗的泰式按摩，的确让人感到全身舒服，由此改变了对它的偏见。

从芭提雅回曼谷，途中来到是拉差龙虎园，它是世界上最大的龙虎园，也是一座集环境保护、生态保护、濒危野生动物保护、高科技养殖于一体的新型旅游景区。“龙”即鳄鱼，“虎”即孟加拉虎，园内养殖的鳄鱼达万余条，驯服的老虎200多只，鳄鱼、老虎的表演台前挤满了观众。随后来到龙宝寺参观。在泰国数以万计庙宇中，龙宝寺显得并不突出。当介绍它是中泰两国人民共同捐款建成的寺庙，是中泰友谊的历史见证时，这座寺庙则显得尤为珍贵与神圣。寺中供奉着四面佛，四面佛分别代表着平安、婚姻、事业、财运。拜四面佛，一定要从四面佛的正面按顺时针膜拜，每一面点三炷香，然后把七色花放在祈求实现的一面佛前。

回到曼谷后，来到了拉玛四世路的皇家毒蛇研究中心参观，这里以研究毒蛇著称，也被称作蛇医院。游客们可以在表演区观赏到抽取蛇毒的表演，气氛惊险到令人窒息。表演区一旁是个演讲室，可以听取专家讲解各种毒蛇和蛇毒的知识。研究中心生产和出售各种蛇药，用于治疗关节炎、脚气等多种疾病，两小瓶竟然用了10年，效果还不错。

走进曼谷机场，五天的泰国之行即将结束，当再度看到机场内一个个金色的塑像时，发现视觉上也逐渐接受了那随处可见的金碧辉煌，此时突然有种对这趟旅行的意犹未尽和依依不舍。再见吧，金碧辉煌的“万佛之国”，有机会还会再来。

由柬埔寨再到越南

2012年4月我们参加了柬埔寨、越南两国旅行团。

■ 亚洲新虎——柬埔寨

柬埔寨位于亚中南半岛南部，东临越南、北临老挝、西临泰国、南临泰国湾，处在东南亚四心交汇核心区位，是东南亚几何中心、东南亚交通枢纽中心、东盟贸易市场中心、东南亚旅游度假休闲中心，是全球经济增长和产业承载新中心，辐射亚洲链接世界。我们先后游览了金边、暹粒市、吴哥窟、吴哥古迹、塔仔山、西哈努克皇宫等地。

由香港乘机抵达柬埔寨首都金边，然后经6个多小时的车程来到暹粒省暹粒市，想到第二天一早要去探寻“吴哥窟”的神秘，感到十分兴奋。

柬埔寨的暹粒市是座安静的小城市，它因“吴哥窟”的存在而令无数游客趋之若鹜。这里的吴哥古迹群静谧而沧桑，由吴哥王城（大吴哥）和“吴哥窟”（小吴哥）所构成，饱含婆罗门教、印度教大量的传说。吴哥王城里中央是著名的巴戎寺，寺中三层浮雕回廊堪称一绝，雕刻纷繁复杂、形态各异，令人在上下穿行中目不暇接。比浮雕回廊更著名的，是寺中那与法国卢浮宫《蒙娜丽莎》微笑齐名的“高棉的微笑”。巨大雕像的“微笑”安静从容仿佛五蕴皆空，且持续了千年。看到它，震撼之余心中刹那间变得如水般平静。

高棉的微笑

吴哥古迹东北方向25公里有座被誉为“吴哥古迹明珠”的斑蒂斯蕾寺，又称“女王宫”，是柬埔寨三大圣庙之一，供奉着婆罗门教三大天神之一的湿婆。建筑为朱色砂石构成，以小巧玲珑、晶莹剔透、富丽堂皇而著名于世。每道门越往里走越矮，最里面的主庙门高仅 1.08 米，只能弯腰而入，也许这种建筑设计用意就是让信徒入门不得不逐渐卑躬屈膝，以表现对神祇的虔诚吧。各种精美绝伦的雕刻，散在女王宫随处可见的山墙上，每一块都在诉说着一个神话传说，可想而知古代的雕刻工匠是何等的手法，以岩石为书，斧凿为笔，反反复复，重重叠叠的雕琢，方能展现出如此精美生动的传世画卷。

如果不去了解柬埔寨历史，对吴哥窟的探寻也就会流于表面。1431 年，暹罗（对泰国的古称）破真腊（又名占腊，为中南半岛古国，其境在今柬埔寨境内）国都吴哥，真腊迁都金边，次年，吴哥窟被高棉人遗弃，森林逐渐覆盖荒无人烟的吴哥窟。直到 1861 年，法国生物学家亨利·穆奥为寻找热带动物，无意中在原始森林中发现这座宏伟惊人的古庙遗迹，并著书《暹罗柬埔寨老挝诸王国旅行记》，书中介绍吴哥窟："此地庙宇之宏伟，远胜古希腊、罗马留给我们的一切，走出森森吴哥庙宇，重返人间，刹那间犹如从灿烂的文明堕入蛮荒"。这才使吴哥窟真颜现世，那荒废了三四百年精美迷人的仙女雕像和回廊上完整的浮雕画卷，才得以迎接来自世界各地的游客与学者的观瞻。

吴哥窟其美，在任何所记载的游记中都被作者冠以绝美的表述，临近吴哥窟时，心中也对这座宏伟的建筑充满了渴望。而当吴哥窟豁然出现在眼前的那一瞬间，穷尽赞美之辞也无以表达它的壮观，唯有震惊与仰视。当环绕一周，最大的印象还是震撼，仅那三层回廊壁画规模之巨大，雕刻之精致，内容之完整，当惊为天人之工。沿东面陡峭的阶梯可到最高点饱览一寺风光。

吴哥窟

所有到过吴哥窟的游客，惊叹之余都有一个共同的感受——不虚此行！能看到如此壮观的古寺庙，触摸到如此灿烂的传说，看到书中那触不可及的远方景色，此刻真的不远，它近在眼前，也根植心底。

吴哥古迹中的寺庙大都形似，塔布笼寺也不例外，围墙、古树、回廊、圣塔等元素无一不缺，其知名度来自好莱坞电影《古墓丽影》里震撼的场景，女主角劳拉正是在这所寺庙中找到一片残缺的古物，开启了惊险的探索之旅。塔布笼寺每年吸引着大批的影迷前来一睹它的神秘。那攀墙而出的巨树和潮湿鲜嫩的青苔，为这座古老的寺庙平添生命的张力，久久看去，寺庙仿佛有生命，在诉说着原始的野性与秀美。

巴肯山坐落于吴哥王城南侧，是整座古迹群附近唯一制高点。山顶的巴肯寺体现着古代高棉人对高山的崇拜，建筑一共五层，各层有塔，层层而上，蔚为壮观，是看日出、日落的最佳景点。

第二天回到柬埔寨首都金边，沿途农村的风景秀丽，百姓大多生活在农村，住在四面通风的高脚楼房屋里，依靠徒手劳作和耕牛耕种，生产方式简单，儿童在七八岁时就开始帮助大人干活。金边市满街跑着摩托车和人力三轮车，两边的建筑特色让人眼花缭乱，一边是金顶飞檐、庄严十分的王城和寺庙，一边却是色彩淡雅、风格活泼的小楼与别墅，两类建筑各自代表着不同时代的辉煌，共同组成了金边独有的城市风光。

金边王宫

金边市区的东部矗立着一座独立纪念碑，纪念碑用红褐色石块雕镂而成，外形似一朵盛开的莲花，与北端的塔仔山遥遥相对。塔仔山是金边城市最高点，登上山巅可以俯瞰整个城市风貌。山顶有一尊高约 30 米的佛塔，仰望看去，雄伟庄严。山脚下是一座圆形公园，花木繁茂、空气清新，是市民休憩放松的好去处。金边市中心有一座拥有巴洛克式风格圆顶的中央市场，它是市区最繁华的大型综合市场。由法国设计师于 1935 年到 1937 年设计建造而成，金色的外形在拥挤的街道中看起来格外抢眼。

西哈努克皇宫坐落在金边市的东面，面对着湄公河、洞里萨河、巴沙河交汇而成的四臂湾，因此也称四臂弯大皇宫。皇宫建于 1866—1870 年，包括加冕厅、银殿、宝物殿等大小二十多座宫殿，建筑屋脊两端翘起，屋顶中央尖塔耸立，造型美观，金碧辉煌。其占地面积大，建筑宏伟，功能明确，分为南北两部分。北面是柬埔寨王室住所不提供参观，所以仅南面对游客开放。站在正中央的大殿前，眼前的建筑处处彰显着尊贵，一排女神雕塑站在立柱前高举双手托起金色的屋檐，精美程度令人惊叹。登上走廊可以看到面前的国王登象厅和检阅台，远望还能看到柬埔寨国王的宫殿。与加冕厅隔着围墙相望的建筑是著名的银殿，它是王室的家庙，因其地板是用每块 1.125 公斤重的镂花银砖铺就而得名。银殿四周有王室的佛塔和法堂，极尽庄严。

皇宫东面是一个草坪广场，绿草如茵，每年在这里举行送水节、独立纪念日等重大节日庆祝活动。平时广场上人很多，和平鸽飞来飞去，许多市民都带着小孩子来这里玩耍，他们三五成群地坐在广场上，小孩子们快乐地追着和平鸽跑，处处洋溢着平静幸福的景象。

第二次来到越南。

我们先后游览了西贡中央邮局、圣母教堂、胡志明街夜市、统一宫、西贡街等地，再一次感受到了越南的独特风情。

乘飞机离开金边，来到越南南方城市胡志明市，走在街上，可以感受到那与北方城市不同的意味深长与神秘浪漫。西贡中央邮局和圣母教堂已成为所有游览胡志明市的游客必去的景点。晚上，胡志明市以其满街的酒吧和越南美食吸引着游客，繁华的第一郡大街让多少成群结队的欧美客人迷醉到不辨东西，

摩托车群

而那夜市上精美的工艺品也会让你感受到越南特有的情调。不过全天的喧嚣还是来自那轰鸣作响的摩托车声，那是全世界独有的风景线!

最后一天来到胡志明市西贡区的统一宫，一座四层法式建筑呈现在眼前，这里曾在越战时南越政权的总统府，广场上停着编号为390和843的两辆坦克。1975年4月30日上午，正是这两辆开到总统府门前的坦克用炮弹轰出了进攻的路线，从而实现了越南统一。统一宫内富丽堂皇，内阁会议室、总统办公室、会议厅、作战室、私人剧院、私家餐厅、展览室等设施一应俱全，吸引了大量的外国游客到此参观。

五天的旅程即将结束，走在西贡街上，看到沿街的宅居和店铺门前都朝街摆着一排排的椅子甚是奇怪，无论坐多久也不会被赶走，这也许就是越南独特的街景和待客之道吧。不仅如此，还会看到或是一个男人，或是三五个男人坐在街边椅子上，目光呆呆地望向街心，一瞬间让人感到时间都变慢了，这也许是男人在经历过20世纪战火放下枪杆之后，面对如今和平生活表现出的一种心怀释然吧。

巴黎开启的欧洲四国行

一个28人的旅行团，18日从成都出发，12天内依次去往法国、瑞士、意大利和德国。著名的卢浮宫、凡尔赛宫、埃菲尔铁塔、古罗马斗兽场、威尼斯等景点都在行程内，而且还能去最小的国家梵蒂冈参观世界最大的教堂，面对这样的旅行团，毫不犹豫地报名参加。

浪漫之国——法国

法国是一个富于艺术情调的国家，法国人以爱美闻名于世。他们懂得并不断地利用美丽的自然环境，不断地开辟了诸多旅游景点。我们先后游览了巴黎、戴高乐广场、凯旋门、协和广场、卢浮宫、德农馆、叙利馆、巴黎万神庙、埃菲尔铁塔、塞纳河等地。

北京时间19日凌晨1:50，国航CA457客机带着进入梦乡的乘客从成都起飞，11个多小时后抵达法国首都巴黎的戴高乐机场，此时法国当地时间是7:20（北京时间13:20），巴黎民众也开启了一天的生活。出了机场乘上旅行团安排的大巴来到巴黎市中心，一片圆形广场中央矗立着威武的凯旋门，周围十二条街道辐射散开，往来穿梭的车辆与行人由各方向交会，呈现一派热闹的景象，令人眼花缭乱，这就是始建于1892年的戴高乐广场。它是法国巴黎市中心主要广场之一，建成之日起名字几经更改，最终为纪念戴高乐将军对法国和平做出的巨大贡献而改为现名。广场中央的凯旋门全称星形广场凯旋门，是巴黎四大代表建筑之一，也是拿破仑一世为炫耀自己在奥斯特里茨战役中的战功所建，整座石质建筑四面各有一门，上面单独和成组的浮雕无数，不啻一座精美的艺术品。凯旋门下有一座无名烈士墓，埋葬着第一次世界大战中牺牲的无名战士，在喧闹的街市下看到它，会不由令人肃然起敬。由广场辐射出的条条大道，有一条是闻名于世的香榭丽舍大街，每年的国庆都在这条大道上庆祝。街道两侧的人行道比车行道宽敞很多，设立着咖啡茶座、书报小亭、食品摊位，走在上面感到无比顺畅和随意。

随后来到法国最著名的广场协和广场，这个八角形的广场正中心矗立着一座19世纪由埃及赠送的方尖碑，碑上错综复杂的象形文字令人惊叹。广场遍布喷泉，欧式风格十足，尤以北边河神喷泉和南边海神喷泉为壮观，大量的雕塑装饰着喷泉，让人有一种喷泉不是主体而是点缀的感觉。代表着19世纪法国最大八个城市的雕像分立广场的八个方向。由西边的雕像看去，能看到世界四大博物馆之首的卢浮宫。

巴黎凯旋门

卢浮宫始建于1204年，原是法国的王宫，居住过50位法国国王和王后，是法国古典主义时期最珍贵的建筑物之一，以收藏丰富的古典绘画和雕刻而闻名于世，占地约198公顷，分新、老两部分。

首先直奔德农馆二层前古典时期希腊展区的《胜利女神》。《胜利女神》又名《萨莫色雷斯的胜利女神》，是座无头无手带翅的雕像，创作于公元前3世纪，1863年从萨姆特拉斯岛的神庙废墟中被发掘出来。尽管已失去了手和头，但看得出她正迎风展翅，昂首挺胸，向世人宣告一场战争的胜利。这里挤满观众，因此只能远远观看。

随后来到德农馆二层绘画馆的《蒙娜丽莎》，这幅久负盛名的画作竟然意外的小！外面用玻璃罩做特别的保护。人山人海根本无法接近。

赶紧来到叙利馆一层古希腊与古罗马艺术馆的《米洛斯的维纳斯》，它被世人熟知是因为另一个名字“断臂维纳斯”。雕像表现出古典希腊女性的典型特征，是爱与美的和谐圆融。相传是古希腊亚历山德罗斯于公元前150年至公元前50年雕刻，1820年2月发现于爱琴海的希腊米洛斯岛一座古墓遗址旁。法国雕塑大师罗丹曾大为赞叹道：“这简直是真的肌肉，抚摸她可以感到体温的。”等待拥挤的人流散去后，总算拍了一张近距离的照片。

参观完镇馆三宝，就近开始参观雕塑，因为是跟团参观，时间一般在三小时以内。而卢浮宫拥有的艺术收藏达40万件以上，件件珍贵精美值得仔细欣赏，两天时间都未必能将全部藏品看完。好在提前做过游馆攻略，规划好一个浏览顺序，拉上老伴儿先去德农馆，再去叙利馆，最后到黎赛留馆。德农馆里名画最多，除了举世闻名的《蒙娜丽莎》之外，不乏《拿破仑一世加冕大典》《自由领导人民》《画家和她的女儿》等巨幅画作，大量游客聚集在画作前，不停地讨论和赞美画作的细节。再返回二层，右转到阿波罗长廊，那是整个卢浮宫中最富丽堂皇的地方，墙上装裱着历代国王和艺术家的画像，陈列着无数制作精美、巧夺天工的皇家酒器、珠宝、饰品，简直可以称是法兰西历代王族们的收藏史。

米洛斯的维纳斯

右转走进大画廊，壮观到令人再度震惊，一条300米的走廊里放置了2200件画作，抬眼望去，仿佛走入艺术殿堂，细细看去，《岩间圣母》《美丽的费罗尼埃》《圣母子与圣安娜》《酒神巴卡斯》《拉斯蒂里奥肖像》等名作的周围吸引了大量艺术院校的学生席地而坐讨论和临摹。沿阶梯走到一楼来到了米开朗琪罗长廊，著名的《垂死的奴隶》和《反抗的奴隶》与其他雕塑一起接受参观者的品评和赞叹。进入叙利馆，那是著名雕塑的聚集地，可以看到著名的《沉睡的海尔玛弗狄忒》雕塑。乘电梯下到负一层，皮热中庭和马利中庭展出法国5到19世纪的雕塑，其中《克罗顿的米隆》和《马利双骏》是代表作。最后回到卢浮宫的金字塔入口下，至此卢浮宫参观完毕，其华美至极，语言无以复加。

然后来到巴黎万神庙，据说它是承载整个法兰西民族精神的圣地，里面安放着法国浪漫主义文学的代表作家维克多·雨果的骨灰。万神庙正面采用了古罗马庙宇的构图，门前22根立柱支起巨大的门廊。进入万神庙，一座拥有着精美雕塑和壁画的庙堂呈现在眼前，令人目不暇接。庙堂本堂分为前后两段，中间有巨大透光穹顶，法国物理学家傅科于1849年利用从穹顶上悬下的摆锤，完成了证明地球自转的实验，震惊学术界。本堂尽头是一组名为国民公会的雕像，两侧石柱后面是展示巴黎守护女神日内维耶和圣女贞德的组画。万神庙的地宫安放着大量棺木，其中不乏雨果、伏尔泰、卢梭、大仲马这样对法国文学乃至世界文学产生深远影响的人物。

矗立于战神广场的埃菲尔铁塔是闻名世界的建筑，也是法国文化象征之一，每年吸引上百万游人来到法国只为一睹它的风采，多少人将它视为浪漫的标志，又有多少人曾对心爱之人发出一定要去法国看埃菲尔铁塔的海誓山盟。当这份承诺兑现时，即使是年逾七十的老伴儿脸上也如少女般笑靥如花，此生无憾矣。

乘船游览塞纳河属于自费项目，沉浸在浪漫中的老伴儿觉得这个是值得花钱的，塞纳河被巴黎人尊称为“慈爱的母亲”。乘上游船，沿码头逆流而上，到圣路易岛返航，再顺流而下回码头，欣赏河上风光，饱览两岸古老建筑，体味法国的文化，极富有情调和浪漫。

重要的是，老伴儿开心极了。

爱在埃菲尔铁塔下

世界公园——瑞士

瑞士被誉为世界公园，犹如真正的人间仙境，是一生要去一次的地方，它的美不可描述，需要你亲自去感受。我们先后游览了楚格、卢塞恩、瑞士品牌手表专卖店、琉森湖、因特拉肯、克林斯小镇等地。

第三天来到瑞士北部城市楚格，楚格和许多欧洲城市一样，那中世纪时期有过的繁荣是奠定老城区街道、建筑和教堂结构的主要因素。因旅行团时间安排太短，未能到市政厅和楚格山游览，匆忙赶往下一个城市卢塞恩。

卢塞恩在瑞士中部地区，又译“琉森”，是座历史文化名城，许多著名艺术家都曾在此居住和写作，找寻到创作的灵感。法国作家大仲马称它为“世界最美的蚌壳中的明珠”，音乐家瓦格纳在此完成了名曲《西格弗里德》。城市有一座著名的狮子纪念碑，一头濒临死亡的雄狮的背上深深插入一支箭，雄狮表情痛苦，前爪按着盾牌和长矛，据说是纪念为保护法王路易十六及玛丽王后而死的 786 名瑞士军官和警卫所建的碑，美国作家马克·吐温称其为“世界上最悲壮和最感人的雕像”。自费乘船游览琉森湖，湖水波光粼粼，笼于轻纱薄雾之中，卢塞恩施威霍夫酒店、霍夫教堂、耶稣雕像、比尔根山、里吉山等沿岸知名景观一一显现，令人心旷神怡。

瑞士是手表和珠宝爱好者的天堂，广场外的一条街道包罗了所有知名的瑞士品牌手表专卖店，各种名表令人赏心悦目，里面的游客络绎不绝。沿湖游览，看到以其美丽尖塔与 17 世纪的管风琴最为盛名的霍夫教堂，再向西来到建于 14 世纪的穆塞格城墙，目前完好的部分只有900多米。随后，游览和经过了包括罗伊斯河岸、卢塞恩自然博物馆、里特尔宫、圣方济各会教堂、耶稣教堂、卡贝尔广场等景观，对这座小城有了一些留恋的感觉，心中有了留宿一宿的想法。只可惜不能自行脱团，所以只好匆匆回到集合地，然后赶往因特拉肯。在路上导游介绍说，卢塞恩到因特拉肯的这条路，途经卢塞恩湖、萨尔嫩湖、龙疆湖、布里恩茨湖，以及伊瑟尔特瓦尔德小镇，是整个瑞士山与水的经典所在。

瑞士琉森

瑞士皮拉图斯山顶餐厅

到达因特拉肯，它是瑞士著名度假胜地，以四季风景迷人著称，街上有很多豪华的酒店让人望而却步，但也有可以临街就餐的餐厅。交通工具有游览车和马车，形式多样，十分方便。大批的游客穿梭于各家商店，连当地人都感叹街上的游客比居民还多这一现象。不知不觉天色渐晚，夜景下的因特拉肯也是美丽非常。

一大早从因特拉肯出发，到达克林斯小镇，然后乘坐缆车在茫茫大雾中抵达皮拉图斯山顶。出站是观景平台，沿山道登上左侧的观景台，设有望远镜，但在蒙蒙大雾下什么也看不到，仅能听到几声阿尔卑斯寒鸦的鸣叫。但山顶餐厅的歌手们给我们留下美好的记忆。经龙道再转过一两个观景台，在山顶酒店稍做停留后，乘电力机车下山，然后离开瑞士，前往意大利米兰。

■ “中小企业王国”——意大利

意大利是发达工业国家，是欧洲第四大、世界第八大经济体。机械设备、汽车制造、生物医药、航天航空等居于世界领先地位，中小企业发达，被誉为“中小企业王国”，旅游资源和历史文化遗产丰富。我们先后游览了在米兰大教堂、大教堂广场、帕尔马、佛罗伦萨、圣十字教堂、圣母百花大教堂、市政厅广场等地。

第四天到达意大利米兰，它是意大利第二大城市，可参观的景点数不胜数，但导游只给两小时游览时间，都不足以看完城市随处可见的雕塑，因此也只能在米兰大教堂附近随意游览。

米兰大教堂是意大利著名的天主教堂，开工到完成历经五个世纪，是世界五大教堂之一，规模居世界第二。它的存在，不仅仅是一个教堂，一栋建筑，更是米兰的精神象征和标志，也是世界建筑史和世界文明史上的奇迹，被美国作家马克·吐温赞誉为“大理石的诗”。大教堂上半部分是哥特式的尖塔，下半部分是巴洛克式风格，风格十分独特。其135个尖塔，如浓密塔林刺向天空，每个塔尖上站着一个雕像，其中最高的塔尖上是金色的圣母玛利亚雕像，阳光下显得光辉夺目。教堂内外墙等处均点缀着圣人、圣女雕像，共有六千多座，其中仅教堂外就有三千多尊，极尽华美。

米兰大教堂前是同样著名的大教堂广场，建于1862年，是举行政治、宗教等大型活动的地方。中央是一座意大利首任国王维多利奥·埃玛努埃尔二世的骑马铜像。左侧有维多利奥·埃玛努埃尔二世长廊，是米兰的商业中心之一，被称为“米兰的客厅”。穿过长廊来到南端的斯卡拉广场，中间是达·芬奇和四个弟子的雕像。雕像后面是斯卡拉歌剧院，其内部豪华，音响效果世界一流，诸如《奥赛罗》《蝴蝶夫人》《图兰朵》著名歌剧，都是在这里进行首演。向北走就来到位于布雷拉美院，来不及进去欣赏，突然想起到集合时间，匆匆返回米兰大教堂前，跟团赶去帕尔马。

帕尔马是意大利数一数二的美食之城，最著名的是奶酪和火腿，但因深夜到达，清晨离开，只是住宿一宿，并未尝到这两样美食，倍感遗憾。

第五天由帕尔马来到佛罗伦萨，佛罗伦萨是世界艺术之都，欧洲文化中心，欧洲文艺复兴运动的发祥地，歌剧的诞生地，举世闻名的文化旅游胜地。在文艺复兴辉煌时期，达·芬奇、但丁、伽利略、拉斐尔、米开朗琪罗、多纳泰罗、乔托、提香、薄伽丘等众多名人集聚于此，创造了大量闪耀着时代光芒的建筑、雕塑和绘画作品。

在这里参观了圣十字教堂、圣母百花大教堂、市政厅广场。

佛罗伦萨圣母百花大教堂

圣十字教堂前是佛罗伦萨最古老的圣十字广场，广场两侧是特色小店。教堂墙面雕塑众多，雕工精美。堂内大殿尽头是主礼拜堂，南北各有五间小礼拜堂。教堂中安葬着米开朗琪罗、伽利略、马基亚维利、罗西尼、马可尼等杰出的意大利人，墓前均竖立着纪念碑，每个碑上都展现着极富人物故事的雕塑，绝美到令人赞叹。

去往圣母百花大教堂的途中经过了但丁故居和但丁教堂，一座中世纪塔楼吸引着络绎不绝慕名而来的游客，他们试图在这里找寻诗人留下的痕迹。

来到圣母百花大教堂，它始建于四世纪，历时 175 年建成，是世界五大教堂之一，教堂建筑群由大教堂、钟塔与洗礼堂构成，从任何一个角度都不能把主教堂看全，拍照都只能选择侧拍。

游览完佛罗伦萨，驱车前往首都罗马，晚上在市区附近山顶的旅馆入住。

万城之城——罗马

罗马，一个古老的名字，罗马被誉为“万城之城”是因为他有着辉煌的历史，罗马帝国的荣耀，天主教廷的至高无上都构成了罗马近 2500 年的辉煌。罗马是世界天主教中心，世界文化之都，世界历史文化名城。我们先后游览了斗兽场、威尼斯广场、纳沃纳广场、万神殿、特雷维喷泉、西班牙广场、梵蒂冈、圣彼得大教堂、水城威尼斯等地，不断感受着它们的魅力。

第六天一早就来到了市区，开始罗马一日游。

第一站来到建于 72—82 年间的罗马斗兽场，它是古罗马文明的象征。占地面积约两万平方米，可容纳近九万人数的观众，古罗马帝国的角斗士就是在这里与野兽进行搏斗，直到一方死去。

第二站来到威尼斯广场，著名电影《罗马假日》里经典的骑摩托车场面就取景于这里，本以为会走近参观，但导游并未让下车，而是慢速绕行，从车窗看到了广场的模样。

离开广场，大巴沿台伯河行驶，经过圣天使堡，最高法院后下车，在古老狭窄的街道中穿行，来到第三站纳沃纳广场。他始建于 15 世纪末，轮廓是一个宽阔的椭圆形，中心四河喷泉，上面的雕塑分别象征四条天堂河流（多瑙河、尼罗河、普拉特河与恒河），以及已知世界的四个角落（亚洲、非洲、欧洲和美洲）。广场西边坐落着圣阿涅塞教堂，北端是海神喷泉，南端是莫罗喷泉。广场两侧人们悠闲地喝着咖啡，广场空地上一些人在摆摊卖画作。

第四站来到万神殿，它始建于公元前 27—25 年，是完整保存的唯一一座罗马帝国时期建筑，用以供奉奥林匹亚山上诸神，可谓奥古斯都时代的经典建筑。

第五站来到特雷维喷泉，又称“许愿池”。许愿池是全球最大的巴洛克式喷泉，同时也是罗马最后一件巴洛克式建筑艺术杰作。喷泉背景建筑是一座海神宫，中间是海神波塞冬，四周环绕诸神。泉水由各雕像之间、海礁石之间涌出，最后又汇集于一处。

罗马许愿池

第六站来到西班牙广场，看到了著名的西班牙大台阶，它是全欧洲最长与最宽的阶梯，总共有 138 阶，因电影《罗马假日》中奥黛丽·赫本饰演的安妮公主坐在台阶上品尝冰激凌而闻名。每天都会有不同国家的旅游者慕名到此找寻赫本的足迹。

梵蒂冈是位于意大利首都罗马西北角高地的一个内陆城邦国家，为天主教最高权力机构圣座所在地，也是教宗驻地所在。作为世界六分之一人口的信仰中心，梵蒂冈也是全球领土面积最小、人口最少的国家之一。

圣彼得大教堂，又译为梵蒂冈圣伯铎大殿，是罗马基督教的中心教堂，教堂最初是由君士坦丁大帝在圣彼得墓地上修建的，于西元 326 年落成。这座大教堂是欧洲天主教徒的朝圣地与梵蒂冈罗马教皇的教廷，是全世界第一大教堂。

梵蒂冈大教堂

走进大教堂先经过一个门廊，门廊正面有 5 个大门，与此相对应的前廊各有 5 个铁栅栏。自右向左依次是圣门、圣事门、中门、善恶之门和死门，有幸从圣门进入教堂，那殿堂之宏伟令所有的参观者惊叹，赞美声不断。殿堂到处是色彩艳丽的图案、栩栩如生的塑像和精美细致的浮雕，彩色大理石铺成的地面光亮照人。高低错落的拱门之间有十几个穹隆，就像空中的旋转飞碟，上有天仙飞舞，精灵游弋，美轮美奂。北侧第一间小礼拜堂“圣母怜子堂”前远远地就能看见米开朗琪罗青年时代的作品《哀悼基督》。先直奔教堂中心区，中心区的地下是圣彼得的陵墓，地上是教皇的祭坛，祭坛上方是意大利著名雕塑家贝尔尼尼设计的青铜华盖，足有 5 层楼那么高，是全世界最大的铜铸物。其上方教堂顶部的圆穹是米开朗琪罗的杰作，上面布满美丽的图案和浮雕。支撑教堂穹顶的四大立柱之下各有一个壁龛，分别安置圣安德鲁、圣维罗妮卡、圣海伦娜和圣朗基努斯四座雕像。走出大门，结束教堂之行。

第七天来到水城威尼斯，它始建于 5 世纪，由 118 个小岛构成，10 世纪成为当时最主要的航运枢纽。从地图上看，威尼斯仿佛一颗镶嵌在长靴腰上的水晶，在亚得里亚海的波涛中熠熠生辉。登上游艇向主岛驶去，看到了远处安康圣母大教堂的大圆顶和圣马可广场的钟楼。上岸的人大道叫：“斯拉夫人堤岸”，它把游船码头和圣马可广场连接起来。导游仅给了不到四个小时的游览时间，分开参观，一个参观岸上景点，一个乘游艇参观水上景点。

威尼斯房屋都是彩色的，倒映在水中很美观，贡多拉游船在水中穿梭，走几步就有一座桥，人们往来于各桥之间，水城果然名不虚传。城中的总督宫是一座哥特式建筑，也是欧洲中世纪杰出的建筑物之一，还是威尼斯强盛时期的象征，现在已成为艺术兵器展览馆。素雅的外立面墙面用白色和玫瑰色大理石交相敷贴，看起来尤为壮观。

著名的叹息桥建于16世纪，是威尼斯著名桥梁之一，造型属于早期巴洛克式风格，封闭式的拱桥由石灰岩铸成，呈房屋状，只有向运河一侧的石梁上开有两个小窗，向外看去，仿佛可以体会到当年囚犯失去自由的叹息。北行进入圣马可广场，它初建于9世纪，又称威尼斯中心广场，有总督府、圣马可大教堂、圣马可钟楼、行政官邸大楼、拿破仑翼大楼等建筑，被拿破仑赞叹为“欧洲最美的客厅”。赶往集合地点，乘游船返回码头，结束了短暂的威尼斯之行。

从威尼斯到奥地利的因斯布鲁克住宿。第二天一早赶往德国，因此无暇欣赏因斯布鲁克的美丽，连张照片都没拍下，想起来顿觉遗憾。

■ 城堡之国——德国

到德国旅游，少不了看城堡。德国被誉为“城堡之国”，从某种意义上说，城堡和香肠、啤酒一样，早已融入了德国文化的血液。德国城堡有一两万之多，数量位列世界第一。新天鹅城堡、玛利亚广场、贝格勃劳皇家啤酒屋、宝马博物馆、法兰克福、正义女神塑像等地。最后回到巴黎，游览了凡尔赛宫、老佛爷百货商店等地。

来到德国。德国据说拥有14 000座城堡，这个数字应该没有哪个国家能及。而在众多的城堡中，最著名的是藏身于阿尔卑斯山麓的新天鹅城堡。这座城堡是摄影师最喜欢拍摄的地方，它也是极受欢迎的旅游景点之一。大巴到达景点后，导游给了一个小时游览时间，结果光排队去洗手间就花去了25分钟，看看山脚下的小屋，欣赏远处山上的高天鹅堡，感叹一下阿尔普湖湛蓝，之后，这个景点的旅程就迅速地结束了。

来到慕尼黑的玛利亚广场，它建于1158年，是慕尼黑最大、最主要的广场。因慕尼黑的新、老市政厅都在广场周边，玛利亚广场又有慕尼黑“城市客厅”之称。广场雕塑居多，其中正中的一根圣母柱顶端竖立着圣母玛利亚金色雕像，阳光下很耀眼。广场北面是哥特式风格的新市政厅，规模恢宏而巍峨，装饰华丽而壮观，正面窗间壁龛上立有历代君王、圣徒与神话英雄的塑像，与哥特式尖塔相映生辉。新市政厅钟楼上是著名的玩偶报时钟，每到整点，上下层彩色木偶配合音乐载歌载舞，吸引大量游客驻足观看。广场东侧是旧市政厅，内设有一座玩具博物馆，馆内的收藏都是独一无二的玩具。广场西北不远处的圣母教堂是慕尼黑象征建筑，也是天主教慕尼黑—弗赖辛总教区的主教座堂。

慕尼黑是世界著名的啤酒之都，当地人每人每年平均要喝 230 升啤酒，因而慕尼黑享有“世界啤酒冠军”的称号。当地最有名的贝格勃劳皇家啤酒屋是世界上最大的啤酒馆，由巴伐利亚的威廉五世于 1589 年创立，以自酿的淡啤酒、黑啤酒及全麦白啤酒最为出名，每天的啤酒消耗量达到了 1 万升。啤酒屋饱经沧桑，从外面看这幢 3 层的建筑并无特别之处，但是走进里面，才发现确实有独到之处。清一色的木质结构，让整个屋子显得古老而有韵味，三层楼加上院子，可以同时容纳 3500 人，仅一楼大厅里就可容纳 1000 人。老顾客都有固定啤酒杯，可以上锁保存在这里。品尝了一口黑啤，又香又甜，直入咽喉，回味不尽。配合着乐队的演奏，大家喝得都非常尽兴。

来到宝马博物馆参观，它始建于 20 世纪 70 年代初，毗邻宝马总部大楼，是宝马品牌体验中心的核心组成部分。宝马博物馆需要收费才能参观，因此导游带着来到了博物馆对面的宝马世界。展出的是宝马公司最新的技术和最新的车型，琳琅满目，进去试乘坐，感觉也很不错。

贝格勃劳皇家啤酒屋

第九天来到法兰克福，它是德国第五大城市，是德国乃至欧洲重要工商业、金融和交通中心。欧洲最高的十座建筑有八座在法兰克福，因此它还是欧洲少数几个有摩天楼的城市之一。来到罗马广场，它是最具人气的集贸市场，广场中央矗立着一座正义女神塑像。广场西侧为市政厅，南面是红白色相间的圣尼古拉教堂。广场东侧则有一排古色古香的半木造市民住宅。穿过住宅则可以看到法兰克福大教堂。

匆忙的法兰克福一日游结束了，再度前往法国巴黎。

第十天回到巴黎，前往凡尔赛宫。它是巴黎著名的宫殿之一，也是世界五大宫之一，原是法国国王路易十三的王宫，1833 年被改成历史博物馆，1979 年被列为《世界文化遗产名录》。凡尔赛宫宏伟、壮观，内部陈设和装潢富于艺术魅力。五百多间大小殿厅内部装饰以雕刻、巨幅油画及挂毯为主，配有 17—18 世纪工艺精湛的家具。彰显着金碧辉煌与豪华非凡。其中全长 72 米的镜廊是凡尔赛宫内的一大名胜，与外侧拱形巨窗相对而立的，是内侧墙上并排镶嵌着由400多块镜片拼成的17面大镜子，拱形天花板上是一幅幅风起云涌的巨幅历史油画。

巴黎凡尔赛宫

近看金色屋顶的皇家庭院，周围有大量精美的大理石雕塑。穿过北翼配殿的历史画廊来到二层，这里的雕塑长廊中摆满了法国历史上著名的将领和大臣。中部主殿是宫中最早的建筑，开放有17个厅，主要是国王、王后居住和政治娱乐活动的地方，由一条走廊贯穿，窗边可以俯视花园的景色。游览一番，大量的油画与雕塑仿佛在向游客们诉说着那段历史的曾经过往。随后前往参观王储和王妃的居室，里面布置得华丽异常，由此可见贵族生活的奢侈。最后来到凡尔赛花园，坐上游览电车沿皇家大道参观，看到了拉冬娜喷泉和阿波罗喷泉，见识到了皇家花园的美丽与壮观。

来到巴黎老佛爷百货商店，仿佛是赴一场中世纪的聚会，在这里购物将真正成为一种享受。无奈对购物毫无兴趣，因此花费65欧元参加巴黎深度游，先后经过了巴黎歌剧院、红磨坊、卢浮宫、巴黎市政厅、巴黎圣母院、莎士比亚书店、神恩院舍、法国警察总署、圣米歇尔广场、圣米歇尔大道、圣塞韦林路、圣日耳曼大道、巴黎国立美术高等学院、奥赛博物馆、波旁宫、荣军院圆顶、亚历山大三世桥、协和广场、香榭丽舍大街、凯旋门、夏乐宫，参观了埃菲尔铁塔夜景。随着巴黎深度游圆满结束，欧洲四国之行也在深夜的巴黎街头落下了终点。

翌日一早乘飞机离开巴黎回国，希望还有机会再到巴黎，而且一定选择自由行，看遍巴黎每一处，不像这趟走马观花。

探访古老埃及

金字塔之国——埃及

埃及，这个神秘而古老的国度一直是游客向往的地方。国内有许多旅行社都有埃及旅游的项目，经过反复比较，最终选择了一家有乘坐大巴和游轮结合的旅行方式。现在想起，这个选择是十分正确的。我们先后游览了阿斯旺大坝、尼罗河、阿布辛贝神庙、翁坡神庙、埃德福神庙、孟农神像、哈采普苏特女王神殿、克索神殿、卢克索、卡纳克神庙、南撒哈拉沙漠等地。

2017 年 2 月 15 日凌晨 3：00 乘坐飞机从武汉出发，13 小时后到达埃及南部城市阿斯旺，机窗看去一片茫茫荒漠，一条尼罗河横穿埃及大陆。

出机场驱车赶到阿斯旺大坝，它被誉为世界七大水坝之一，其建造过程当中所使用的花岗岩远超胡夫金字塔的用量。

大漠日出

从尼罗河沿岸登上四层的大游轮，这是旅游埃及最常见的方式，游轮从阿斯旺顺流而下一路向北，白天停靠在封闭的码头，游客上岸去游览景点，晚上继续航行，既可以观看埃及风光，又可以登岸游览，还可以品尝美食，十分惬意。来到游轮顶层看去，眼前的尼罗河宽敞流淌，条条风帆从中划过，海天一际，美不胜收。船行来到努比亚村，这是一个自费的项目，游客们纷纷下船，但考虑到明天的阿布辛贝神庙之行，还是决定放弃。

第三天凌晨四点时，大家下船乘车去往阿布辛贝神庙，天色暗淡的沙漠荒凉无垠，仅一辆小车疾驰其中，想想令人十分害怕。随着太阳升起，悬着的心终于放下，大家开始了在荒漠中拍照嬉戏。尽情欣赏“大漠升日圆”的美景。

阿布辛贝神庙正面的四座拉美西斯巨型坐像已成为闻名遐迩的景观，神庙门上插有一个生命之符，又称安卡，是在雕刻中较为常见的象形文字，解作“生命”之意。神庙里面浮雕极其丰富和精细，表现的是拉美西斯二世远征古努比亚所建树的卓著战功。

神庙左侧是拉美西斯二世为他的王妃奈菲尔塔利修建的神庙，不啻一座大型的爱情赠礼。神庙正面并排雕刻有拉美西斯二世和奈菲尔塔利等高巨像，神庙入口刻有“阳光为她而照耀”的铭文，神庙里面供奉着哈索尔女神，所有雕刻内容均围绕奈菲尔塔利与神祇的故事，形式丰富多样。

景区出口的展览通过大量的图片，展现了 1964 年两座神庙因建造大坝而选择搬迁的过程，巨石雕像切割成 10 ～ 30 吨重的单体，再通过巨型吊装机械和大型卡车运输到新址，然后重新组装成型，公差不得超过正负 5 毫米。如此浩大的工程仅用了四年的时间完成，实在令人惊叹。

原路返回才发现因超过了约定返回的时间，游轮已开往下一个景点，无奈只好坐着大巴顶着骄阳驶向科翁坡神庙，一路 4 个小时的颠簸让人劳乏不堪，开始想念起游轮上的舒适惬意。

阿布辛贝神庙和哈索尔神庙

科翁坡神庙是少有的多神信仰神庙，一条中轴线把神庙分成互相对称的两部分，左边专为鹰神荷鲁斯所建，右边专为鳄鱼神索贝克所建，鹰神殿后方的墙壁上刻画着许多古埃及外科手术医疗器械，其中大多数在今天的手术台上仍然得见，令人惊叹古埃及外科手术的高超。

参观完后，返回游轮休息，一觉醒来，沿船散步到驾驶室，在船长的帮助下过了一把驾驶游轮的瘾，看着窗外的河流，心情顿时感到愉快，一天的舟车劳顿瞬间消散。

驾驶游船

晚餐后，乘马车前往埃德福神庙观赏灯光秀，可以乘坐两人的马车在车夫的驾驶中不紧不慢地穿街过巷，不一会儿来到郊外，突然出奇的安静，看不到其他的马车，心中突然感到发慌，好不容易到达驿站后马车夫索要小费，其实导游早给过，但也无奈，只得又给。沿路步行，除了建筑物附近的地灯，看不到周围的环境，一路紧跟导游摸黑前进来到了埃德福神庙前，不断变幻的灯光秀将神庙比龙门及广场那些雕刻照射得熠熠生彩，这座古埃及建筑在现代的五彩柔光下看起来异常梦幻。欣赏着灯光秀的同时参观神庙，门前一左一右的鹰神雕像十分引人注目，满墙的浮雕依旧令人感到震撼，从大门一直到最里层的祭台，在五彩灯光下充满幽幽之神秘。灯光秀结束，乘马车返回了游轮，又给了车夫五元小费后，他开心地驾着马车离开了。

小船夫

第四天清晨离开大游船，然后分乘两艘游艇前往孟农神像，一个胖男孩儿看起来不大，但是驾驶着游艇非常的稳健，船上奏起欢快的阿拉伯音乐，大家都情不自禁地跟着舞动起来。

上岸就看到了原野上那两座风化严重的法老岩石巨像，据说公元前 27 世纪一次地震使雕像出现了裂缝，每当起风的时候，巨像会发出歌声般的声音，时而慷慨激昂、时而悠扬婉转，同时，巨像眼窝中的晨露也随之溢出流下，就好似在流泪，因此被称为“哭泣的法老”。后来经过修补，巨像再没有“唱”过歌，自然也就再没“流”过眼泪了。

来到哈采普苏特女王神殿，一座古埃及唯一的女法老祭拜殿。哈采普苏特将自己的陵庙建在峭壁上，以一种优雅的效果显示其统治的长治久安。据传因神殿建筑得太美，第19王朝的法老塞提一世曾经想把它窃为己有，而神庙破坏还是来自哈采普苏特的养子图特摩斯三世，他与养母的王位之争，使他在养母死后将她在神庙中的浮雕与雕塑铲除破坏殆尽。神庙19世纪中期被发现时已是一片废墟，后经一个国外的联合考察队大规模重建才重现其美，但那墙壁上被铲除的雕塑和壁画，以及被破坏的雕像，应该已无法修复，实在是令到此的游客们遗憾不已。

哈采普苏特女王神殿

来到卢克索神殿，神殿门前两旁的狮身公羊石像等古迹，气势宏伟，令人震撼，一座方尖碑与法国巴黎协和广场的方尖碑十分相似，经导游介绍证实了判断，两根方尖碑的其中一根在19世纪时送给了法国，正是那根矗立于巴黎协和广场中央的方尖碑。

游览完毕后，乘马车游览卢克索，与阿斯旺相比，卢克索市容非常漂亮整洁。随后来到最后一个参观景点——卡纳克神庙。

卡纳克神庙是著名电影《尼罗河惨案》的部分场景取景地，也是古埃及遗留的一座壮观的神庙。神庙内有大小20余座神殿，整个建筑的庞大极其花费游览的时间。因此重点游览大柱厅，该厅134根石柱，中央两排高21米的柱子上面承托着重达65吨的石梁，在柱顶的柱帽处，可以安稳地坐下近百人，其建筑尺寸之大，实属罕见。站在大厅中央，四面森林一般的巨大石柱，处处遮挡着人们的视线，给人造成一种神秘而又幽深的感觉，阳光透过柱顶投射在柱身上，会同柱身上的雕刻凸现出斑驳而神秘的光彩。令人不禁遐想如此重量的石柱是如何搭建而成。神庙里有个圣甲虫雕像，一些游客绕着它转圈，导游介绍说古埃及人看到圣甲虫推着粪球的行为，就像推着太阳一样，认为是一种生生不息的循环，因此游客们围着它转圈，会有好运。这也许就是一种现代人对期盼好运的寄托吧。

第五天游船穿越了一段气候恶劣的南撒哈拉沙漠，从卢克索来到红海岸边的赫尔加达镇，这里原本是一个小渔村，由于旅游业发展，逐渐形成规模，度假村和酒店在沙漠里纷纷拔地而起。这里安排的项目全部需要自费，最终选择了红海玻璃船，乘坐游船穿梭在蔚蓝色的红海中，透过船底的玻璃可以看到船员的潜水表演，十分有趣。

埃及首都——开罗

第六天经过东撒哈拉沙漠到达埃及首都开罗，历经7个小时，现在想起，堪称整段旅途中最艰苦的时刻。首先来到圣母玛利亚大教堂，又称悬空教堂，教堂内部的黑坛桌椅、镶嵌象牙的屏幕和大理石建造的讲坛等都是精心制作的，其中以圣母玛利亚的画像最为著名。离开悬空教堂，到达阿布希加一圣塞格鲁斯及酒神巴格斯教堂，教堂内曾保存有埃及最古老的圣坛，现已移至科普特博物馆。最后参观本·埃兹拉犹太会堂，它是埃及最古老的犹太教堂，曾因罗马军队的侵攻而一度被破坏，此后几经修复方成今天的模样。晚上入住位于马克扎雷岛的一端的五星级酒店，从酒店可以步行至开罗塔、埃及博物馆和解放广场。

第七天一早想到酒店顶层去欣赏一下清晨中的开罗城。但是酒店房卡只能到达房间所在的层，因此作罢。

光明之丘——金字塔

因其形体呈四角尖锥形，与中文“金”字相似，故中国习惯上称之为“金字塔”。金字塔被称为“光明之丘”，象征着太阳的创世能量，也代表着埋葬其中的太阳的世间代表——法老的永世与不朽。

来到吉萨金字塔群，由胡夫金字塔、哈夫拉金字塔、孟卡拉金字塔、狮身人面像组成，周围还有许多“玛斯塔巴”与小金字塔。胡夫金字塔是塔群里最大的金字塔，被誉为“世界七大奇迹”之一，它与附近的狮身人面像广为人知。对未曾到过埃及的人来说，提起金字塔首先想到的就是胡夫金字塔和狮身人面像。当来到此地，才知道这个金字塔群是如此的庞大，茫茫荒漠中矗立起一座座三角形的建筑，任谁看也无法与地球文明相结合。金字塔留给后人的谜题太多，其线

金字塔与狮身人面像

条、角度、方向的数据均与天文学数据有惊人契合，金字塔到底凝结着古埃及人多少知识和智慧，仍然是远没有完全解开的谜。

斯芬克斯——狮身人面像

近看狮身人面像，雕像坐西向东，蹲伏在哈夫拉的陵墓旁，由于它状如希腊神话中的人面怪物斯芬克斯，因此也被称为“斯芬克斯”。它的身上也有很多的谜题，其建造者是谁？面相刻画的是谁？鼻子为什么不见了？至今都是未解之谜。一个个关于它的美丽传说在这片神秘的土地上流传开来。但是对于到此的游客们来说，狮身人面像在不断遭受裹挟着沙石的强烈风暴侵蚀是眼前所见的事实。希望这座古迹能被完好地保存，和周边的金字塔群一起，让后世子孙们能继续看到那古埃及建筑的宏大，了解古埃及历史的久远。

骑骆驼

来到一处高地看到一群骆驼，导游帮忙商量好价钱后，游客们争相体验一把骑骆驼的感觉。

埃及博物馆之父——埃及博物馆

最后来到埃及博物馆，该博物馆可以说是埃及文物精华的所在地，由被埃及人称为“埃及博物馆之父”的法国著名考古学家玛利埃特，于1858年在开罗北部的卜腊设计建造。博物馆内以广为收藏法老时期的文物为主，埃及人习惯地称它为“法老博物馆”。博物馆分为两层，有50多个展厅，珍藏着古埃及法老时代到6世纪的文物共30多万件，其中展出的有6.3万件。据说每件文物如果看一分钟的话，看完也需要一个多月的时间。因此提前做好了功课，将重要藏品熟记于心。博物馆内允许用相机拍照，但要交50埃镑（折合人民币18元左右）才行。图坦卡蒙展厅有图坦卡蒙金棺、黄金面具、黄金宝座，面具由金箔制成，嵌有宝石和彩色玻璃，大小与真人面部相当，上面饰有象征埃及保护神的鹰神和眼镜蛇神，下面垂着胡须，精致无比。难怪有埃及考古学家认为，图坦卡蒙黄金面具、黄金棺材和黄金宝座三件文物，无论哪一件，都能胜过世界上任何一个博物馆中最珍贵的文物。

第八天由开罗乘飞机回国，古老埃及之旅至此结束。

俄罗斯自由行

■ “诗与远方”——俄罗斯

去了俄罗斯后，感觉到俄罗斯是一个称得上“诗与远方”的国家。在我们看来，俄罗斯是一个战斗民族，到俄罗斯之后，我看到俄罗斯很文艺，特别“诗”意的一面，同时，到了俄罗斯后才知道什么叫地大物博，什么是远方！

我们先后游览了莫斯科、特维尔大街、俄罗斯国家历史博物馆、红场、莫斯科地铁站、“莫斯科七姐妹”、克里姆林宫、莫斯科基督救世主大教堂、“金环小镇”、圣乔治教堂、苏兹达尔、雅罗斯拉夫尔、市政厅广场、伏尔加河、雅科夫列夫斯基修道院、凯旋门、新圣女修道院、特列季亚科夫画廊、莫斯科国家大马戏团、克里姆林宫、雅罗斯拉夫庄园遗址、街心公园、大诺夫哥罗德克里姆林宫、圣彼得堡、涅瓦大街、法贝热博物馆、冬宫、叶卡捷琳娜宫、俄罗斯国家博物馆、党人广场、斯莫尔尼建筑群、夏园、莫斯科等地。历时半月余，游览名景之多，感受之深。

两次跟团出国旅游深感诸多不便，想看的看不尽兴，不想看的白白耽误时间，晚上只能在旅店，无法深入了解当地风俗人情，因此下决心出国自由行。最终选择俄罗斯为第一个自由行的国家，主要是俄罗斯景点集中在莫斯科和圣彼得堡周围，旅行规划较容易，只是语言不通是最大的障碍。对此开始了长达三个月的准备，参考了大量的旅游攻略和游记后，原计划 9 天的自由行中加上了“金环”和“银环”的游览后扩展到了 14 天。所谓的“金环”指坐落在莫斯科北部和东部的一串古老小城镇，沿着这条路线能观赏到自古罗斯时代起那极具历史价值的独特建筑和景观；而“银环”则是指圣彼得堡周围的大诺夫哥罗德等古镇。

旅行路线和天数确定后，就开始为旅行做提前准备。通过网络查询和问题梳理，解决了旅行签证、住宿预订、交通工具乘坐等问题，因公交车报站听不懂，所以交通工具首选地铁。预订旅店也以地铁附近为首选，并请热心的俄罗斯姑娘苏菲帮助代购到了俄罗斯热门旅游景点的门票，如歌剧、马戏表演等。然后在手机上安装了所需的导航软件和翻译软件，写了一些简单的俄语地名卡片，并适当地减少减轻了随身的行李，总之，这三个月每天都在考虑旅行中会遇到的种种情况，细化完善各个景点之间的乘车方案，优化旅行路线。最后，全部整理成文字资料打印成册，多达 49 页。内中详细记录到达景点的路线和交通工具，景点的特点、历史和看点等。包括详细参观路线图。一些如普希金造型艺术博物馆、俄罗斯博物馆、法贝热博物馆、冬宫博物馆等重点博物馆，也将各层展览的分布图事先打印出来做好标记。

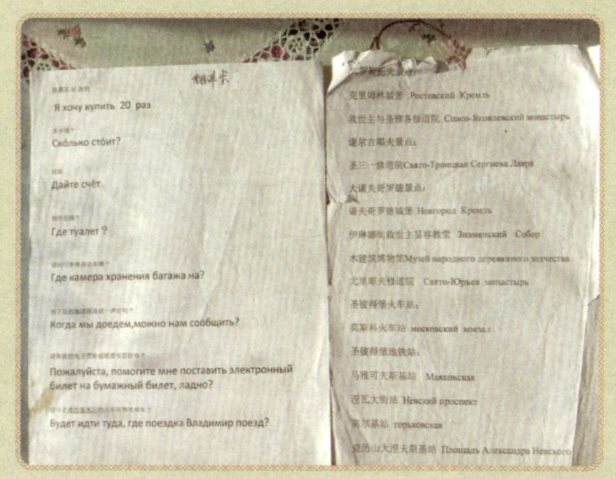

翻译卡

最终一切齐备，2017 年 7 月 10 日，开启为期 14 天的俄罗斯自由行。

一切计划妥当，没想到由乌鲁木齐到达俄罗斯首都莫斯科是当地时间 7 月 10 日晚，而签证是从 7 月 11 日开始，差 3 小时 50 分不能入境。只好在机场等待到 11 日 0 时方才入境。但是，这时没有任何交通工具前往市内，只好在机场过夜，直到早上 5:30 第一班地铁发车，至此，已在机场度过了 9 个多小时。

千顶之城——莫斯科

俄罗斯首都莫斯科建城于 1147 年，迄今已有八百多年的历史，经过了几次较大的历史变迁，古迹众多。我们游览了红场、克里姆林宫、救世主大教堂、圣瓦西里教堂、特列季亚科夫画廊、新圣女公墓、阿尔巴特大街、俄罗斯国家历史博物馆、普希金造型艺术博物馆等景点。

11 日乘坐地铁到达莫斯科市内。辗转来到事先预订的民宿所在街道，却怎么也找不到，问当地居民也不知道，因为语言不通，委托一位老人给民宿打电话，也联系不上。幸亏这位老人同意按原定的价格提供住宿。欣喜之余感到在这次交流过程中，事先准备的翻译软件，尤其是卡片起了很大的作用。

一切安顿完毕，步行去红场。特维尔大街上那英武的“长臂尤里”和忧郁的普希金塑像，一种英雄与浪漫的俄罗斯风情扑面而来。经市政厅、图兰朵餐厅、电报大楼、利兹·卡尔顿饭店来到红场已用去了半小时时间，好在一切新鲜，也不觉得累。首先看到了俄罗斯国家历史博物馆，它是莫斯科最具代表性的博物馆，主体建筑物的两侧各有一座高耸对称的塔楼。

进入博物馆，瞬间被大厅的装饰所震撼，顶部的俄罗斯历代君主树状谱系，方柱和墙壁上的彩绘，入口的石像与雕塑都极有俄罗斯的风格，博物馆有 48 个展厅，按年代顺序收藏与排列展示品，馆中收藏的文物共计有 420 万件以上，文献资料 6800 万页，从远古时代的巨大象牙、尼安德塔人与北京猿人复制头骨、古代人类遗址模型到轰动世界的 15 件珍贵的“比萨拉比亚之宝”、俄国最早的楔形文字记录与武器发展等都尽收馆内。细细参观，从那大幅的油画、脱色的座椅、璀璨的礼冠等展品中，都能品读到俄罗斯历史文化的久远。走出博物馆，对面是莫斯科大饭店，它们之间竖立有一道耶稣复活门，是通往红场的入口之一。

俄罗斯国家历史博物馆

红场原名“托尔格”，意为“集市”。1662 年改称“红场”，意为“美丽的广场”。红场南北长 695 米，东西宽 130 米，总面积 9.1 万多平方米，大约只有中国北京天安门广场的五分之一。红场的地面全部用赭红色方石块铺成。广场两边呈斜坡状，让整个红场看起来都似乎有点微微隆起。广场南面向莫斯科河微倾的斜坡上，耸立着瓦西里·勃拉仁内大教堂，教堂东侧安葬着修士瓦西里，因而也称之为圣瓦西里教堂。接着到了亚历山大罗夫斯基花园游览，建成于 1962 年的无名烈士墓，就位于花园铁艺门旁边。深红色大理石陵墓上西侧陈设着钢盔和军旗的青铜雕塑，墓前一个凸起五星状的火炬中央喷出火焰，火焰燃烧至今，从未熄灭，象征着烈士的精神永远光照人间。火炬前用俄语刻着“Имя твоё неизвестно. Подвиг твой бессмертен”（你的名字虽无人知晓，你的功勋永垂不朽）的字样。墓前摆放着人们敬献的鲜花。无名烈士墓的右边沿着克里姆林宫墙立着一排石碑，每块石碑上都刻着城市的名字和模压的金星勋章图案，下面存放装有从列宁格勒、基辅、明斯克、斯大林格勒等各城市收集来的泥土。

下午决定先参观莫斯科地铁站，莫斯科地铁站一直被公认为世界上最漂亮的地铁站，每个车站的建筑造型各异，都由国内著名建筑师设计，多用五颜六色的大理石、花岗岩、陶瓷和五彩玻璃镶嵌，除各种浮雕，雕刻和壁画装饰外，照明灯具也十分别致，因此享有“地下的艺术殿堂”的美称。先后到 8 个车站大厅进行参观，其中，白俄罗斯站里以白色为主旋律，民族风格浓郁。新镇站里金铜边框镶嵌彩陶玻璃墙，如万花筒般造型各异。和平大道站里白色陶瓷壁画环绕柱廊，穹顶与墙体浑然一体。基辅站里大理石和花岗岩铺面，立柱装饰以马赛克壁画，彰显历史与人文风情。文化公园站里装饰有五种颜色大理石，人文浮雕与吊灯相映成趣。克鲁泡特金站里树冠式灯柱矗立，令整个走廊空间别开生面。马雅可夫斯基站里墙柱式结构与天花板简约大气，金属和石材混搭充满诗意。革命广场站里雕像群立，仿佛在讲述着那段历史的主题。

因对俄文的不熟悉出错了车站，发现莫斯科河在附近，于是沿着河向老阿尔巴特街走去，途中经过了有“莫斯科七姐妹”之称的外交部大楼、莫斯科大学、劳动模范公寓、文化人公寓、重工业部大楼、乌克兰饭店和列宁格勒饭店。阿尔巴特大街全长不足 1 公里，是一条极富俄罗斯传统文化气息的街道，最早可追溯到 15 世纪。诸如文学家普希金、果戈理、列夫·托尔斯泰、契诃夫等一大批俄国历史文化名人，都曾经在这里留下足迹，如今还保留着其中一些名人的故居。街上到处是俄罗斯民间的传统工艺品和奢侈品，琳琅满目、形式多样，酒吧和小吃店应有尽有。在街头演唱者的音乐声中，在自由画家的画作中，一个历史悠久的文化街呈现于眼前，令人游逛到很晚才想起要回旅店。

克里姆林宫天使报喜教堂

第三天来到克里姆林宫，克里姆林宫是俄罗斯的一组建筑群，位于莫斯科心脏地带，它是总统府所在地，也是俄罗斯联邦的象征。它南临莫斯科河，西北接亚历山大罗夫斯基花园，东北与红场相连，呈三角形。其中最壮观、最著名的要数带有鸣钟的救世主塔楼。5 座最大的城门塔楼和箭楼装上了红宝石五角星，这就是人们所说的克里姆林宫红星。克里姆林宫建筑群的西南侧是大克里姆林宫，它是克里姆林宫中的主要建筑之一，外观为仿古典俄罗斯式。大克里姆林宫西侧是兵器库，专门用于布置皇家博物馆。兵器库西侧是鲍罗维茨塔楼，也是克里姆林宫的出口，不时有车辆出入。克里姆林宫的教堂建筑也很有特色，宫内有一个教堂广场，广场四周围绕着十二使徒教堂、圣母升天教堂、天使报喜教堂及圣弥额尔教堂四座教堂。

乘地铁到克鲁泡特金站，一出门就看到了著名的莫斯科基督救世主大教堂，虽笼罩在蒙蒙大雨中，但教堂依旧看起来令人震撼。随后来到教堂北面的普希金造型艺术博物馆，它于 1898 年开工建设，历时 14 年建成，其绘画和雕塑作品收藏之丰富为全世界所公认。

博物馆包括艺术馆主馆、19 至 20 世纪欧洲和美洲艺术画廊、私人收藏部等三大主体建筑，这次的计划是参观 19 至 20 世纪欧洲和美洲艺术画廊。画廊于 2006 年向公众开放，26 个房间里收藏了大量的绘画作品，其中不乏印象派大师马奈、德加、莫奈、雷诺阿、毕萨罗等人的著名画作。走进画廊，由三楼向下依次参观，这些曾频繁出现在图集与画册中的各种画派作品，一一呈现在眼前时令人看到眼花缭乱，不知不觉中忘记时间。那年老的馆内工作人员激情高昂地向参观者们讲解画作之精妙，整个画廊里洋溢着艺术的气息。

■ 俄罗斯金环小镇

以莫斯科为起点，至东北方向的伏尔加河，包括弗拉基米尔市、苏兹达尔市、科斯特罗马市、乌格利奇市、雅罗斯拉夫尔市和罗斯托夫市等。

第四天开始了“金环小镇”的旅行，初步计划是从莫斯科出发，经弗拉基米尔、苏兹达尔、雅罗斯拉夫尔、罗斯托夫、谢尔盖耶夫，再返回莫斯科，三天完成游览。来到弗拉基米尔，它距离首都莫斯科 190 公里，出火车站看到天空下着大雨，只好将出发去下一个小镇苏兹达尔的时间改为中午十二点。就近上山乘公交车到金门，城门四层是金门军事博物馆，展出了大量彰显历史的展品。沿着圣三一教堂、大剧院、圣玫瑰堂、弗拉基米尔大学来到莫斯科大街，然后在欣赏着一条名叫圣乔治街的街边各种雕塑时走进了圣乔治教堂。它于 1129 年建造，是中世纪中东欧罗斯统治者弗拉基米尔大公拥有的第一个私人教堂。返回莫斯科大街来到圣母升天大教堂，它于 1160 年所建，是俄罗斯现存最古老的教堂，竖起五个镀金圆顶远远看去金碧辉煌。大教堂内安葬着 12—13 世纪弗拉基米尔的大公和主教。教堂北侧是教堂广场，广场中央是弗拉基米尔建成 850 周年纪念碑。广场东侧是仅有一个金顶的德米特里耶夫斯基教堂。它的对面是砖红色的弗拉基米尔历史博物馆，里面以现代技术手法，展示弗拉基米尔地区的历史资料。看了下时间，匆忙赶到车站，结束了弗拉基米尔三小时的雨中游。

下午到达风景如画的苏兹达尔，它被誉为“白石之城”和“博物馆之城”，仅9平方公里的土地上，保留着33座教堂、5座修道院、17座钟楼及200处的建筑古迹，可见凝聚了整个俄罗斯的历史，被列为世界遗产保护区，俄罗斯人形容它是“像天堂一样美丽的地方”。这里的木质建筑非常有名，几乎所有的公共设施与民居都是木质的，每家都有特色的窗户，家家不重样。坐着房东的车来到小镇最北面的叶夫菲米修道院，卡缅卡河傍着修道院的围墙外流过。走进修道院，沿着围墙内侧顶端有带木栅的走道与塔楼相连，上面均设有无数箭孔，形成冷兵器时代坚固的防守体系。修道院中最核心的部分是主显圣容大教堂，左边是圣母升天教堂，右边是钟楼。来到卡缅卡河边，沿路走去，诸多教堂一一呈现眼前。最后来到苏兹达尔克里姆林宫，它的主要建筑有圣母圣诞大教堂、钟楼、大主教宫和圣尼古拉教堂，游览一番，各有特点。

第五天来到雅罗斯拉夫尔，先在自动售票机上买好两张晚上八点到大罗斯托夫的火车票。途中经过一座修道院。她看到老伴儿祷告时虔诚的模样，热情地拥抱了老伴儿。

雅罗斯拉夫尔

基洛夫大街尽头是市政厅广场，广场中心是伊利亚先知教堂，教堂内部壁画均是著名画家奇尼丁率领他的学生们在1680年和1681年两个夏天里共同创造的。从教堂出来继续向东，经过涅克拉索夫的纪念碑、音乐与时间博物馆来到斯特列尔卡公园。公园前方是科托罗斯尔河，左侧是伏尔加河。伏尔加河是欧洲最长的河流，全长共3500多千米。是世界上最长的内流河，被称为俄罗斯人的母亲河。当在河边兴奋地高声唱起《三套车》，周围的俄罗斯人先是比较惊愕，后来从熟悉的旋律明白过来，纷纷加入合唱，场面十分感人！

到达大罗斯托夫时已晚上九点，在车上请一位俄罗斯姑娘帮助预订好了出租车，由于她下火车后有急事，就拜托给另一位俄罗斯姑娘，顺利找到并乘上出租车，真心感谢这两位热心的姑娘！这都是语言不通带来的烦恼！

到达住宿的旅馆后发现感冒了，第二天还是不舒服，只得改变计划放弃谢尔盖耶夫，计划粗略游览大罗斯托夫后提前返回莫斯科。大罗斯托夫建于 862 年，距离莫斯科 190 公里。一早来到西南方向的救世主——雅科夫列夫斯基修道院。登上钟楼，美丽壮阔的涅罗湖近在咫尺，清澈的湖水与美丽典雅的修道院交相辉映，在蓝天白云的映衬下显得格外的秀美。乘车来到大罗斯托夫克里姆林宫，由侧门进入后是教堂广场，左侧是圣母升天大教堂，右侧是都主教宫复活教堂。登上圣母升天大教堂旁边的钟楼，13 口大钟组成的“乐队”声音和谐悠扬。因时间有限，其他教堂也未进入参观，回到火车站乘上火车一路睡到莫斯科后，感冒也好了。

第七天乘地铁到胜利公园站，从入口到站台电梯有 126 米长，需要三分钟。出地铁站看到了威武的凯旋门，上面有许多精致的雕塑。凯旋门东侧有一座蓝色圆柱形建筑，它就是博罗季诺战役全景博物馆。馆内众多与战争题材相关的原创油画、素描、雕塑等作品，反映了拿破仑战争爆发前夕的史实线索，以及 1812 年战役的全部经过。通过凯旋门来到胜利广场，广场南侧是几组大型喷泉，北侧沿广场边缘有 15 座铜制旗帜式纪念碑一字排开，广场东侧到纪念碑有 5 级台阶，每级台阶正中有一个刻着年代数字的红色石碑，从 1941 年到 1945 年，象征了卫国战争所经历的那段艰苦卓绝的五年。广场北侧是常胜—圣格奥尔基大教堂，教堂的修建体现出对烈士的英魂的守护之意。广场前的纪念碑好似一把钢刀直插云霄，后面是圆弧形的卫国战争中央纪念馆。纪念馆由光荣厅、纪念厅、近卫军厅以及画廊等组成。走进纪念馆，大厅宽阔庄严，台阶中间的雕塑和背后彩色图案寓意深刻。台阶上有一个宽大的展厅，展出大量的图片和实物。圆形的光荣厅四壁大理石墙上刻着卫国战争中牺牲的烈士名称，庄严肃穆。一面镶嵌着胜利勋章的穹顶下是一个右手托着钢盔，左手高高地扬起，身后的斗篷随风飘扬的战士铜像。战争实景展馆里 6 幅立体画艺术地再现了莫斯科保卫战、斯大林格勒会战、列宁格勒会战、库尔斯克会战、第聂伯河会战、柏林战役六次重要战役。展馆的外面有露天展区，陈列着第二次世界大战中使用过的坦克、飞机和战舰。纪念馆外有一组十分著名的“殉难者纪念碑”雕塑，塑造者将他们的干瘪的身躯拉长，展示出战争的苦难、不幸和残忍，令每一位参观者不寒而栗，久久沉思。

来到新圣女修道院，它坐落于莫斯科的西南部，距离克里姆林宫大约四公里，靠近莫斯科河的浅滩，是莫斯科大公瓦西里三世在 1524 年而修建的一座女子修道院。2004 年，该修道院被列入世界文化遗产名录。目前新圣女修道院正在大规模维修，停止向公众开放，令人遗憾。只得来到南侧的新圣女公墓参观，公墓始建于16世纪，因新圣女修道院而得名。该公墓占地7.5公顷，埋葬着2.6万多位俄罗斯各个历史时期的名人，是欧洲三大公墓之一。公墓共分11个墓区，走进墓区一一看去，墓主的成就与墓碑与被艺术化的巧妙结合，如世界著名的米格战斗机设计者阿尔乔姆·伊万诺维奇·米高扬，其墓碑上刻着一架冲入云霄的米格战斗机，清楚地反映了他毕生理想和追求。坦克炮设计师拉夫里洛维奇墓碑被设计成一块有三个弹孔的钢板形状，形象地向后人炫耀着他研制的炮弹威力是多么巨大。诸如此类，政治、军事、科技、文学等各领域的墓碑都仿佛是历史的一页，一同形成了特有的俄罗斯墓园文化。

来到坐落于莫斯科河畔的特列季亚科夫画廊，百余年间，画廊几经扩建并不断充实馆藏，成为俄罗斯最大的美术作品博物馆之一。到1991年，展品增加到5.5万件，几乎涵盖了俄罗斯所有流派的艺术精品。画廊共分60个展厅，一般按创作年代的先后为序，其中堪称瑰宝的是19世纪末和20世纪初俄巡回展览画派大师的油画。在画廊里可以看到克拉姆斯科伊的油画《无法抑制的悲痛》和《基督在旷野》、彼罗夫的油画《送葬》和《三套车》、列宾的《伏尔加河上的纤夫》和《伊凡杀子》、苏里科夫的《女贵族莫罗佐娃》、瓦斯涅佐夫的《三勇士》、列维坦的《永恒的宁静》等杰作。精美的画作与雕塑令人震撼。

下午来到莫斯科国家大马戏团观看表演，场内座无虚席。马戏团最擅长驯演大型猛兽，如狮、虎、熊、象等传统表演项目，演出异常精彩。滑稽小丑、大跳板和高空飞人都是经典演出项目。俄罗斯人对马戏有着独特的热衷，他们会像足球比赛中的球迷一样鼓掌和欢呼，场面十分热烈。

俄罗斯银环是一条独特的旅游线路，由多个古老的俄罗斯小城组成，它们环抱着“水上威尼斯”圣彼得堡，是俄罗斯西北历史和文化的重要游览地。包括大诺夫哥罗德、旧鲁萨、大卢基、波尔霍夫、普斯科夫、伊兹博尔斯克、佩乔雷、伊万哥罗德、金吉谢普、维堡和旧拉多加等。

晚上乘坐火车第二天清晨到达大诺夫哥罗德。这里除了克里姆林宫和对岸的雅罗斯拉夫庄园遗址不收费外，几乎所有的博物馆和教堂都需要100～400卢布不等，游历一番，竟累达3000卢布以上。出站向东南来到街心公园，公园中心矗立一座军事荣耀城市纪念碑，纪念碑后面是大诺夫哥罗德“俄罗斯”电影中心。继续向东南方向是州政府，大楼前是索菲亚广场，再往前是大诺夫哥罗德克里姆林宫。它是城市中心地区，也是城市最古老

大诺夫哥罗德

的部分。砖瓦色的城墙内，犹如公园一般美丽，可以自由出入。克里姆林宫建于1044年，呈椭圆形，广场正中竖立着千年俄罗斯纪念碑，碑上共点缀着俄罗斯历史上统治者、英雄、文化名人等颇具特征的128个人物雕像。纪念碑南侧的行政楼现辟为国家统一博物馆，里面展示着大量代表大诺夫哥罗德历史的展品、圣画像和木雕艺术品。纪念碑北侧是建于11世纪的圣索菲亚大教堂，其墙壁上保留着12世纪的壁画，古朴而庄重。大教堂东侧的索菲亚钟楼是目前俄罗斯最古老的机械钟楼。

从东拱门出克里姆林宫来到雅罗斯拉夫庄园遗址，紧凑的场地内坐落着12—18世纪多个祭祀和非宗教建筑。乘环线车来到位于沃尔霍夫河发源处的诺夫哥罗德尤利耶夫修道院，这座12世纪的男子修道院靠近伊尔门湖畔，为壮丽的自然风光增添了美丽的一笔。修道院前行600米是一座木建筑博物馆，收集了大量诺夫哥罗德地区传统木结构建筑，由20多座14—19世纪的木建筑组成。进入里面一边散步一边浏览建筑物内的陈设，仿佛来到了中世纪的俄罗斯。

“北方威尼斯”——圣彼得堡

它始建于1703年，由俄罗斯历史上著名的彼得大帝下令创建。1712年彼得大帝迁都圣彼得堡，之后的200多年，这里都是俄罗斯的政治、文化和经济中心。城市历史中心以及相关古遗迹，一起联合国教科文组织被列入了世界文化遗产名录。

我们先后游览了艾尔米塔什博物馆、俄罗斯博物馆、涅瓦大街、彼得保罗要塞、普希金城、滴血大教堂、瓦西里岛长滩、伊萨基辅教堂、喀山大教堂、夏园、胜利公园、斯莫尔尼修道院、斯莫尔尼宫、文学咖啡馆等景点，并在马林斯基剧院观看芭蕾舞剧《海盗》。

出博物馆乘公交车去往火车站，然后乘城际列车到达了圣彼得堡。

第九天开始游览圣彼得堡，它是俄罗斯第二大城市，坐落在波罗的海芬兰湾东岸，是一座水上城市，由 300 多座桥梁相连，它的河流、岛屿与桥梁的数量，均居俄罗斯之冠，有“北方威尼斯”之称。

因住宿的地方离喀山大教堂很近，所以计划经涅瓦大街向西到瓦西里岛的滩角，再经交易所桥到彼得堡罗要塞，然后，经圣三一桥返回南岸，游览战神广场和滴血教堂。晚上，在米哈伊洛夫剧院观看芭蕾舞剧《海盗》。

喀山大教堂名称来自教堂内所供奉的喀山圣母像。教堂北面临街一侧竖立两条长达 111 米的壁状柱廊，共由 94 根柯尼斯式柱子组成，伸向前面的涅瓦大街，环抱广场，高达 70 米的教堂圆顶从柱廊的后面露出，使整座教堂视觉上更加宏伟壮观。走进教堂，内部装饰更像是一座宫殿，明亮、轻快，以柱列分隔的长形主堂高大宽敞。教堂内安葬着俄罗斯著名元帅库图佐夫的骨灰，墓碑两边挂满了库图佐夫在俄法战争攻陷城市的市旗和钥匙。整座教堂里面寂静无声，令来此的游人们都不敢大声说话。

喀山大教堂

莫伊卡河上有 15 座桥，大部分都是富于艺术性的古桥。涅瓦大街是绿桥。绿桥又名警察桥、人民桥，是俄罗斯圣彼得堡的一座桥梁，跨莫伊卡河，是该市的第一座铸铁桥。

过桥北侧就是普希金文学咖啡馆。普希金生前经常在这里喝咖啡，1837 年 1 月 27 日，普希金正是从这家店喝完最后一杯咖啡，而前去决斗伤重英年早逝。一些文学大家，比如果戈理、陀斯妥耶夫斯基等，也经常来到这家店，谈诗论文，针砭时弊，后来改名为“文学咖啡馆”。

普希金文学咖啡馆

涅瓦大街西侧尽头是海军部。到达海军部向东是冬宫广场。经过东宫桥来到瓦西里岛东部的岬角被称为长滩。建于1805—1816年的证券交易所大楼外观简洁大气，44根白色的陶立克式的圆柱围绕楼房四周，正面门廊上有一组十分精美的浮雕。左侧远处是双座灯塔，柱上的那些铜锚都是战败方的，炫耀战功。

瓦西里岛

到彼得堡罗要塞，它是圣彼得堡著名的古建筑，坐落于圣彼得堡市中心涅瓦河右岸，古堡的墙沿涅瓦河一面长达700米。要塞的中心是彼得堡罗教堂，教堂上方是高122米的钟楼，里面自鸣钟几经改造，每昼夜可自鸣四次，及时向人们报时，已成为要塞的一大景观。教堂后面是大公安息地。穿过广场，一直往南是面向涅瓦河的纳富什金棱堡。棱堡下陈列的大炮每天正午时分会发射一枚空炮弹向全城居民报时。

彼得大帝

这里有个彼得大帝铜像。大脚大手大身子和小脑袋，看起来有些比例失调，据说是按照彼得大帝1∶1的比例实际身材雕塑的，而头部是按照他去世时的头部做的模具。

随后游览几处景点时，天空突然下起了暴雨，夹杂着冰雹，无奈只得经约翰诺夫斯基门离开要塞。经圣三一桥返回南岸，雨越下越大，只好放弃游览战神广场，直奔滴血教堂。进入教堂。滴血大教堂又名基督复活教堂。1883年，亚历山大三世在其父遇刺地点修建这座教堂。

滴血大教堂

教堂内部，无论墙壁，穹顶还是立柱，从上到下铺满了流光溢彩的马赛克壁画，华贵非常。教堂的祭坛四周饰以黄玉、琉璃和红宝石，晶莹的“血滴”从干净的鹅卵石中“溢出”，溅到了地板上，看上去触目惊心。

参观完毕后，天已放晴。一天经历晴天、冰雹、暴雨，真是天有不测风云。观看教堂外部，轮廓美丽，装饰花花绿绿，与附近的古典式的建筑物成鲜明对比。整个建筑从任何角度看过去，充斥视野的都是丰富的色彩、奇异的线条和繁复的图案。使教堂看上去像个积木搭起造型奇特的漂亮玩具。

晚上在圣彼得堡最古老的歌剧与芭蕾舞剧院之一的米哈伊洛夫剧院观看芭蕾舞剧《海盗》。

第十天，逛涅瓦大街。涅瓦大街是圣彼得堡的主街道，建于 1710 年，全长约 4.5 公里、宽 25 至 60 米，从涅瓦河畔的海军总部一直延伸到亚历山大・涅夫斯基修道院，横贯莫依卡河、格利巴耶多夫运河以及喷泉河。它是圣彼得堡市最古老的道路之一。

阿尼奇科夫桥因在圣彼得堡创建时期，阿尼奇科夫大校曾驻扎过此地而得名。圣彼得堡的市民很喜爱这座桥，而普希金、果戈理和陀思妥耶夫斯基在作品中都提到这座桥。丰坦卡河由于夏花园里的各式各样的喷泉的水都来自这条河，所以被称为喷泉河。在丰坦卡河的两岸，分列着昔日的皇家宫殿和贵族府邸，其中有一些被辟为博物馆，这里还分布着普希金、屠格涅夫和安娜・阿赫玛托娃等作家的故居。

沿丰坦卡河西岸北行，前面是著名的法贝热博物馆。该博物馆成立的目的是恢复俄罗斯消失的宝贵文化，并纪念伟大的俄罗斯珠宝商卡尔・法贝热。馆内主展区的面积超过 5 万平方英尺。陈列着超过四千件 19 世纪至 20 世纪初的装饰艺术品和实用艺术品，里面的展品虽然不多但真的是件件精品，保存得非常仔细而且很干净，尤其是藏画的特殊布光让油画显得非常生动。而最出名的莫过于皇室复活节彩蛋，它们不但是极为精美的珠宝艺术品，也是独特的历史见证，每一枚彩蛋都被放在单独的玻璃陈列柜中展览，完美的灯光照映让游客可以从每个角度看清彩蛋的每个细节。

法贝热博物馆彩蛋

返回阿尼奇科夫桥，沿涅瓦大街西行。奥斯特罗夫斯基广场以剧作家亚历山大・奥斯特罗夫斯基命名。中间有叶卡捷琳娜大帝的雕像。因此这个广场又被称为凯萨琳花园。

圣彼得堡最大的糖果店——叶列谢耶夫食品店内部用艺术品装饰得极为精美，是富商叶利谢耶夫建造的建筑。在店内品尝了咖啡。

来到冬宫，冬宫坐落在圣彼得堡宫殿广场上，原为俄罗斯帝国沙皇的皇宫，十月革命后辟为圣彼得堡国立艾尔米塔什博物馆的一部分。它是 18 世纪中叶俄罗斯新古典主义建筑的杰出典范，艾尔米塔什博物馆与伦敦的大英博物馆、巴黎的卢浮宫、纽约的大都会艺术博物馆被称为世界四大博物馆。该馆最早是俄罗斯女皇叶卡捷琳娜二世的私人博物馆。博物馆共分原始文化部、古希腊罗马世界部、东方民族文化部、俄罗斯文化史部、古钱币部、西欧艺术部、科学教育部和作品修复部 8 个部分，共有藏品 270 余万件，包括史前文化和埃及艺术收藏品以及大量意大利、西班牙、德国、英国、俄国、比利时、荷兰和法国的油画及雕刻。这些工艺品分别陈列在 350 多个展厅中。参观者如果想要走遍所有展厅，看遍所有展览，恐怕一个月的时间都不够。事先在网上购买了门票，特意选择周三下午 2 点进馆参观，参观顺序为二层到三层，再到二层，最后到一层，每一个展厅都华丽非常，空间宽敞，可以让人尽情地观赏每一件展品。

冬宫展出的中亚千佛厅系列壁画，画面最大的就是一幅《文殊菩萨出行图》，是从新疆柏孜克里克石窟中最大的洞里切割而来。想起曾亲眼目睹孜克里克石窟惨不忍睹的现状，在看到这幅壁画，心情特别沉重。

伊萨基辅大教堂与梵蒂冈的圣彼得大教堂、伦敦的圣保罗大教堂和佛罗伦萨的花之圣母大教堂并称为世界四大圆顶教堂。可惜如此著名的建筑因为维修不对外开放，只能从南部入口处走上旋转阶梯到达观景台，眺望圣彼得堡整个城市风光。

伊萨基辅教大教堂

第十一天来到叶卡捷琳娜宫，又名叶凯撒玲宫，位于圣彼得堡以南约 30 公里的郊区，是沙俄彼得大帝时期修建的一座建筑。其宫殿规模宏大，外部装饰十分华丽，建筑色彩清新柔和，弥漫着女性的柔美、娇媚的风韵。皇宫教堂那五个圆形尖顶在碧空下金光灿灿。据传叶卡捷琳娜女皇对宫殿的修建不惜财力，光是外部装饰就用掉了约 100 公斤的黄金。那声色犬马、骄奢淫靡的气息依然散漫着整座园林。叶卡捷琳娜宫于 1990 年被列入《联合国世界遗产名录》。

因宫殿中午十二点才能换票参观，只好购买花园门票，先进花园参观。叶卡捷琳娜花园是一座十分美丽壮观的法式花园，园内花坛色彩缤纷，布局精美，绿树成荫，湖水碧波荡漾。可以说园中到处是诗，到处是画，无处不飘动着令人心醉的旋律，无处不弥漫着花草的芬芳。其中的卡梅隆长廊堪称俄罗斯古典主义建筑的经典，它体现了古希腊柱廊

叶卡捷琳娜宫

与玻璃窗大厅相结合的古典主义风格，是园中美景主要的建筑物之一。然后进入叶卡捷琳娜宫，里面的布置和建筑外部一样充满着奢华，处处金碧辉煌，处处彰显着雍容华贵，可以从中看到这位女皇生前过的是如何骄奢纵欲。

来到俄罗斯国家博物馆，它是俄罗斯规模最大的博物馆。博物馆的主要藏品为古代圣像、油画、俄罗斯雕塑家和素描版画家的作品、装饰实用艺术作品。最珍贵的展品包括俄罗斯古代遗迹。这些展品是世界上最珍贵的藏品之一，并且有 18 000 件之巨。其中有中世纪手稿和独一无二的中世纪古罗斯针织品。它还是俄罗斯实用艺术品收藏最多的博物馆，有瓷器、玻璃器皿、陶瓷品、贵金属和有色金属制品、纺织品、宗教服饰、家具、木刻和骨雕等 3.5 万件展品，非常精美。其中最丰富的是瓷器，约占该馆藏品总数的三分之二。它囊括了从维诺格拉多夫时期起的俄国瓷器发展各个阶段的代表作品。进入博物馆细细品味每一个展品，油画的细腻、瓷器的精致、雕塑的优美，仿佛在品读俄罗斯的历史与文化。

第十二天来到十二月党人广场、斯莫尔尼建筑群、夏园。

十二月党人广场那中央耸立有彼得大帝纪念碑，上面是著名的“彼得大帝青铜骑士像”，铜像建于 1766 至 1782 年，是目前世界上纪念性雕塑艺术最完美的作品之一，因普希金的长诗《青铜骑士》而声名远扬。

斯莫尔尼建筑群是由斯莫尔尼宫和其右侧巴洛克式建筑风格的斯莫尔尼修道院组成，斯莫尔尼宫建于 1806 年，现在是圣彼得堡市政府及机关所在地。斯莫尔尼修道院也是蓝白相间的巴洛克风格，1775 年，叶卡捷琳娜二世将其改建成欧洲最早的女子贵族学校，奠定俄罗斯女子教育的基础。

沿着涅瓦河西行来到彼得大帝的夏园，夏园南面是莫伊卡河，东面是丰坦卡河，西靠天鹅运河。其中的夏宫是圣彼得堡第一座宫殿。1934 年，该建筑物被辟为民俗史博物馆。博物馆内部装饰极为华丽。里面收藏有十八世纪初期各种珍贵的艺术品，其中饰有彩绘的天花板，来自德国由精美木刻制成的“测风计”，雕刻家尼可拉·皮诺的木雕镶板墙当属精品。

第十三天清晨到达莫斯科，乘地铁到科洛姆纳站，参观科洛缅斯科耶庄园。庄园是一个占地面积达 345 公顷的自然保护区。14 世纪它成为莫斯科大伊凡王子和俄国沙皇的避暑山庄，从 16 世纪开始，有很多历代的皇帝在此修建过别墅，17 世纪中期这里又修建了一座有 270 多个房间，3000 多个窗户的木质宫殿，因此座木质的沙皇宫殿被称为“世界第八大历史奇迹”。

科洛缅斯科耶庄园

园中的路径两旁长着郁郁葱葱、枝繁叶茂的苍天古木，它们都历经了 400 ～ 600 年的沧桑变幻，见证着庄园的历史沧桑。登上山坡上的观景台，俯瞰静静流淌的莫斯科河，河水低吟，小鸟成群飞过，沿河两岸风景如画。

继续向南，远处看到一座造型奇特色彩艳丽的宫殿。原来是一座按照 17 世纪中叶沙皇阿列克谢修建的大木宫原尺寸还原的木制宫殿。其拥有多个帐篷状尖塔和穹形屋檐，高塔、阁楼、亭榭层层相叠，全部建筑都用木头雕刻而成，没有使用一颗钉子。游客可以进去参观欣赏 17 世纪皇家宫殿的装修风格，里面有会客厅、办公室、卧室、娱乐室以至浴室厨房等家居家具设施，美轮美奂奢靡至极定会令你大开眼界。

通过第五出口离开公园，乘地铁返回白俄罗斯站，再乘机场快线下午一点到达莫斯科谢列梅捷沃机场。晚上九点多乘飞机离开俄罗斯。

自由自在走英国

■ 欧洲最大城市——伦敦

伦敦，大不列颠及北爱尔兰联合王国首都及最大港口，世界顶级的国际大都市和全球最繁华的城市之一。我们先后游览了白金汉宫、威斯敏斯特大教堂、伦敦塔、格林尼治天文台、圣保罗大教堂、特拉法加广场、莎士比亚环球剧场、皇家阿尔伯特音乐厅、汉普敦宫、大英博物馆、泰特不列颠美术馆、伦敦科学博物馆、自然史博物馆、维多利亚和阿尔伯特博物馆、英国国家美术馆、大英图书馆、泰特现代美术馆、威斯敏斯特宫殿和教堂以及圣玛格丽特教堂、唐宁街首相府、肯辛顿宫。

有了去年 7 月份的俄罗斯自由行的愉快经历，2018 年开年即准备再度进行出国自由行，最终将目的地定在英国，决定 5 月初出发。早在一年前就开始进行英语口语和听力学习。将旅行时间精细到每一天和每一时，旅行景点精算到每一站和每一街，出于路程和时间的考虑，又果断放弃了包括了尼斯湖在内的一些景点。

乘坐伦敦公共交通工具可以购买 35 镑的牡蛎卡，在规定时间内转车不要钱。乘坐英国铁路可选择连续八天通票，八天内可无限制地乘坐任意一辆英国城市的火车。在通讯方面，购买的英国电话卡可使用 4G 无限流量上网，在英国使用会很流畅。

一切准备就绪，5 月 7 日上午 8:45，乘坐飞往波兰的飞机，10 个小时后在华沙中转。而波兰人不说英语，标识又看不懂，所以前后折腾了大概一个多小时才找到登机口，挨到下午三点准备由 6 号登机口登机时，一位英国女士说："change nine"（变更到 9 号），连忙赶到 9 号登机口上飞机，才不至于和老伴儿被滞留在陌生的华沙举目无措，想想都后怕。

伦敦机场

由华沙到英国首都伦敦仅用了 2 个小时，踏上英国土地，纯正的英语考验扑面而来，首先是通关，填写登记卡，排队入关，将护照、行程单、住宿订单、行程安排表交给海关工作人员，然后录取指纹，盖章，哈哈，顺利通过！英国自由行由此正式开启！

伦敦站台

前往地铁购买两张牡蛎卡，充值后乘地铁去往国王十字站，地铁行驶中噪音巨大到无法听清楚站名，又没有电子显示屏，正在抓狂之际突然想起来国王十字站前一站是尤斯顿，因此才顺利到达目的地。取火车通票时须凭信用卡和取票密码，可没带来信用卡，所以赶紧到售票处用蹩脚的英语向工作人员说明情况，在他的帮助下取出票后长出一口气。然后来到九又四分之三站台，风靡全球的魔幻电影《哈利·波特》就是在此取景拍摄，哈利忐忑不安地推着魔法车穿过墙面进入魔法世界的场景，吸引着大量的影迷到此打卡留念。

出站后找到预定的旅店，收拾妥当后走上伦敦的街上游逛，附近就是世界著名的大英图书馆。图书馆已经闭馆，仅通过庭院的围墙看到英国著名物理学家艾萨克·牛顿雕像，它一反在教科书看到牛顿形象，呈现了一个穿着背心戴着眼镜坐在木箱上弯腰弓背去玩弄一个圆规的朴素样貌，表现了艺术和科学，创作和理性的交汇融合。

回旅馆休息倒时差，结果是十点睡觉，十二点就醒了，还是没倒过来。

原北英格兰的首府——约克

约克历史追溯至71年，罗马人为了防御外敌而建立的堡垒，城市四周环绕着中古城墙。《哈利·波特》中就有场景是在约克大教堂这里拍摄的，它是欧洲现存最大的中世纪教堂，同时也是在设计和建筑艺术这方面上最优秀的一个教堂之一。

8日一早从伦敦乘火车来到约克，城区不大，直到现在还完整地保存一座古罗马人所建的完整城墙，沿着街区漫步，一路走一路看来到著名的约克大教堂，外面看去，教堂顶部的塔尖像一把利剑直刺云霄，给人以历史的深邃

约克谢姆伯街

和庄严，尤其是那些雕刻更是令人赞叹不已。

走进教堂，宽敞的大厅据说是《哈利·波特》系列电影中的霍格沃茨魔法城堡大厅拍摄取景地，难怪看上去充满了古典城堡的气息。教堂最出名还得是彩色玻璃，北面的“五姊妹窗”历史悠久，圣坛后方更是夸张到镶有网球场大小的彩色玻璃，豪华到令人目眩。难怪有人说，来到约克，就一定不能错过这座大教堂。

约克城内有一条饱经几百年历史的老街道谢姆伯街，循着导航找到它时，一眼就能认出来这是《哈利·波特》中令人着迷的对角巷，街道上的石块也早已被岁月磨去了棱角变得光滑，走在街道上仿佛又进入那魔法世界一般。约克城内还有一个珍贵的克利福德塔，它在一座小山丘上，可以看到全城的美景。塔下的广场一侧有座约克城堡博物馆，还是由监狱改建，馆内收藏了过去400年来的日常用品，并介绍1580至1980年约克人生活景象，游客步入其内，实景大小的旧时街道上的各类小店铺，让人有种时光倒流的错觉感。不愧是曾被誉为“英国最佳博物馆之一”之名。

■ 苏格兰首府——爱丁堡

1329年建市，1437—1707年为苏格兰王国首都。爱丁堡有着悠久的历史，许多历史建筑亦完好保存下来。爱丁堡城堡、荷里路德宫、圣吉尔斯大教堂等名胜都位于此地。爱丁堡的旧城和新城一起被联合国教科文组织列为世界遗产。

我们先后游览了卡尔顿山、爱丁堡城堡、苏格兰国会大厦、荷里路德宫、皇家一英里、司各特纪念塔、苏格兰国家美术馆、苏格兰国家肖像画廊、苏格兰国家博物馆、圣吉尔斯大教堂等景点。

下午乘火车去往爱丁堡，下车后突然感到好冷，英国天气变化无常，因此赶紧前往旅馆穿上厚衣服。前往附近的卡尔顿山。山顶矗立着一座像是没完工的古希腊风格“帕特农神庙”建筑，也因此使爱丁堡有了“北方小雅典”之称。但山上最著名的建筑是杜格尔德·斯图尔特纪念碑，也是爱丁堡的地标建筑，无论晴天或雨天，白昼或黑夜，纪念碑与爱丁堡城堡相得益彰，在相机的取景框里永远呈现的是一幅美轮美奂的画面。但夜景要等到十点以后太阳才会下山，因此只得下山吃饭，吃到了大名鼎鼎的fish and chip（炸鱼薯条），据说还是游客到了英国必尝的“国菜”，其实就是油炸鱼片加薯条，还要了7.4英镑，折合人民币60元左右。真贵呀！

9日早上五点就来到卡尔顿山，拍摄了一些美丽风景的照片，虽然不是夜幕下的景色，但在朝阳下的卡尔顿山呈现了一种前所未有的古典之美，也不枉下山时还摔了一跤。

爱丁堡卡顿山日出

走在山下的王子大街中，各种品牌的商店应有尽有，不愧是素有“全球景色最佳的马路”之称的地方。走进东端的王子街花园，各种高低错落的绿色植物巧妙搭配，凸显出十足的立体动感，使得面积本来不是很大的花园，看上去格外宽阔壮观。走入其中，心情格外愉快。在王子街花园东西区之间有个土丘，上面有两座新古典主义风格建筑，北边是苏格兰皇家学院，南边则是苏格兰国家美术馆，每天 10:00—17:00 免费开放。走进美术馆，里面收藏了欧洲从文艺复兴时期到十九世纪的绘画和雕塑精品，涵盖了从文艺复兴时期到后印象派的所有流派。浏览过去，那波堤切利的《崇敬熟睡的幼年耶稣的少女》，提香的《黛安娜与阿克泰温》，保罗·塞尚的《圣维克多山》，莫奈的《干草堆》《港口里的船》均可算是馆藏精品之作，被大批来参观的游客们所津津乐道。

著名的爱丁堡城堡在市中心的每个地方都可以仰视到它，它是爱丁堡甚至于苏格兰精神的象征。城堡前是一个名叫“Esplanade”的大广场，每年夏季爱丁堡艺术节期间都要在这里举行盛大的军乐表演，吸引了全世界的游客到此观看。

购买门票后顺着坡道前进，穿过阿盖尔塔楼来到阿盖尔炮台，这里也是最佳观景台，可居高俯视爱丁堡市区。来到米尔山炮台，有座一点钟大炮，从 1861 年开始每周一到周六下午一点准时鸣炮，让在福斯湾船只上的水手对时，现在依旧保持鸣炮的传统。再来到苏格兰国家战争博物馆，里面展示的是近 400 年内苏格兰的军事历史。博物馆旁边是总督府和新兵营，据说仍有一个步兵营长期驻扎在新兵营。走进新兵营一旁的苏格兰皇家骑兵卫队博物馆和苏格兰皇家步兵军团博物馆，里面分别展览了骑兵和步兵的历史内容。出馆顺着坡道穿过福格门来到城堡的中心地带。中央是王宫广场，苏格兰国家战争纪念馆、苏格兰王宫、庆典大厅、茶室逆时针矗立在广场四周，苏格兰国家战争纪念馆里气氛凝重，庄严肃穆。王宫里辉煌奢华，其二层被辟为“苏格兰之光展览馆”，展示苏格兰王冠、权杖、宝剑和命运之石等代表王权的相关物品。返回广场，沿一侧拱门到达前城墙炮台和半月炮台。其中半月炮台围绕着弧形城墙，可多角度对来犯之敌进行炮击。最后沿坡道下行依次游览了圣玛格丽特礼拜堂、蒙斯梅格大炮、军犬墓园和大卫塔楼，然后心满意足的出城堡下山。

由爱丁堡城堡去往荷里路德宫的路被称为皇家英里大道，又叫皇家一英里。走下城堡，面前即为城堡山，苏格兰威士忌中心就在这里，游客们可以品尝到纯正苏格兰威士忌，了解基本的威士忌知识。继续前行，是劳恩市场，主要是一些旅游商店。穿过乔治四世桥街的交叉路口，走进了市中心商业最繁华的高街，著名的圣吉尔斯大教堂就在高街边，还有许多贵族的墓穴，又因地处皇家一英里的中心而更加引人注目。路边有苏格兰军乐乐手。

乐手

沿街南行，差点喊出声来，原来《哈利·波特》的作者J.K罗琳曾到此写作的大象咖啡馆就在这里呀！再向前行，有一座忠犬波比纪念碑，用来纪念在主人死后依旧到墓地衷心陪伴十四年的忠犬波比，它的感人故事打动了每一个爱丁堡人。

忠犬波比纪念碑

再前行来到修士门，行人渐渐稀疏，周围也多是中世纪建筑，路尽头即是荷里路德宫，又称圣十字宫，自16世纪以来一直是苏格兰国王和女王的主要居所，由左边侧门进入，远远看到荷里路德宫的屋顶呈王冠状，彰显出皇宫的贵族气息。走进皇宫里面，从等待室、会客厅、餐厅、宴宾厅到书房、卧室，最后到达玛丽女王的塔楼，房顶上的浮雕、墙壁上的挂毯、国王的画像、木质的家具、银质的餐具，每一件都是艺术珍品。整个皇宫内在的奢华气质令人惊叹不已。走出皇宫，紧邻的圣十字修道院只剩下了残破的柱子，摇摇欲坠的山墙，以及石块上模模糊糊的字迹在诉说那饱经风霜的历史。

这一天花费了 16 小时，用双脚丈量爱丁堡，这就是自由行的魅力所在。

古苏格兰王国的政治和工商业中心——斯特灵

在 15 世纪被入侵的英格兰军队攻陷而迁都爱丁堡之前一直都是苏格兰王国的首都和王室所在地。苏格兰和英格兰合并为联合王国后该城的特殊地位大大降低。斯特灵市人口约 41000，是全英国最小的城市之一。主要景点包括华莱士纪念碑及古苏格兰王国最早的皇宫——斯特灵城堡。

10 日启用英国铁路连续八日通票，到达格拉斯哥后，乘火车来到斯特灵，其目的地只有一个，那就是著名的斯特灵城堡。城堡被称为“苏格兰的一枚胸针”，见证了苏格兰历史上的很多大事件。走进城堡内庭，天空突然下起雨来，避雨时顺便将大礼堂、皇宫、

斯特灵城堡

国王老寝宫依次参观一遍，走进大礼堂，一座中世纪的大厅可供500人聚享国宴，彰显着王族权势的味道。走进皇宫，精美的壁炉，天花板上的头像画，以及精致的挂毯，摆在游客们面前的依旧是一道奢华的视觉盛宴。那辟为军团博物馆的国王老寝宫展出了国王的用品，抚摸那橡木圆饰中的斯特灵头像，仿佛木头有生命一般，回应出更加细腻的光彩。

出城堡下山乘火车返回格拉斯哥。这座以制造业作为中心产业的苏格兰第一大城市，城市里的凯文葛罗夫艺术博物馆据说是除大英博物馆外，英国参观人数最多的博物馆。

从博物馆后门出来，经过乔治广场的众多雕塑和赭红与乳白相间的格拉斯哥市政厅，来到格拉斯哥大教堂。但是已过了参观时间，只得返回旅馆。

童话彼得兔的故乡——温特米尔湖

温特米尔湖是位于英格兰和苏格兰山谷之间，形成的自然湖泊，共有大小16个湖面，是英国最大的国家公园。

11日一早乘火车到达温特米尔。这里被美国《国家地理》杂志评选为“一生必去的50个地方之一”。先去往旅店，房东非常热情，并对行程提出了建议，他放慢语速，细心而又耐心。

花费12.5镑购买了温特米尔一日巴士+游船套票，可一天无限制地乘坐599路巴士，并乘一次温特米尔湖的游船。先乘599路巴士来到格拉斯米尔。

小镇的出名归功于英国浪漫主义诗人威廉·华兹华斯，这里是他的出生地，鸽舍是他居住了8年完成大部分诗作的地方，格拉斯米尔湖畔是他散步的地方，圣奥斯瓦尔德教堂是他的墓地，里德尔山庄是他去世时其家族的居所。

乘坐巴士到达安布塞德镇，前往安布塞德码头乘船到波尼斯，湖面风很大，水花打到船舷的玻璃窗像下雨一样颇有情趣。

乘上巴士返回温特米尔。登上温特米尔的奥莱斯特峰顶，白云翩翩起舞，湖面水波粼粼，游船星星点点，树荫半掩着块块草地，羊

温特米尔的奥莱斯特峰顶

儿悠闲地吃草嬉戏，一片祥和的湖区风光令人陶醉许久。尽管在湖区，一直下雨，但是，所有的事均有缘分，旅行的心境应该与天气无关，迷雾茫茫，增加了湖区的神秘感，也挺美！

千业之城——伯明翰

伯明翰为全英主要制造业中心之一。工业部门繁多，以重工业为主。在二战期间，伯明翰受到猛烈的轰炸，维多利亚时代的建筑已毁坏殆尽，目前都是 20 世纪 50 至 60 年代重新建设的，所以伯明翰成为英国最“丑陋”的城市，经常被人们称为“混凝土森林”。想要发现伯明翰的历史与美丽，最好去市郊逛逛；不过，市中心的广场和运河也为这座现代化的城市增添了一些历史气息与秀美风韵。

12 日一早乘火车来到伯明翰，它连续三年被全球城市生活质量排名选为英国最佳生活质量城市。前往维多利亚广场，站在广场上，周围那文艺复兴风格的市政会议厅，模仿希腊神殿修建的市政厅等建筑，彰显着这座城市悠久的文化与历史。经由张伯伦广场来到伯明翰博物馆和美术馆。馆内有世界一流的维多利亚艺术品和数目最庞大的拉斐尔前派画作。

与新城区相比，伯明翰老城区大部分都是维多利亚式二层建筑，走在街上，仿佛眼前看到了百年历史，其中有座圣菲利普大教堂一座坚实的塔楼和一座粗短的尖塔耸立，看起来颇为单薄，但是里面的布置，彩绘玻璃，以及带有纪念碑的大理石柱，都体现了很强的装饰性。返回张伯伦广场，走进伯明翰图书馆，整座建筑有一种“蛋糕”的既视感，圆环的弧线和立方体的刚性简单大气地融合在一起，体现了工业之城的底蕴。位于图书馆顶层的莎士比亚纪念馆藏有 4.3 万本各时期出版的莎氏著作，在其中阅读莎翁的著作想必将会是不错的体验。

丘吉尔庄园

城市通航是伯明翰的一大

城市特色，但现存的只有“伯明翰运河航线”的一小部分，经过改造，巧妙地融合了古典和现代建筑，成为餐饮和散步的好去处，可眼见的深绿色还是无法跟清澈沾边，据说只有布林特利运河区水质好到可行船游览。

返回市中心，游逛 Bullring 购物中心和圣马丁教堂，褐红色外墙长满青苔的圣马丁教堂里珍藏有大型彩绘玻璃，阳光透过，十分炫目。

13 日正好是周日，所有上班的行业都推迟一小时上班，提前一小时下班。上午十点钟，先去布莱尼姆宫，别名丘吉尔庄园，最早建于 1705 年，耗时 17 年才完工，是当时的安妮女王赐予马尔伯勒公爵一世约翰·丘吉尔的，以表彰他击败法军的赫赫战功。这样一座承载着丘吉尔家族兴衰历程与奋斗史的建筑，如今，整座宫殿成为旅游景点，每天接待着大量游客，而那丘吉尔家族已是历史，往事也只能呈现在冰冷的雕塑和画作中，其他一切，已烟消云散。

英国文化古城——牛津

我们先后游览了丘吉尔庄园、牛津大学、阿须摩林博物馆、阿什莫尔博物馆、博德莱安图书馆等景点。

下午到达牛津，从最远的景点一路向南参观。

牛津大学自然史博物馆内最出名的是世界上最完整的一只渡渡鸟标本，这种已灭绝三百余年的神秘生物吸引大量的游客为之而来。而从奇怪的昆虫和化石到硕大无比的霸王龙骨架，馆内超过 500 万件的自然历史藏品也是游客们纷纷前来参观的原因。走进博物馆的后部的皮特河博物馆，世界各国的各种东西摆放得让人眼花缭乱。

剑桥之剑河

出博物馆分别来到牛津大学贝利奥尔学院、三一学院、万灵学院、莫德琳学院、基督教堂学院，它们属于是牛津大学三十九学院之内，是牛津大学庞大学院体系中的一员，它们历史悠久，承载着各自的教学使命，为英国培养出无数政治杰出人士，共同支撑起牛津大学举世瞩目的名气。最后乘火车返回伦敦。

晚上回到伦敦，乘坐 See London by Night 双层观光巴士，风大且冷，差点吹病了。巴士行驶线路覆盖了伦敦市中心最具标志性的景点和地点，其实刚到伦敦，只知道伦敦眼和大本钟，应该安排最后一天乘坐。

■ 英国唯一列入世界文化遗产的城市——巴斯

傅雷曾经说这是“精致而美丽的城市”。它的典雅来自佐治亚时期的房屋建筑风格；它的美丽来自风光绮丽的乡村风光。

14 日一早来到巴斯，“bath”这个单词在英文里是浴室的意思。古代时，罗马人在巴斯全城各处修建了许多奢华的浴池，而最大的浴场就是巴斯著名的景点罗马浴场博物馆。巴斯的历史悠久，1986 年，巴斯整个城市被评为“世界文化遗产”。其中，皇家新月楼有

巴斯皇家新月楼

大概将近 300 年历史，新月楼 1 号是建筑博物馆。而保持了 3 年的巴斯老面包店的面包却是全世界最正宗的，蓬松柔软的面包配上不同口味的果酱或肉酱，咬一口，简直好吃到爆啊！

简·奥斯汀中心位于盖尔街上，再现了奥斯汀在巴斯期间的生活。其所在的街道依旧保持着 200 年前的面貌，简·奥斯汀在此度过两个长假，并写出了成名作《傲慢与偏见》。

巴斯奥斯丁

普尔特尼大桥是一座石制三拱桥，桥南三道弧形阶梯将缓缓流淌的河水跌落为三道弧形瀑布，在幽蓝的河面上形成三条优美的白练。在电影《悲惨世界》中沙维最后跳桥的那个地方就是这儿。

巴斯圣彼得圣保罗修道院教堂通称为巴斯修道院，是纯粹以其华丽的建筑雕刻和巍峨的布局结构吸引眼球的哥特式教堂。教堂内部东边神坛后的花窗玻璃用 56 块玻璃讲述了耶稣的生平。礼拜堂中有大量纪念牌匾和地面纪念碑。

英国最著名的王室小镇——温莎小镇

能够获得英国王室的垂青并在此建立王城，小镇的景色之美就不必多说了。镇上的人们生活惬意，传统英式住宅随处可见。我们先后游览了温莎皇家城堡、温莎公园。

乘火车来到温莎，下车直奔温莎城堡，这座世界上最大的皇家城堡，历史上共有 39 位国王居住于此。城堡的设计随着时间、皇室的喜好、需求与财政改变而发展。尽管如此，城堡的许多特征仍然混合了古典与现代元素。整个温莎城堡地标之一是被称为圆塔的建筑，从亨利八世门进入，沿圆塔绕行到上区，它是温莎城堡最精华的部分之一，国家外交厅就在那里。另外一旁是玛丽皇后的玩偶屋。从国家外交厅出来后是四方庭院。逆时针绕行圆塔，到达下区，这里主要有圣乔治教堂、马蹄回廊、亨利八世门和晚钟塔。圣乔治教堂是最漂亮的建筑之一，其精美华丽程度超过巴黎圣母院，令人赞叹。

出城堡向泰晤士河边走去，河水绕着城堡静静地向东流去，通向城南的木桥下，街头艺术家吹着忧伤的曲调，几十只白天鹅、绿头鸭在河中悠闲地游荡，不时飘过一只只游艇，游客们远远地招手致意。

15 日安排在伦敦参观博物馆，权当休息一天。

先到肯辛顿花园。沿长湖西岸南行。斯派克纪念碑是座纪念一个英国将军在非洲功绩的纪念碑。公园里有众多的雕塑，还有戴安娜王妃纪念喷泉。圆形湖上有许多天鹅，没有吃的，千呼万唤它们也不回头。

肯辛顿宫从 17 世纪起就成为英国王室居住地。肯辛顿宫曾经是戴安娜王妃、玛嘉烈公主和爱丽斯郡主的正式官邸。阿尔伯特纪念塔是 1876 年维多利亚女王在位时为她英年早逝的丈夫阿尔伯特亲王建造的。纪念塔是一座高 55 米的哥特式建筑，塔基是一个正方形平面的巨大台阶，登上第一层平台，镀金的栅栏将第二层平台全部围合，四个角落上各立有一组洁白的大型人像群雕。阿尔伯特亲王神态平和的巨大塑像端坐在塔中高大的石座上，全身镀金，极尽荣华。

温莎城堡

皇家阿尔伯特音乐厅是一个位于英国伦敦西敏市区骑士桥的艺术地标，演奏厅从1871年开始投入使用，是伦敦城内最古老的音乐厅。如果不去看演出，可以参加白天的参观行程，它的外观仿造罗马圆形大剧场的红砖建筑，在众多建筑中独树一帜。参观整个过程一个小时左右，花费12英镑。

先后参观维多利亚和阿尔伯特博物馆、伦敦科学博物馆、伦敦自然历史博物馆。

维多利亚和阿尔伯特博物馆，简称V&A博物馆，V&A是Victoria与Albert的简称，是维多利亚和阿尔伯特的首字母。阿尔伯特亲王曾在这里亲自筹办了1851年第一届万国博览会，获得空前的成功，其收入建成了三座博物馆，其中包括这座博物馆。

维多利亚与阿尔伯特博物馆陈列的展品从0层到6层，共146个展览厅室，包括了绘画、雕塑、摄影、家具、时装、珠宝、陶瓷、玻璃、制品、银器以及建筑。展览品以欧洲展品居多，但也有中国、日本、印度和伊斯兰艺术和设计的展品展示。博物馆的收藏品并不以“古老”或者“珍稀”等传统的标准来进行收藏，而是强调社会意义、生活和装饰意义。

伦敦自然历史博物馆位于南肯辛顿区，是欧洲最大的自然历史博物馆。它是世界著名的自然历史展厅和研究所，拥有七千多万件植物学、昆虫学、矿物学、古生物学和动物学的标本，其中不少藏品有非凡的历史和科学价值，例如达尔文在科学考察途中所采集的动物标本。

徐志摩的《再别康桥》之地——剑桥

我们游览了圣三一学院、国王学院和国王学院礼拜堂、皇后学院、菲茨威廉博物馆、塞奇威克地球科学博物馆、圣玛丽大教堂和圆形教堂。

16日乘火车来到剑桥，费兹威廉博物馆是剑桥大学的一个艺术和考古博物馆。展品来自古埃及、苏丹、希腊和罗马。其中比较著名的展品有来自波斯波利斯的浮雕。美国国家美术馆馆长曾评价这里是“全欧洲最棒的小型博物馆”。

牛津三一学院大门

乘公交车到伊曼纽尔学院附近，

剑桥大学由 31 个学院组成，其中，国王学院、王后学院、卡莱尔学院、三一学院、圣约翰学院这五个学院可参观但会收取观光费用，其余学院谢绝游客进入。

在 5 月中旬到 6 月中旬的考试期间，剑桥大学所有学院禁止参观。多少年来，那古老的教学楼里走出了 120 位诺贝尔奖、11 位菲尔兹奖、7 位图灵奖得主，那人流不断的图书馆里曾有过牛顿、达尔文、凯恩斯、图灵、麦克斯韦、玻尔、狄拉克、霍金求学时的身影，剑桥大学同牛津大学一样，承载着世界高等学府的名气。

17 日乘地铁到滑铁卢站，先到伦敦眼附近游览，然后参加伦敦眼游船。从伦敦眼旁的码头出发，全程无停靠，可尽览泰晤士河全景。在整个舒适的巡游过程中，跟随着现场解说，将可以看到圣保罗大教堂、议会大厦、伦敦塔、贝尔法斯特号、莎士比亚环形剧场、泰特现代艺术馆和伦敦千禧桥等知名地标。中文解说器在船上内舱就可以免费取，但是要拍照一定要上二层甲板，甲板很冷，多穿才不至于被冻到。

泰晤士河

下船后沿古老的泰晤士河南岸游逛。在黑修士桥附近，看黑修士桥和对岸的圣保罗教堂。

莎士比亚环球剧场历经近 50 年才最终建成。有官方的游览解说，大约持续 1 个小时，参观舞台和观众席，讲解一些剧院历史和莎士比亚时代的戏剧环境，很细致。

泰特现代美术馆外表由褐色砖墙覆盖、内部是钢筋结构，原本是一座气势宏大的发电厂，高耸入云的大烟囱是它的标志。由瑞士两名年轻的建筑家改建而成，他们将巨大的涡轮车间改造成既可举行小型聚会、摆放艺

向国家美术馆馆员请教

术品，又具有主要通道和集散地功能的大厅。不过里面现代艺术作品，真心看不懂。

走街串巷，经克林克监狱博物馆、温切斯特大宅遗址、老泰晤士河酒店，旁边陈列着一艘原尺寸复员的战船金鹿号，供游客追忆日不落帝国的峥嵘岁月。

先后经过萨瑟克座堂、伦敦桥、博罗市场、殉道者圣乔治教堂和贝尔法斯特号巡洋舰等景点。

萨瑟克座堂是英国圣公会萨瑟克教区的主教座堂。伦敦桥是直到 1750 年威斯敏斯特桥投入使用前，泰晤士河上唯一的桥。博罗市场是英国最古老、规模最大的市场之一，历史可以追溯到 1014 年。这座古老的市场现在已经变成了一家家小商店，主要出售海鲜、芝士、蔬菜、香料、糕点等。殉道者圣乔治教堂原建于 1122 年，1736 年重建。因狄更斯在《小杜丽》小说中多次提及该教堂而出名。贝尔法斯特号巡洋舰曾在第二次世界大战中服役，现在作为战舰博物馆对公众开放。

过伦敦桥，看伦敦塔桥。

伦敦大火纪念碑位于伦敦纪念碑广场，于 1677 年建立，是为了纪念历史上最著名的伦敦大火。1666 年伦敦“布丁巷”的一家面包店突然起火，由于当时灭火设施的不完善，大火迅速蔓延到整个伦敦，持续烧了四天几乎摧毁了大半个伦敦，后来为了纪念这场大火查理二世下令修建了纪念碑。是世界上最高的独立石柱。

走累了，老伴儿原地休息恢复体力，

直奔伦敦塔。伦敦塔是一座诺曼底式的城堡建筑。历时二十年，堪称英国中世纪的经典城堡。

前面就是塔桥。怕老伴儿久等，与塔桥合影，就原路返回，与老伴汇合。

乘地铁到特拉法加广场。特拉法尔加广场是为纪念著名的特拉法尔加海战而修建的，广场中央耸立着英国海军名将纳尔逊的纪念碑和铜像。

特拉法尔加广场北面是国家美术馆。又是一顿艺术盛宴！我事先做好功课，将必须看的作品，其名称、所在房间号一一标注。

有些画没有找到，向馆员询问，他非常耐心的问答，并亲自引导走到作品前面。交谈很愉快，也很兴奋。

圣马丁教堂 1726 年建成，但其历史可远溯至 13 世纪。有一座 56 米高的尖塔，使教堂看起来更加宏伟壮观。

终于，结束了几乎全用脚步丈量伦敦的一天。累并快乐着。

伦敦格林尼治

认识格林尼治是著名的格林尼治时间，到英国才知道 Greenwich 的 w 是不发音的，正确的应该译成格林尼治。

18 日前往乘公交车来到离市中心最远的格林尼治公园，这里包含旧皇家天文台、航海博物馆、格林尼治码头在内的整片区域。公园很大，游客很少，建筑也很少，大片绿地和树木。天文台在一座不是很高的小山上，由天文台中心、地平经纬仪楼、彼得·哈里逊天象馆、子午线观测室、八角楼馆等建筑组成。

门口墙上镶嵌的时钟叫谢泼德门钟，1852 年由查尔斯·谢泼德建造并安装于此。此钟是早期的电子钟范本，由主建筑内的一个主钟传送电子脉冲到这个钟，以控制它机械地运转。

一条宽 10 多厘米、长 10 多米的铜线嵌在大理石中，笔直地从子午宫中伸出来，这就是闻名世界的"本初子午线"，又叫"零度经线"。地球上的零度经线是人为假定的，它不像纬度有自然起讫。1884 年，在华盛顿召开的国际经度学术会议上，正式确定以通过英国伦敦格林尼治天文台的经线作为全球的零度经线，公认为世界计算经度的起点线。

时间与经度展室详细介绍了天文知识，展示各种天文仪器，第一次看天文展览和仪器。

彼得·哈里逊天象馆中沿着螺旋楼梯而上，看到著名的 28 英寸的望远镜，它是英国最大、世界第七大的折光式望远镜，这架赤道望远镜可以观察并追踪天空中大部分天体。使用它时，圆球形的屋顶将开启。出了天文台，向右走，还有一块 4.5 亿年的陨石！和地球的寿命几乎一样长！

高处向下望去，近处的是皇家航海学院，远处的高楼是泰晤士河边的金融中心，右侧白色圆顶是千禧巨蛋。

下山到女王宫，这是由王后安妮 1616 年下令建造的。颇具特色的阶梯。皇后馆中雅致的郁金香楼梯是英国第一座无支撑的螺旋几何楼梯。女王宫西侧是海事博物馆，博物馆里有世界上最重要的英国海上历史收藏，其中包括海洋艺术，地图绘制、手稿、船舶模型和平面图，科学与航海仪器、计时器与天文。博物馆里还有世界上最大的海事历史参考图书馆，收藏达 10 万册，其中包括 15 世纪的书籍。展馆仅以很简单的篇幅做了说明而已，对战争的过程并没有提及。

最后，到达泰晤士河畔。从这里，可以乘轮渡返回市区，为了直接到大英博物馆，选择了乘车返回市区。

大英博物馆，成立于 1753 年，是世界上历史最悠久，规模最宏伟的综合性博物馆。它是一座气势恢宏的古罗马神殿式建筑，正门有八根又粗又高的罗马式圆柱，圆柱上端是一个三角顶，上面刻着一幅巨大的浮雕，整个建筑气魄雄伟，蔚为壮观。

大英博物馆

它收藏了世界各地的许多文物和图书珍品，藏品之丰富、种类之繁多为全世界博物馆所罕见。藏品主要是英国于 18 世纪至 19 世纪英国对外扩张中得来。

走进启蒙馆，又称国王图书馆，曾经用于收藏英国国王乔治三世的 7 万多册私人藏书以及大量的硬币、印章。是马克思写资本论的地方。1998 年所有书被移至英国国家图书馆之后，经过重新装修变成了一个以启蒙为主题的展览馆。

埃及文物馆分为木乃伊和埃及建筑两个馆，是博物馆中最大的专题陈列馆之一，这里展有大型的人兽石雕、庙宇建筑、为数众多的木乃伊、碑文壁画、镌石器皿及金五首饰。其展品的年代可上溯到 5000 多年以前，藏品数量达 10 万多件，其中包括 19 世纪英国海军统帅纳尔逊从法国国王拿破仑手中夺取的古埃及艺术品。

中东馆包括亚述、伊斯兰世界、古代伊朗、古代南阿拉伯、安纳托利亚和乌拉尔图、美索不达米亚、古黎凡特、古埃及等诸多展厅，以大量文物讲述了古巴比伦文明的发展史，让参观者不禁感叹中东竟有如此精彩的发展史。

浮雕之于亚述，相当于雕塑之于希腊，绘画之于文艺复兴时期的意大利。亚述的浮雕艺术代表了美索不达米亚艺术的最高成就。它是亚述国王亚述那西尔帕二世的西北宫殿的浮雕，英国考古学家亨利・莱亚德爵士于 1845 年发现了的西北宫殿遗迹，并将许多浮雕运抵英国。

古希腊和罗马馆包括从第 11 展厅到第 23 展厅，从第 69 展厅到第 73 展厅，以及第 77、78 展厅的二十个展厅，以琳琅满目的各种文物和塑像，让参观者仿佛来回穿梭于在古希腊和古罗马那一段辉煌时期。

18 室的文物来到希腊雅典帕台农神庙，19 世纪初期英国驻奥斯曼帝国大使额尔金勋爵将神庙三角墙上割下的 19 个浮雕、15 块柱间壁、56 块中楣装饰带、一个女像柱、13 个大理石雕头部雕像以及其他碎件带回英国。所以当到达雅典该神庙时，看到的就只剩一副惨不忍睹空架子。

欧洲馆是从第 38 到第 51 展厅，其中 38、39 钟表展厅里仍有许多钟表可以正常地工作。 南亚馆区则以石雕造像、早期高古金铜造像以及大尺寸金铜造像为重。基本上涵盖了造像艺术的大部分时段。非洲馆和美洲馆也通过大量的文物介绍了当地的历史文化进程，只有韩国馆内仅用日常器皿即代表一整段韩国发展史，而日本馆未开放。

33 号展厅是专门陈列中国文物的永久性展厅。展厅的一半展示了公元前 5000 年至今的中国历史。从标志性的明代青花瓷到精美的手卷，从宏伟的唐代墓像到现代艺术品，这些展品展示了中国丰富的艺术和物质文化。很多文物都是绝世珍藏，例如河北行唐县清凉寺壁画、东晋顾恺之《女史箴图》的唐代摹本、西周的康侯簋、唐代的殉葬三彩等。

走出大英博物馆，不由感叹不已，大英博物馆的外国藏品比这些藏品的所在国家的博物馆还要丰富、经典。其中缘由，想必也不用说出来了。

19 日一早到达泰晤士河大桥。伊丽莎白塔于 1858 年 4 月 10 日建成，“大本钟”是塔上铜钟的昵称。2017 年伊丽莎白塔开始进行为期 4 年的维修。

伦敦伊丽莎白塔

威斯敏斯特宫又称议会大厦，是英国议会所在地。是哥特复兴式建筑的代表作之一。1834 年 10 月的一场大火蔓延几乎将它完全烧毁，新国会大厦在经历了漫长的 30 多年之后于 1870 年竣工，是维多利亚哥特式的典型表现，流露出浪漫主义建筑的复杂心理和丰富的情感。

这个庞大的建筑群包括维多利亚塔，建成当时是世界最高的世俗建筑，现在作为国会档案馆，保存着1497年以来国会通过的全部法案原本。维多利亚塔还是英国君主的专用入口。伊丽莎白塔位于建筑群的正中，相当于国会大厦的分界点。

进入的威斯敏斯特厅，是中世纪英格兰屋顶净跨最大的建筑，长73.2米，跨度20.7米，而1547平方米的面积也使之成为当时英格兰最大的房间。大厅南头的大台阶是外国领袖向英国议会两院发表演讲的地方，法国前总统戴高乐、南非前总统纳尔逊·曼德拉以及美国前总统奥巴马等都曾在此发表演说。

威斯敏斯特教堂

从门廊向东将进入圣斯蒂芬大厅。

威斯敏斯特宫中心就是八角中央厅，它是中央塔楼的基座，是连接上议院和下议院的大厅，向北为下议院，向南为上议院。上议院厅是许多重要仪式的举办地，厅内南端为金黄色御座，御座前方为上院议长席，议长席前方为仲裁席，中庭方桌为记录文员列席位。上议院议员在厅内三面环形红色长凳上列席会议。王子厅是为王室成员提供的小型接待室，旁边有一个小门通往上议院厅。皇家画廊有时提供给将要在两院发表演讲的外国政要使用，其最有名的便是两幅巨作，爱尔兰历史和肖像画家丹尼尔·麦克利斯绘制的《纳尔逊之死》和《惠灵顿公爵与冯·布吕歇尔会面》。议员堂是下院议员与会期间会在此磋商事宜的地方。下议院厅重新启用于1950年，厅内北端的下院议长座席是一个复制品，原版为澳大利亚议会开幕庆典后下院所赠。议长席前是记录文员所坐的办公席，并且放置下议院权杖。两排绿色席位相对排开，执政党席位于议长的右侧，反对党席在另一侧，该厅中不设中间席位。

国会大厦西侧是国会广场。这是一片四周被重要建筑包围的草地。广场西侧的英国最高法院。北边是白厅街、财政部大楼。

环绕着广场北侧和西侧，立有12座雕像，他们分别是七位英国前首相和4位外国杰出政治家。

接着到威斯敏斯特教堂。威斯敏斯特教堂一般指威斯敏斯特教堂。原是一座天主教本笃会隐修院，始建于960年，1045年进行了扩建，1065年建成，1220年至1517年进行了重建。

北翼东侧竖立的是18–19世纪各届首相的雕像，地面上也是军人和政要的纪念碑。北翼西侧是两组群雕。本堂左右两侧各有一道侧廊。本堂的宽度不足12米，但拱顶距离地面却超过31米，悬殊的比例让置身其中的人感到自己很渺小。中殿西侧出口附近正中地面上，镶着一大块黑色大理石，那是无名战士纪念碑。纪念碑南侧有一间大厅，里面有一座尖青靠椅，这是历代帝王在加冕时坐的宝座，据说是有700多年历史的古董。椅子四角雕刻的雄狮给人以威武的感觉。中庭两侧长廊有若干组群雕，巨大的彩色玻璃上绘有圣像。祭坛屏北部是牛顿的雕塑，他也是人类历史上第一个获得国葬的自然科学家。祭坛屏东侧是唱诗班。诗班尽头是金色主祭坛，祭坛的桌子颜色会根据教会节期改变。高坛上方引人注目的镀金围屏，屏风上是一幅马赛克镶嵌画《最后的晚餐》。祭坛旁边是亨利三世之子埃德蒙王子、兰开斯特伯爵和他的妻子阿维琳·德·福兹之墓。祭坛东侧是圣·爱德华礼拜堂。两侧有众多的小礼拜堂。其中有法国雕刻家罗比亚所设计南丁格尔夫妇之墓。周围大面积的彩色玻璃窗使人几乎感觉不到墙壁的存在，灿烂的色彩令人目眩神迷。这是印着圣经中各个先知们的彩色玻璃花窗。

陵寝设在一端，在这宏伟的陵寝中央，坐落着亨利七世之墓。

亨利七世礼拜堂中还埋着很多王族，有座摇篮墓是其中最有特色的。墓中埋葬的是詹姆士一世出生仅三天便夭折的女儿索菲亚公主。在亨利七世礼拜堂的尽头，也就是十字剖面的最上端，是皇家空军礼拜堂，其中祭奠的是“不列颠之战”中为国捐躯的英国皇家空军将士。空军礼拜堂入口有一块石碑，埋葬奥利弗·克伦威尔。亨利七世礼拜堂北侧是伊丽莎白一世和玛丽一世的石棺。亨利七世礼拜堂南侧则是苏格兰玛丽女王的棺椁。著名的诗人角就位于南翼东侧。诗人角的纪念碑分两种，一种是壁碑，嵌在墙上；一种是地碑，铺在地上成为脚下的地板。

教堂内，还有一座特殊的小礼拜堂，就是前面所说的东南侧圆锥顶的建筑是牧师会礼堂。

印度诗人泰戈尔曾说“带您走进威斯敏斯特教堂，人们所瞻仰的不是君王们的陵寝，而是国家为感谢那些为国增光的最伟大人物所建立的纪念碑。”[①]

威斯敏斯特学校是英国著名的学校之一，历史可追溯到1179年。

---

① 李凤鸣．伏尔泰[M]．长春：东北师范大学出版社，2020：46.

在威斯敏斯特教堂旁边的圣玛格丽特教堂是个精致的白色教堂，建于 12 世纪，15 世纪以来重新整修多次，是伦敦上流社会热门的结婚场所。

卫理公会中央礼堂也叫威斯敏斯特中央大厅，这座建筑既是卫理公会教堂，还用作会议等用途。

20 日是在英国自由行的最后一天，接下来的游览线路是皇家马厩—女王画廊—白金汉宫—詹姆斯公园—丘吉尔作战屋—唐宁街 10 号—白厅街—特拉法加广场。

第一站是皇家马厩。白金汉宫的皇家马厩保管着王室的主要交通工具，包括马拉的四轮车和机动车，主要用于加冕礼、国事访问、王室婚礼、国会开幕大典以及订婚仪式。里面还有一座黄金马车，首次亮相是在 1762 年乔治三世出席国会开幕的仪式上，自此所有的英国国王都是坐着这辆马车去参加加冕仪式。整部马车为木制，其外部镶上一层薄薄的金叶。建造于 1881 年的玻璃马车是皇室成员结婚的指定交通工具，马车最醒目的地方就是车身最中间的皇家禁卫军徽章，而两边则是嘉德勋章。除了马车之外，马厩还负责保管英国王室的国车，包括 2002 年金禧年获赠的两辆宾利和三辆劳斯莱斯。

第二站是女王画廊。画廊建在一个毁于战火小教堂地基之上，于 1962 年落成开放。进门后有一个简单的安检，教堂内不提供中文的展览介绍，也没有中文的语音导览。有一个常设展览，是皇家收藏。另一个是不定期更新的临时展览。

第三站是白金汉宫。白金汉宫是英国君主位于伦敦的主要寝宫及办公处。每年女王访问苏格兰的八九月间对外开放，但仅有三个地方可供游人参观。因还未开放，只能在外面参观。

伦敦白金汉宫

第四站是圣詹姆斯公园。这里原本为圣詹姆斯宫的猎鹿园，后来经过了一系列的美化后成了如今伦敦市内最美丽的公园。里面白天鹅一点不怕人，悠哉地跑到广场休息。小松鼠悠然自得跳来跳去，看到游客蹲下来伸出手，就过来看看有没有食物。草坪上的灰雁怡然自得地踱步，有的还走近游人察看一番，派头十足。

第五站是丘吉尔作战室。它在地下室，有免费的中文音频解说，拾级而下，首先映入眼帘的是一个不足 10 平方米的展厅，再往前走是战时内阁会议室，仍保持当年的情形，墙上挂满地图，房间为桌椅所占，排列成“凹”字形，每边挤坐 5 个人。地下室最大的房子是地图室，四周墙壁上挂满各战区地图，中间是个长桌子，桌上放着十多部五颜六色的电话机，每一种颜色都代表不同的级别。丘吉尔的卧室只有几平方米。里面的陈设有一张单人沙发床和一张办公桌，桌上放着电话机、文件夹、水杯，床头上放着个大号烟灰缸、一支未点燃的雪茄烟放其上、一个大手电筒。而办公室陈设简单和普通，桌上摆着文件、台灯、时钟和大烟灰缸，地图挂在墙上。

第六站是唐宁街 10 号。1735 年，英国国王乔治二世赐予英国历史上第一位首相罗伯特·沃波尔一幢房屋作为首相府邸。从这以后，唐宁街 10 号就成了每一任英国首相的资产。那庄重的黑色木门、狮子头叩门环、再加上标志性的白色数字 10，让每一位游客都想知道里面到底有什么。但是，这里一向禁止参观。

唐宁街 10 号

第七站是白厅街。是一条连接议会大厦和唐宁街的名街。这条街及其附近分布着国防部、外交部、内政部、海军部等一些英国政府显要机关。

第八站是特拉法加广场。是今天的终点站。

自由自在的英国十三天旅行即将结束，现在才感觉累了！幸亏没有到北爱尔兰和爱尔兰，否则，真走不动了，旅行还是两周比较合适。

这些天的旅游，对英国有了深刻的印象，这里的确是一个比较绅士的国度，满大街的“谢谢”“对不起”充盈于耳，商店付款时自觉排队，公共场合女士优先，等等，处处可以让人感受到文明礼貌和优雅的气质。但是，这里的交通实在杂乱落后，备受诟病。

环游欧洲六国

2016 年 9 月跟团游欧洲没有尽兴游览，从此，开启了出国自由行模式。两年间先后游览了埃及、俄罗斯和英国，对自由行颇为钟爱，因此决定两年后重游欧洲。做了好长时间的攻略，最后定了下来欧洲西部 6 个国家的环游，分别是瑞士、奥地利、捷克、波兰、希腊、德国。之前，自由行局限于一个国家，这次跨国自由行，需要考虑的因素更多，主要是各国景点的取舍，路线合理安排。另外，考虑飞机路线往返，价格优惠较大，所以，决定由上海至苏黎世往返。具体行程如下：

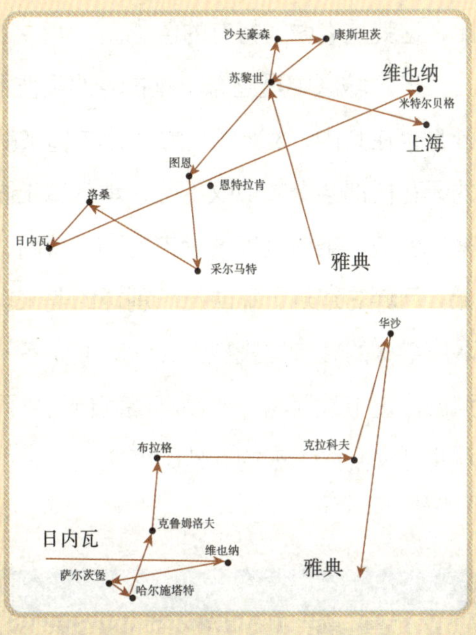

行程图

■ 欧洲的心脏——瑞士

瑞士是高度发达的工业国，实行自由经济政策，是世界上最富裕的国家之一，全球创新指数位列第一，被称为“欧洲的心脏”，同时还有“世界花园”“钟表王国”“金融之国”“欧洲水塔”等美称。我们先后游览了林登霍夫山、圣彼得大教堂、苏黎世中央火车站、苏黎世瑞士国立博物馆、施皮茨古堡、采尔马特、西庸城堡、蒙特勒、英国花园、巴尔克岛、博地弗广场等地。

2018 年 9 月 23 日由湖北黄石前往上海，24 日到达瑞士苏黎世机场。找到 ATM 机取瑞士法郎 200 元（折合人民币 1378 元左右）备用，然后去往住宿的旅店，路过超市买了些瑞士的牛奶，的确很好喝。

苏黎世林登霍夫山

26 日清晨前往位于瑞士苏黎世老城区的林登霍夫山，站上山顶可以眺望到市中心最醒目的利马特河两岸和苏黎世大教堂。

顺小路下山走进老城区，这里是苏黎世最迷人的地带，历史赋予了这条街太多的底蕴，漫步街头，虽然两侧的老房子已经陈旧，但仍阻挡不住一种浓郁的欧洲中世纪风情迎面扑来，那么的彻底，也难怪这里的许多居民不肯搬离。而那条窄窄的奥古斯丁巷里深藏着许多的欧式跳窗和湿壁画，走入其内格外炫目，家家阳台摆满了鲜花，不需要任何的对比，这就是老城区特有的色彩。

一片城区中矗立着一座古老的圣彼得大教堂（St. Peterskirche），欧洲最大的教堂钟指针盘也在其内，3 米多长的时针看起来就显得巨大。走入教堂内部，两侧的宣传画、雕花的天花板都会令人惊叹不已，承载着工匠技艺的同时，也承载着这里悠久的历史。教堂出来后就是一条横贯苏黎世市的利马特河，它的流向是区分新、老城区的边线。借着水色天光，河畔的建筑更能映托出别样的美来。河东岸是被誉为苏黎世象征的格罗斯大教堂，其两座塔楼的独特样式被大文学家维克多·雨果称为“好一对硕大的胡椒瓶”颇有一番趣味。河西岸是市政厅与一座因高高蓝色尖塔而闻名的圣母教堂。总之，教堂建筑居多，这一景观也延续到接下来的其他国家之旅中。

苏黎世圣母教堂和市政厅

与老城区的其他街道相比，这里明显更有味。一条由鹅卵石铺成的步行街，与其他30条狭小街道纵横交错，路边哥特式建筑恰好也是狭窄的。白天，众多精品小店成为淘宝者的购物天堂，人们悠闲地品尝咖啡。而到了晚上，激情的酒吧，多才的街头艺人又把这里变成夜生活最美妙的去处，散发着另一种风情。

过桥，到达位于瑞士苏黎世利马特河西侧的班霍夫大街。始建于公元前15年罗马统治时期，罗马人在苏黎世湖畔建城，它便开始发展成为兴旺的商贸中心，成为世界上最昂贵的街道之一。大街由苏黎世火车站前开始，穿过利马特河左岸的商业中心区，直至苏黎世湖畔的布尔克利广场为止。

苏黎世中央火车站是整个瑞士的交通枢纽，大部分长途列车都要从这里经过。布尔克利广场位于班霍夫大街的尽头，因苏黎世著名建筑师阿诺德·布尔克利而得名。这里也是苏黎世湖北端的码头，坐在湖边吹着湖风，晒晒太阳，再小酌一杯，就是欧洲人的日常了。

来到苏黎世瑞士国立博物馆，这是一座形似城堡外观的博物馆，馆内主要收藏自新石器时代至现代的有关瑞士的历史和文化的文物。 有一百多间不同的陈列室，如迷宫一般，收藏着早期考古学的发现、罗马时代的遗迹、异教文化工艺品、盾形徽章等，陈列室和大厅都被装饰成15至18世纪的风格。步入其中，欧洲几千年的文化史在眼前一一呈现。博物馆以南一公里左右的苏黎世美术馆建立可以追溯至1787年，在20世纪经过三次扩建后，苏黎世美术馆由此成为瑞士最大的艺术博物馆。馆内以汇集19至20世纪的欧洲印象派及达达主义艺术作品而闻名，收藏有许多现代绘画作品，常年展出毕加索、莫奈、夏加尔、马蒂斯、塞尚、雷诺阿、罗丹等画家和雕刻家的作品。此外，纽约学派的代表波洛克、罗斯科、纽曼，以及欧洲和美洲的波普艺术也都有陈列。美术馆大门右侧就是罗丹花费了37年才完成的著名雕塑作品《地狱之门》。其中包含了187个人体雕塑，令人惊叹。

施皮茨

乘火车到达瑞士最美小镇之一的施皮茨镇。得益于火车站地势较高，出来即可以俯视施皮茨城堡与图恩湖。那景色就像明信片一样。走入镇中，感觉这里建造都十分随意，只要在不影响整体美观的基础上，哪里都可以盖房，所以即使对照着平面图，也看不出这里的房屋到底是怎样的区域划分。

镇上的施皮茨古堡是一座建于 1200 年的古堡，外部建筑风格为中世纪伯尔尼式，内部装饰则融合了哥特、文艺复兴和巴洛克等艺术形式，是瑞士为数不多的古迹。由狭窄的楼梯走上顶层，是一处俯瞰施皮茨小镇的好地方，小镇的风景明信片就是在窗外拍摄的。

来到游轮码头，瑞士通票可免费乘坐游船游览图恩湖。图恩湖波光粼粼，水质极清，图恩湖背后呈金字塔形的尼森山，烟雾缭绕，犹如仙境。

27 日早晨乘火车来到素有“冰川之城”美称的小镇采尔马特，阿尔卑斯山群峰将它环抱，环境幽雅，空气清新。远远看去，来到此处才感觉到冰川带来的并非只是冰冷的小镇，而是独特的美景。一座被欧洲人称为“群山之王”的马特洪峰，阳刚而雄浑，令群峰俯首。裹上羽绒服乘上齿轮小火车来到巨大的戈尔内冰河，看到一些瑞士当地人在寒冷的酒店外饮食，不得不佩服他们的抗寒能力。

瑞士采尔马特小洪峰

下山迎着马特洪峰方向走1.2公里，到达镇子的缆车站。先乘小缆车再换乘大型缆车，直达3883米高的全欧洲最高的观景台小马特洪峰观景台，缆车将旅客从海拔2900米的地方，一下子提升到3883米，360度雪山环绕的美景，真是非常少见。最后一段几乎是贴着雪山陡峭的线路摇晃上行，有一种惊心动魄的感觉。到达全景观景平台，它又被称为“马特洪峰冰川天堂”，是目前全欧洲海拔最高的观景台。在这里远望，阿尔卑斯群山、壮丽冰河，以及皑皑白雪可尽收眼底，景色异常壮观。

瑞士采尔马特峰观景台

下山走进小镇。这里的交通工具只有绿色电动车和马车，更多的人则选择步行。镇上只有一条主街，街两边是以咖啡色木制房子为主的门店，酒吧、咖啡馆、面包店、纪念品商店齐全，不过还是各种滑雪器材的体育用品店占大多数。

28日早晨离开采尔马特前往蒙特勒，出站去往西庸城堡。它是欧洲著名的古堡之一，因英国诗人拜伦的《西庸堡的囚徒》而更加出名，古堡被列入世界文化遗产。古堡建于12世纪，营建在日内瓦湖畔突兀的一整块天然岩石上，三面环湖，远远望去就像是漂浮在水面上一样。城堡与瑞士的自然融为一体。古堡虽历经沧桑，不断修复，但与自然风光融为一体，便是它独特的魅力所在。吸引着诸如拜伦一样的文人，以及达官贵族慕名而来。城堡主塔的大门建得很高，只能借助梯子或者吊桥才能到达。据说顶层可以360度欣赏日内瓦湖和小镇，想必是一番无限风光。

蒙特勒是一个田园诗般的小城镇，由于交通不畅，到洛桑游玩时间太紧张，因此，直接乘火车前往日内瓦。办理酒店登记入住时向前台索要了两张日内瓦交通卡，持有此卡可免费搭乘10区内的巴士、火车，以及莱芒湖上的黄色摆渡船，很是便捷。

日内瓦最著名的建筑是万国宫，它是联合国日内瓦总部所在地，由4座宏伟的建筑群组成，中央是大会厅，北侧是图书馆和新楼，南侧的理事会厅。但到达时已经过了开放时间，只好作罢。

英国花园位于日内瓦湖畔，该公园创建于1855年。其中有座著名的花钟，制作于

瑞士日内瓦

1955 年，至今依然在世界上所有的花卉时钟中，以拥有最长达 2.5 米的秒针而称霸。

花钟旁雕像是日内瓦国家纪念碑。日内瓦是一座对各种新事物和先进事物都保持着浓厚兴趣的城市，有着格外宽大包容的心灵先后吸引了众多文化名人的到来，如让·雅克·卢梭、伏尔泰、拜伦，还有列宁等，城市各个角落遍布名人的纪念雕像。

瑞士日内瓦万国宫

日内瓦最古老的广场博地弗广场是老城的中心。广场呈三角形，中心是一座花坛，东侧是州警察局。

还有一处到日内瓦必看的景点，就是巴尔克岛上的卢梭塑像，塑像面对日内瓦湖，神态自若地赤脚端坐在椅上，右手持羽毛笔凝神思考，椅下和脚旁边堆满书籍。雕像的基座上刻着“日内瓦公民——让·雅克·卢梭”。

离开瑞士，去往奥地利。

音乐王国——奥地利

这里每个人的音乐造诣都很高，因此造就了很多的音乐家、莫扎特，舒伯特这种音乐家都是在奥地利诞生的，甚至是在德国出生的贝多芬都是在奥地利居住了非常长的时期。这些音乐家都为世界留下一首又一首极有价值的音乐遗产。我们先后游览了维也纳国家歌剧院、维也纳国际中心、克恩顿大街、维也纳老城步行街、圣伯多禄教堂、圣米歇尔教堂、阿玛利亚宫、奥地利国立图书馆、新霍夫堡皇宫、萨尔茨堡、萨尔察河、主教广场、萨尔茨堡主教宫、莫扎特广场、圣方济会教堂、

维也纳国家歌剧院

洗马池广场、萨尔茨堡城堡、哈尔施塔特等地。

晚上，如约来到奥地利维也纳的维也纳国家歌剧院欣赏歌剧《唐帕斯夸莱》。意想不到的是，事先在国内预订的剧票没带，赶紧用英语和工作人员说明情况，他们查到了订单，补打了单据，才顺利进入了歌剧院，真是虚惊一场。

走进预订的包厢，每个座位前都有块小屏幕，显示英文与德文两种字体。演出开始了，果然一句也听不懂，好在事先做了功课，对剧情有个大概了解，小屏幕上还有英文简介，于是听得也乐哉乐哉。此次看歌剧的主要目的是感受氛围，至于歌词听没听懂，已经不重要啦。

30 日一早晨乘车来到维也纳国际中心，这座造型宏伟奇特的建筑群与蓝色多瑙河水交相辉映，已成为维也纳市的一景。然后来到市区北面的多瑙河公园内，里面矗立有座维也纳多瑙塔，乘电梯上塔参观，凭窗极目远眺，远方巍峨的阿尔卑斯山和穿城而过的蓝色多瑙河尽收眼底。

乘车到老城克恩顿大街，它被誉为世界十大著名步行街之一，交融着传统和现代两种建筑风格，是维也纳人最爱去的地方，在这里，所有知名品牌都可以找到，来到卡尔教堂，里面华丽庄严。有一部供游人登高观赏穹顶的铁架电梯，整个穹顶都画着圣经里的故事，真切动人、栩栩如生。卡尔广场的名称源自卡尔教堂，是当地重要的交通枢纽。广场不远处就是著名的维也纳音乐协会的建筑，是世界五大著名音乐厅之一，建于 1867 年至 1869 年，里面共有 6 个主要音乐厅，而最为闻名遐迩的是金色大厅。每年的新年音乐会都会在这里举行。而每年随着新年音乐会通过电视转播，也将该大厅金碧辉煌的装饰和无与伦比的音响效果展现在全世界的观众面前。

来到维也纳老城步行街区，这是一片以斯蒂芬大教堂为中心，由克恩顿大街、格拉本大街、科尔马科特大街三条主要步行街组成“U”形的商业街区。其中的圣斯蒂芬大教堂是维也纳市的标志，也是全世界最著名的哥特式教堂之一，教堂塔高居世界第三。始建于 12 世纪，初为罗马式风格，后历经 4 个世纪不断地改、修和

维也纳圣斯蒂芬大教堂

扩建，使这座教堂成为世界上奇特的混合式建筑。格拉本大街是老城区内最漂亮、繁荣的购物街，以精品专卖为主，沿街都是品牌店、服装店、餐厅和露天咖啡座。不时有马车驶过，踏踏的马蹄声为古城平添了浪漫的气息。街上竖立着黑死病纪念柱，为了纪念中世纪时死于鼠疫的受难者而建。纪念柱的顶端是金色的天使奋力踩踏着黑色的魔鬼。

圣伯多禄教堂，也译作圣彼得教堂，是一座巴洛克式建筑风格的古老罗马天主教堂，教堂内部的墙壁和装饰用了许多白色大理石的材料，搭配上墙面上金色金属的雕饰与装饰物，金黄色光芒映照在白色墙面上，雍容华贵的气势油然而生。椭圆形穹顶内的壁画为著名的《圣母加冕图》。教堂贴心地将穹顶壁画复制一份放置在入口处，让游客可以尽心观赏。科尔马科特大街沿街分布着哈布斯堡帝国时代的建筑遗产，尽头是古老的霍夫堡宫。霍夫堡宫是哈布斯堡王朝奥匈帝国皇帝冬宫，是 19 世纪政治、文化、经济上撼动整个欧陆的焦点。1275 年至 1913 年间历经多次修建、重建，最终才演化成目前这个建筑群。

圣米歇尔教堂也在这条街上，其内部由一个宏伟的中殿和两个走廊组成，其建筑结构都保持了哥特式建筑特点。在长达八个世纪的历史长河中，这座建筑融合了多种建筑风格，不仅仅是一座教堂，更是游客们观赏多种经典建筑风格特色的景点。

这里的阿玛利亚宫一直是历代哈布斯堡皇室的住所，1854 年至 1898 年，弗兰茨·约瑟夫一世和茜茜公主曾在这里居住，他们常用的 22 间房对公众开放，其中的 6 间被用作茜茜公主博物馆展览。 购买游览门票可以参观 3 个精华景点，分别是帝国珍宝馆、茜茜博物馆和皇家寓所。

走进奥地利国立图书馆，图书收藏的最早记载是在 14 世纪，如今已藏书 240 万卷，是世界最著名的图书馆之一，也是世界上最漂亮的王宫图书馆。现在图书馆被分成了两部分，一部分依然作为图书馆供奥地利居民免费使用，不对游客开放。另一部分则规划成了展览图书馆给游客一饱眼福。

走出国立图书馆，向西就是英雄广场和新霍夫堡皇宫。英雄广场是霍夫堡皇宫的外部广场，兴建于皇帝弗朗茨·约瑟夫一世统治时期，是没有完全建成的所谓“帝国广场”的一部分，其东北部是霍夫堡皇宫的，东南方是新霍夫堡，西南方的内环路，将其与城门外隔开。进入广场，可看到两侧有两堵对称的弧形石柱壁，每一堵石柱之间，各排列着 7 尊历史英雄的塑像。

10 月 1 日一早乘火车来到位于奥地利西部的萨尔茨堡。萨尔茨堡是现今奥地利管辖地域内历史最悠久的城市，也是音乐天才莫扎特的出生地，同时也是电影《音乐之声》的拍摄地。萨尔茨堡老城在 1996 年被联合国教科文组织列入世界文化遗产的名单。

奥地利英雄广场

位于萨尔茨河北岸的米拉贝尔宫和花园，是萨尔茨堡的市政厅。这里的大理石大厅已经成为世界上最美丽最浪漫的婚礼大厅之一。除此之外，大厅主要用于会议、纪念活动和有情调的音乐会。米拉贝尔花园集罗马雕塑、喷泉、花园、迷宫于一体，曾是电影《音乐之声》中，女主角玛丽亚带着孩子们欢唱“Do—Re—Mi”的地方。

经一座步行桥过萨尔察河。桥上挂满了各种各样的同心锁，因此也是萨尔茨堡的“情人桥”。桥上视野非常开阔，能看到教堂、要塞、老城等。桥头便是卡拉扬的故居。

1756 年 1 月 27 日，音乐天才莫扎特诞生在萨尔茨堡盖特莱德街 9 号的一座米黄色 6 层楼房里。如今外墙上镶着很大的白色艺术字：“莫扎特出生处”，楼上还挂着一面长长的奥地利国旗，从六楼一直垂到二楼。

主教广场是萨尔茨堡老城的心脏，广场交通四通八达，能通往各个著名的景点，南侧是萨尔茨堡大教堂，西侧是大主教故居和画廊，东侧是萨尔茨堡博物馆，北面是古老的私人住宅。广场中央是主教喷泉，建于 17 世纪，是中欧地区最大的喷泉。

萨尔茨堡大教堂是这座城市最大的教堂，以其雄伟的立面和巨大的圆形屋顶体现了早期巴洛克风格雄伟的特征。大教堂最初建造时期可追溯到 774 年，刻在门栅栏上的年代标志记录了“774”“1628”“1959”三个年代，使人们想起在这三年里的三次修葺。没想到如此古朴的外表，里面竟无比精致。

萨尔茨堡主教宫是萨尔茨堡总主教在萨尔茨堡老城内的城市宫殿，是老城中最具有历史价值的建筑。宫殿内部金碧辉煌，非同凡响。非常有历史感。第三层的主教官邸画廊，展示着 16 到 19 世纪约 200 幅欧洲绘画。目前已收藏了 200 多幅伦勃朗 · 鲁本斯等著名画家在 16—19 世纪创作的绘画，是不可错过的美术馆。

萨尔茨堡主教宫

莫扎特广场中心是一座青铜的莫扎特雕像纪念碑。塑像前面刻字记录了萨尔茨堡老城被列入世界文化遗产名录的这一历史时刻。

圣方济会教堂是萨尔茨堡最古老的教堂之一，建于 13 世纪。教堂内外非常简朴。圣彼得修道院建于 847 年，是整个德语地区最早的天主教本笃会修道院，至今仍然是修士们修行的地方。莫扎特曾经在此首次指挥演奏 C 小调弥撒曲，由妻子康斯坦丝担任女高音。在每年的莫扎特忌日，这里都会演奏他的《安魂曲》，以纪念这位伟大的音乐家。

继续东行，到洗马池广场。最初是当时的皇家马厩建造的蓄水池，故而得名。中间有尊叫“驯马者”的雕像，看上去栩栩如生，将“马欲腾空”的形态展现得相当逼真。从广场尽头的小道来到缆车站，乘上缆车沿着据说是世界上最古老的缆车线路登上城堡。

萨尔茨堡城堡漫长的历史中，常年是一座防御设施，间或也作为主教官邸、兵营和监狱的角色。萨尔茨堡蜿蜒在萨尔茨河两岸，有米拉贝尔宫、爱情锁桥、主教宫、萨尔茨堡大教堂等。

下山，背后是哈森格拉本堡垒，下面是城堡各时期的变迁模型。反映城堡施工的过程。

城堡的南侧，远处连绵不绝的山脉如梦似幻，巨大的翁特斯山覆盖着薄薄的白雪，山顶上云雾缭绕。山脚下的庄园宛如童话王国，翠绿的草坪呈现出绿油油的光芒。城堡的南侧没有出口，只好返回大庭院再徒步下山。走到半山腰的时候，有一条岔路，顺着这条岔路绕道山的背面，穿过一个门洞，有一座侬柏格修道院，是电影《音乐之声》中玛利亚的修道院的铁栅门。穿过铁栅门进入小庭院，修道院内部装饰极其素净。

10 月 2 日早晨到达哈尔施塔特，奥地利有很多童话小镇，官方能称得上“最美”的只有哈尔施塔特。历史上这里有一个非常有名的盐矿，所以哈尔施塔特也被称作“世界最古老的盐都”。海拔 3000 多米的壮美山峦和清澈透底的高山湖泊，将这里装点成一个风景如画的仙境，悠久的历史文化和迷人的湖山风光使这里成为世界文化遗产和世界上最美的湖畔小镇。

奥地利哈尔施塔特

清晨的薄雾萦绕在山间，略带潮湿的空气夹着植物和泥土的气息扑面而来，此时的小镇沉浸在一片寂静中。

在这里，基本上用不上任何的摄影技巧就可以拍出很好看的照片，就算是随手一拍基本上都是大片，以前还以为童话里都是骗人的，但是，在哈尔施塔特也许是不会，因为在这个童话世界，你看得见摸得着，而且一年四季各有特色。不由在这里拍摄了 500 多张照片，原因是这里实在太美了！

真希望也能拥有这样一间美丽的小屋，茂盛的藤蔓顺着墙爬上了小木窗，推开窗就是宝石般的湖水，这样的意境不仅仅存在童话里，还存在于哈尔施塔特小镇，因为这里本身就是童话。

小广场上有一座新教教堂，是哈尔施塔特最著名的建筑，无论在小镇的哪个角落总能望见这个标志性的教堂塔尖。教堂奶黄色墙壁，桌椅、祭台、布道坛均是红木制作。高挑的穹顶和华丽的祭坛，阳光透过彩绘玻璃照进教堂里，营造出神圣的氛围。楼上是管风琴和唱诗班站台。沿着台阶往上，俯瞰新教教堂和哈尔施塔特湖。穿过教堂走廊就能到达哈尔斯塔特的基督教堂和人骨屋。

沿着道路下山，便是哈尔施塔特的最佳拍照地了。Google 地图上能找到。似乎来到这里，童话的故事也才刚刚开始。这里有块中文告示，上面写着“哈尔施塔特不是博物馆，而是私人住所，恳请游客不要四处窥探和大声喧哗”。有一句话是这么说的，“一个人若恨你，就带他去哈尔施塔特，他会因此而爱上你。”哈尔施塔特是“来自天堂的明信片”。这里的风景无论四季，抑或雨晴，都是美景，在这里你可以放慢脚步，细细感受时光的静好，岁月的无忧。

10 月 3 日天没亮就走上山，清晨的薄雾萦绕在山间，略带潮湿的空气夹着植物和泥土的气息扑面而来，此时的小镇仍在沉睡，蓝色的晨光笼罩着湖畔，一切看起来宛如童话世界般美好。

落笔于此，想起几个月前看到的一则消息，说的是世界文化遗产哈尔施塔特小镇突遭火灾，还好消防员扑救及时，从大火中抢救了这个最美小镇。又想起在之前，法国巴黎圣母院大火导致标志性尖顶倒塌，三分之二的屋顶被毁的消息，牵动着世界人民的心弦。当旅行来到这些建筑时，总觉得它们能承受着千百年的历史修葺，必将永世流传，现在看去在火灾面前依旧是那么的脆弱。“世界那么大，我想去看看”虽是一句职场人辞职时留下的话，但也是可以作为有旅游梦的人来激励自己出发的诗，远方就在那里，它虽存在但不代表着不变，趁着还有时间，趁着还有激情，抓紧拿上背包，带着心爱的人去看看。当你看到远方，当你回忆远方，远方不远才不是遗憾。

■ 欧洲之心——捷克

捷克被誉为“欧洲之心”，是“一带一路”沿线国家中的重要一员。我们先后游览了克鲁姆洛夫小镇、克鲁姆洛夫城堡、木偶博物馆、圣约施塔教堂、首都布拉格、布拉格市图书馆等地。

下午来到捷克的克鲁姆洛夫小镇，又称 CK 小镇。

整个小镇被流经该处的伏尔塔瓦河环抱着，而著名的城堡则建在河的对岸，风采依然。登高远眺，以城堡为中心的中世纪城市一望无边，令人惊叹。1992 年，联合国教科文组织宣布授予这里“世界文化和自然双重遗产”的头衔。

捷克克鲁姆洛夫拉塞勃尼茨基大桥

直奔克鲁姆洛夫城堡，它是克鲁姆洛夫历史中心。

穿过一座拱桥，沿伏尔塔瓦河走到拉塞勃尼茨基大桥。这座桥是内城区与城堡区的分界线，也是连接伏尔塔瓦河两岸、穿过古堡大门进入老城的交通要塞。战时只要吊桥收起，内城便是一座铜墙铁壁，任凭外面千军万马也插翅难进的城池。

这里有个木偶博物馆，仍然保留着一个18世纪的木偶剧院，据说一年只演出一场，节目单里还有中国的《西游记》。

捷克克鲁姆洛夫

博物馆旁边是圣约施塔教堂，教堂造型独特，拥有球形的屋顶和四方的塔身。继续前行有一座观景台，也是小镇唯一能拍摄到全景和三座尖塔的地方。相机镜头下，圣维塔教堂的尖顶、圣约施塔教堂钟楼的圆顶、城堡的彩绘塔交相呼应，构成了一幅美得让人眩晕的水彩画。

回到伏尔塔瓦河畔，在河边的餐馆就餐。点了一个猪肘子，猪肘经过腌制后用木火烤熟，表皮金黄中透出浓浓的橘红，通体闪烁着晶莹的油光。厚厚的猪皮却不糊不焦，酥脆有嚼头，那种味道真是叫人一辈子都忘不了。

4日来到捷克首都布拉格，布拉格分为城堡区、小城区、旧城区和新城区。新城区其实也已有几百年的历史，只因在19世纪末有过一次大改建而被称为新城区。这里有条被誉为布拉格“香榭丽舍大道”的瓦茨拉夫大街，可以欣赏到各种风格的建筑，是全市最繁华的商业区。

布拉格城堡

瓦茨拉夫大街的东南端是瓦茨拉夫国王策马挥戟的雕塑。雕像背后是国家博物馆。瓦茨拉夫广场是这个布拉格最重要的贸易和社交中心，随着历史的演变和社会变迁，渐渐成了政治广场，是庆典、集会的传统地点，所以又称“革命广场”，因为它见证了共和国的成立、二战结束、1968年布拉格之春、1977年的“宪章运动”和1989

年的“天鹅绒革命”。

护城河街连接瓦茨拉夫广场和共和国广场。它将布拉格老城和布拉格新城分开。街上有不少代表性建筑，包括捷克国家银行总部，古老的宫殿和豪华的商店。

布拉格城堡位于捷克伏尔塔瓦河的丘陵上，是一座集教堂、宫殿和庭院于一身的规模庞大建筑群，其面积创下了世界最大的古城堡吉尼斯世界纪录。

圣维特大教堂是罗马天主教布拉格总教区的主教座堂，也是捷克最大、最重要的一座教堂。这里是历代波希米亚皇帝举行加冕典礼的场所。

对面是旧皇宫。每个正午 12 点，都会在广场上举行一场士兵换岗仪式。旧皇宫地势较高，还有看台可以俯瞰旧城，视野极好，适合登高观景。

火药塔位于布拉格老城区，其黑色的哥特式尖塔高达 65 米，是布拉格的地标性建筑之一。登到塔顶俯瞰四周。布拉格市区景观尽收眼里。

从火药塔到老城广场之间的条街叫作采莱特纳街。市民会馆是布拉格的音乐厅和地标建筑。会馆对面是海柏尼剧院。还有一栋黑色圣母之屋巧妙地与旁边老城区巴洛克式建筑风格的大厦完美融为一体。

布拉格旧市政厅建于 1338 年，曾是皇家宫廷，15 世纪末，皇室成员搬入布拉格城堡居住，这里便荒废了几百年，直到 1911 年改为文化中心。旧市政厅外墙的天文钟是观赏的重点。

老城广场已经存在 900 多年了。广场中心的胡斯雕像。北面是圣尼古拉教堂和布拉格大酒店。对面是一连排各种风格的彩色屋。东面是泰恩教堂，前方坐落着泰恩学院，远看像是连成一气的建筑。

向西到达布拉格克莱门特学院，建筑群包括两个教堂，圣萨尔瓦托教堂和圣克莱门特大教堂。国家图书馆成立于 1781 年，自 1782 年克莱门特学院成为一座法定收藏图书馆。巴洛克式图书馆大厅的天花板上有 Jan Hiebl 创作的壁画，主要描绘的是关于教育的寓言，还有耶稣会圣徒的肖像等等。大厅正中是若干大小不一的地球仪。当年莫扎特被这里的景色美呆了，说：“我们的眼睛几乎突然从眼眶里瞪出来了”。

布拉格天文塔远眺

天文台内有许多天文仪器，之前在英国格林尼治看过。68 米高的天文塔可以欣赏到布拉格历史中心的美景。老人可随工作人员乘电梯上楼，登塔远眺。

布拉格的城市建筑极具看点，汇聚了罗马、哥特、文艺复兴、巴洛克、洛可可、新古典主义、历史主义、新古典主义和现代派等多种流派的建筑风格，彰显着这座城市悠久的历史积淀和厚重的人文底蕴。高低错落的建筑筑起迷人的布拉格，让人有置身童话世界的错觉。满城橙红色的屋顶一览无余，这是布拉格的标志色彩，就像城市的上空永远燃烧的火焰一样，赋予这座城无限热情浪漫的风情。

布拉格市图书馆书塔

布拉格市图书馆比捷克国家图书馆小很多，但它却因为书塔而闻名于世。书塔是由斯洛伐克艺术家马杰伊·克莱恩设计的，书塔高约为 5 米，用 8000 多本书搭建起的，矗立在布拉格市立图书馆内。书塔呈中空的井状，书塔的顶部和底部都装有镜面，书塔有一个向内观望的窗口，当你向里张望时，由于镜子的作用，会有无限延伸的感觉。可用各种方式拍摄。

老城桥塔位于伏尔塔瓦河左岸，始建于 14 世纪末，桥塔下面路上有个大大的皇冠，大概跟“皇家之路”有关。皇家之路是穿越布拉格历史中心区的一条路线的名称，是历史上中欧君主们前去加冕时的行走路线。

河上的布拉格查理大桥是周杰伦婚纱照的背景。顺于伏尔塔瓦河向南步行，沿途风景如画。突然，看见了著名的“会跳舞的房子”。

查理大桥

还剩最后一个景点“列侬墙”没找到，几经周折，终于找到了。在查理大桥的桥底下再往深处走，在前往列侬墙的路上，有个水车，水车旁边的铁栅栏上有许多爱心锁扣，布拉格是优雅的，又是嬉皮

列侬墙

布拉格旅店老板

的，这是拜全世界最有名的一堵涂鸦墙列侬墙所致。墙壁长 5 米有余，大多数的灵感都来自披头士乐队的歌词。

晚上到长途车站，准备乘 23:20 的长途汽车到克拉科夫，到车站取票，显示无效。再仔细看订单，是上午 11:20 ，已作废了。当天晚上到克拉科夫的车还有一班，但是已经没票了。捷克不允许超载，只好改计划直接到波兰华沙。但是，也没票了，只有明天清早的票。只好先买票后再考虑住宿问题。本打算在车站过夜，但是，车站到 12 点要关门，不允许停留。只好拖着行李找旅店。周围旅店很少，好不容易找到两个旅店，都客满。如此劳顿疲惫极了，在第三家旅店不走了，请求老板留宿。手舞足蹈地比画半天，捷克人不懂英语也不懂汉语。只好拿出护照，指着国徽表明身份，再将两趟汽车票给他看，表明是误车，明天早上才能走，最后，老板终于明白了。但是没有空房了，他指着大厅的沙发说可以在这里休息，就这样度过了一场由一个字母之差带来的危机。

欧洲之盾——波兰

波兰东部和东北部分别与立陶宛、白俄罗斯、乌克兰和俄罗斯的“飞地”加里宁格勒地区接壤，南部与捷克和斯洛伐克毗邻，西部与德国相连，北临波罗的海并与瑞典和丹麦遥遥相对，因此素有欧洲之盾之称，我们先后游览了华沙王宫、圣约翰教堂、老城广场、华沙瓮城和城墙、马路广场、维兹特克教堂、圣十字教堂、卡兹米尔宫殿、毕苏茨基广场、无名烈士墓、肖邦博物馆、瓦津基公园、华沙大学图书馆、哥白尼科学中心、华沙起义博物馆和华沙起义纪念碑等地。

6 日到达波兰首都华沙，1980 年被列入《世界遗产名录》。对它的评语是：“华沙的重生是 13 至 20 世纪建筑史上不可磨灭的一笔。”

乘公交车前往华沙王宫。维斯瓦河是波兰最长的河流，河东岸是华沙新城区，河西岸是老城区。华沙王宫建于13世纪末，如今辟为国家博物馆。王宫前有座华沙城堡广场，也叫札姆克约广场。广场正中是高耸的西吉斯蒙德圆柱，东侧是旧王宫，其建于13世纪末，曾是欧洲最美丽的王宫之一。

波兰华沙王宫

向西北方向，圣约翰教堂是华沙最古老的教堂。北侧是格雷斯圣殿教堂，教堂大门上有著名的雕塑“天使之门”。

老城广场四周都是以前大户人家的豪宅排屋，如今，这些房屋是华沙历史博物馆、亚当·米茨科维奇文学博物馆等博物馆和商铺。广场的中心有一尊小美人鱼青铜像，它是华沙的城徽，华沙的骄傲。

华沙老城美人鱼青铜像

华沙瓮城和城墙是华沙为数不多的遗迹之一，算是老城的入口。穿过半圆形瓮城的城门，便是新城区的弗里塔大街。直行，到达居里夫人博物馆。她一生共得了10项奖金、16种奖章、107个名誉头衔，是世上唯一的一位同时获得物理、化学两个领域诺贝尔奖的女科学家。居里夫人因由镭引起恶性贫血症而逝世。直到她死后40年，在她用过的笔记本里还有射线在不断释放。

返回瓮城，沿城墙外围回到城堡广场，继续向南参观。马路广场正中是波兰著名的爱国诗人亚当·米茨凯维奇的雕像。继续前行是加尔默罗会教堂，教堂保存了18世纪的原貌。

维兹特克教堂建于17世纪，为巴洛克式教堂，最初是为法国的修女们所建，二战时被炸毁了一部分，虽保存了教堂主体，但肖邦常常演奏的管风琴损坏了，至今未能修复。

华沙大学的正门上有华沙校徽的雕刻，校徽是一只头戴皇冠的古老波兰鹰，围绕着鹰的五颗星分别代表当时的五大学科系，分别是神学、法学、医学、哲学及自由艺术。时间紧张，走进大门走马观花地游览了一下。

圣十字教堂是华沙最著名的哥特式建筑之一，现在看到的是战后重建的教堂。外观正在装修。圣十字教堂最特殊的是内部埋有很多波兰出色的艺术家和科学家的心脏，并且有一系列的雕像，其中包括有获诺贝尔奖的小说家莱蒙特、音乐家肖邦等等，肖邦的心脏目前保存在教堂左边第二根廊柱中，廊柱上面雕有肖邦生平雕塑作为装饰。圣十字教堂南侧是波兰国家科学院门前，有因日心论被教廷处死的天文学家哥白尼坐像。

卡兹米尔宫殿始建于1637年至1641年，在1660年重建，为国王约翰二世卡兹米尔所建。现在是华沙大学艺术学院。大门四个巨人雕塑令人印象深刻。

毕苏茨基广场不仅是波兰举行各种节庆、纪念仪式的重要场所，更是波兰国家举行重大集会及接待各国总统级人物来访的地方。

波兰肖邦博物馆

无名烈士墓是波兰最著名的纪念碑之一，安葬着一名在利沃夫防御战中阵亡的身份不明的年轻士兵尸体。墓前燃烧着经久不息的火，并由波兰仪仗队守卫。

乘车前往肖邦博物馆，它是在肖邦诞辰200周年之际，开辟的一个集欧洲古典与现代化为一体的博物馆。展馆收集了肖邦的手稿、乐谱、画像、照片等，以及他最后使用的钢琴。直到18点闭馆才出来，这一天，从早晨到晚上整整13小时的行程。

波兰肖邦纪念碑

7日到达瓦津基公园，是波兰最美丽的公园之一，原是波兰末代国王斯·奥·波尼亚托夫斯基的别墅。因为有了肖邦的雕塑，故被国人称为肖邦公园。

乘车前往华沙大学图书馆。华沙大学图书馆始建于1816年。1990年起，华沙大学图书馆开始建设新馆，并于1999年竣工。新馆建筑以绿色为主色调，外墙爬满植物，其屋顶上的花园面积达2000平方米。

哥白尼科学中心是一家新生代文化机构，致力唤醒求知欲，通过知识推动自我教育并发展社会对话。馆内有450项与参观者互动的科学展览。这里的展览并不是在玻璃展柜中陈列展品，而是在展台上展示独立的物理、化学和生物学实验。

下午，老伴儿累了休息，因此只好一人乘车前往华沙起义博物馆和华沙起义纪念碑。从纪念碑左转向北走，右边是华沙的高等法院，法院对面是波兰国家图书馆，蒙特卡西诺战役纪念碑。参观完蒙特卡西诺战役纪念碑后，经过中国驻波兰大使馆，继续向西，到达犹太人纪念碑。纪念碑后面是波兰犹太人历史博物馆。参观后，心情特别沉重！

接着与老伴儿会合，参观华沙国家博物馆。博物馆拥有来自波兰和国外的83万件艺术品，从古代到现在，包括绘画、雕塑、版画、照片、硬币，以及实用物品和设计。里面竟然有一尊中国人的雕像。

游览华沙后，感到这座浴火重生的城市，在展现着“华沙速度”的同时，还展现了不屈的精神。了解历史才方知它重生的不易，亲临其境才方知它如今的美丽。

■ 浪漫休闲之国——希腊

希腊被视为西方文明的发源地，历史遗迹众多；希腊神话中的爱情故事更是世人传唱的典范，探源西方文明，浪漫休闲旅游，希腊当值不愧。我们先后游览了哈德良拱门、奥林匹亚宙斯神殿、雅典卫城、狄奥尼索斯剧场、帕特农神庙、菲利波普山、卫城博物馆、国家历史博物馆、哈德良图书馆遗址、雅典大都市教堂、阿基欧斯·埃莱夫塞里奥斯教堂、圣托里尼及瑞士部分地区。

8日下午乘飞机到达希腊首都雅典。

9日一早前往哈德良拱门，完全由自潘泰立克山开采出的潘泰立克大理石建造，基座上的门廊立柱采用的是科林斯式主柱风格，柱子顶端雕刻有毛茛花叶的纹饰。哈德良拱门将雅典市区分成新、旧两区，拱门以东为哈德良皇帝所扩建的新市区，以西则为旧市区。

奥林匹亚宙斯神殿位于哈德良拱门背面的奥林匹亚村。宙斯神殿建于公元前470年。426年，罗马皇帝狄奥多西二世下令摧毁这座神殿，烧毁了奥林匹亚村其他建筑物的残余部分。551年到522年，接连发生的两次强烈地震，使奥林匹亚村遭到了彻底毁灭，变成了一片废墟，104 根柱子中仅存 15 根。

前往雅典卫城，30 欧元可以五天内多次进出雅典卫城附近 7 个景点，其实 20 欧元就够了。如今这座曾拥有黄金时期的卫城只剩下有山门、帕特农神庙、伊瑞克提翁神庙、埃雷赫修神庙等遗址，没有旁边的说明，或导游介绍，就是一片废墟。

先到达的是狄奥尼索斯剧场。剧场依山坡而建，大得惊人，分为后台、舞台和观众席三部分，整个平面呈半圆形。今天人们仍可看到半圆形的舞台和上面由大理石拼成的几何图案及石椅和看台。剧场的前面有一排刻满雕塑的挡板，记载着有关酒神的传说。剧场最多时可容纳 17 000 名观众，但如今只剩下 20 排座位了。大理石雕刻的石椅简洁精美，刻有狮子爪的椅子腿，每个椅子上还刻有文字，可能是拥有者的名字和官衔。

酒神剧场西北是供奉阿斯克勒庇俄斯的神殿。神殿下边有条长长的欧迈尼斯柱廊，这条柱廊一直将游客引向西边的阿迪库斯剧场。

雅典阿迪库斯剧场

卫城里面的建筑遗迹已无法再现曾经的辉煌，但其中矗立的大量种类不一的柱子是游客们了解古希腊建筑造诣最直观的方式。一种叫作陶立克柱式，是直接置于基座上的圆柱，由一系列鼓形石料一个挨一个垒起来的，圆柱身表面从上到下都刻有连续的沟槽，其数目的变化范围 16 ～ 24 条之间。陶立克柱又被称为男性柱。著名帕特农神庙即采用这种柱式。一种是爱奥尼柱式，柱身较长，上细下粗，但无弧度，纤细轻巧并富有精致的雕刻，柱身的沟槽较深，上面的柱头由装饰带及位于其上的两个相连的大圆形涡卷所组成，给人一种优雅高贵的气质，因此被称为女性柱。胜利女神神庙和伊瑞克提翁神庙就采用的是这种柱式。一种是科林斯柱式，四个侧面都有涡卷形装饰纹样，并围有两排叶饰，追求精细匀称，显得非常华丽纤巧。相对于爱奥尼柱式，科林斯柱式的装饰性更强，但是在古希腊的应用并不广泛，宙斯神庙采用的是这种柱式。

山门分三部分：由左至右为北翼、中央楼及南翼。中央楼山门高 18 米，侧面高 13 米，多利安式及奥爱尼亚式列柱巧妙地穿插并列，气势雄伟。如今仅剩 5 个门的柱子。山

雅典卫城山门

门的北翼是拜乌莱门。拜乌莱门前面的阿格里帕纪念碑，高达 8 米的底座上曾有一个罗马将军驾着战车的铜像。位于南翼旁的雅典娜胜利女神庙也称无翼胜利女神殿，这是座具有爱奥尼式列柱的优美神殿。传说雅典市民为了使胜利永驻，就将胜利女神的双翼砍下，这就是无翼胜利女神殿的由来。这座神殿历经兴废盛衰与战火洗劫，现在只剩下几座 11 米高的圆柱。

卫城最高点是著名的帕特农神庙，它是为纪念雅典战胜波斯侵略者而建，是供奉智慧女神雅典娜最大的神殿，其设计代表了全希腊建筑艺术的最高水平。现只残存伤痕累累的大理石柱，内殿和后殿已经基本看不出来了，就连主殿原供奉的黄金象牙镶嵌的 12 米高雅典娜塑像也早已荡然无存。东山墙最左边是太阳神拉着战车正从海中升起，最右边是月亮女神的战车，西山墙在大英博物馆，现在已残缺不全，有些甚至已经无法辨认最初的形态了。南侧柱间壁有 15 块是当时最完好的浮雕，目前在大英博物馆，内楣的雕塑带有 80 米在大英博物馆，有 50 米在卫城博物馆，另有一些零散的在一些欧洲国家的博物馆内。

东侧伊瑞克提翁神庙的爱奥尼克式柱也十分优美。神庙南端有 6 根大理石雕刻而成的少女像柱代替石柱顶起石顶，她们长裙束胸，轻盈飘忽，头顶千斤，亭亭玉立。建筑师给每位少女颈后保留了一缕浓厚的秀发，再在头顶加上花篮，成功解决了因石顶重量而不得不将少女脖子雕刻足够粗影响美感的难题，充分体现了建筑师的智慧，神庙也因此驰名中外。其中一个也在大英博物馆。当额尔金拆第二个时发生碎裂，所以后面的五个没被拆走，现在剩下的五个女像柱已经存放在卫城博物馆。

这座神庙还有一个视觉美感在于“视觉矫正”的处理，原本直线的部分经过设计略呈曲线或内倾，因而整体看起来更有弹力，更具生动。在神庙中，这类矫正多达 10 处，可谓是发挥到了无微不至的地步。

神庙四周地上堆积有大量散落的构件，如果将它们逐一归位，必将是巨大的工程。因此修复工程展板上有这样一句话“对它们的修复是十分必要的，但如果修复失败就意味着对历史文物的毁坏。所以，我们将每一个细小的部分都视为单独的艺术作品来对待”。

卫城西南侧的菲利波普山是雅典卫城的绝对性地标之一。它也被称为缪斯山，矗立在雅典的中心，山顶上有个菲洛帕普斯纪念碑远处的爱琴海成了一条蓝色的彩带飘荡在天地间。眼前的景象最让人吃惊的是房屋的密集程度，自来到欧洲，俯瞰过多个小城和小镇，但很少看见过有哪一个城市的房屋如此密集地挤在一起，患密集恐惧症的人肯定看不了这样的拥挤场面。

下山参观卫城博物馆。新卫城博物馆于 2007 年开始兴建，同年雅典卫城的手工艺品陆续被运到博物馆内。博物馆于 2008 年落成，并于 2009 年 6 月 20 日正式对外开放。走进博物馆才知道，刚才在山上看到的大多数是复制品。而且，展品也比大英博物馆差得太远，都是一些坛坛罐罐。

国家历史博物馆。创立于 1882 年，是希腊第一座历史博物馆，中央的议会大厅可用于举办文化活动，大厅外围是 20 个常设展厅，二楼是临时展厅，其中中央走廊为综合性展厅。

哈德良图书馆遗址在雅典卫城北部，由罗马皇帝哈德良在 132 年建造。如今图书馆遗址上除了几个高大的石柱和拱门，基本上都是残垣断壁。

雅典罗马市场的风之塔

在冷冷清清的古罗马市集里只有一座八角形的“风之塔”保存得最为完好。由于地处偏僻，遇到几个当地小混混索要美元，恰好有警察路过，所以他们没有得逞，遂赶紧离开这里。

雅典大都市教堂。于 1842 年开工建设，是雅典和全希腊主教座堂。教堂建设历时 20 年，使用来自 72 个拆除教堂的大理石建造而成。

圣托里尼卡玛里海滩

阿基欧斯·埃莱夫塞里奥斯教堂始建于 13 世纪，部分采用潘特里克大理石修建，堪称拜占庭时代的典范之作。内部的墙壁和天花板被彩色壁画填充，排列的石柱、圣像、砖石和光影交织把教堂变成了一个魔幻、信仰、抚慰人心的地方。

9日晚上七点乘飞机从雅典飞往圣托里尼。

首先来到卡玛里海滩，此处海滩的鹅卵石是黑色的，是由火山喷发产生的岩浆石经长期的海水打磨和风化而形成。

圣托里尼费拉镇

来到费拉镇，来不及逛小镇，从费拉小镇开始，通过一条悬崖步道，向北经过费罗斯特法尼，最后到达伊莫洛维里，全长三公里，号称是世界上最美的步行道。一路上走走停停花了两个小时，欣赏到了最美的风景。坐下来歇一会。远望伊莫洛维里小镇白雪一般的建筑把火山口周围全覆盖。

这里的小镇全是沿着悬崖错落有致的白色建筑，上面是蓝天白云，下面是蔚蓝的爱琴海，这种白与蓝的交融，除了圣托里尼，绝无再有。

圣托里尼伊亚

从伊莫洛维里到伊亚镇的道路大概有10公里，因此和绝大多数游客一样选择乘公交。伊亚是一座从悬崖峭壁雕凿而成的小镇，一栋栋穿凿火山崖壁而成的岩洞房屋仿佛是雕刻出来的。这里的颜色更加的丰富，建筑开始出现其他小镇所没有的黄色和粉色。而也正是这多种颜色的交织，被许多艺术家、摄影家作为灵感的来源。

为了观赏最著名的日落赶去占据最佳位置，下午五点就已经拥挤了大量游客。先找到著名的蓝顶教堂。由于当晚要乘飞机前往雅典，因此不能欣赏到日落，只得提前退出。

下辈子还嫁给我

晚上到达雅典机场，并在机场附近的旅店住宿。

巴尔干半岛包括希腊、保加利亚、阿尔

巴尼亚、黑山、北马其顿和波黑全境。以及斯洛文尼亚等国家部分地区。我们只对希腊，尤其是圣托里亚岛感兴趣，在这里我完成了下辈子对老伴的求婚。

11 日早晨到达瑞士苏黎世，乘火车到沙夫豪森，下车参观莱茵瀑布。

莱茵瀑布

沙夫豪森是莱茵河畔重镇，首先到位于 Vordergasse 街的旅游中心。在这里索取小镇地图，竟然还有中文版，给旅游带来极大的方便。在欧洲的小镇中，几乎镇上都会有喷水池作为当地地标，泉水搭配鲜花，还有立柱上的人像雕塑，形成一个聚拢人气的中心。

然后前往米诺城堡。在城垛上，能够从独特的视角将宽广的美景尽收眼底。

沙夫豪森米诺城堡

佛尔施塔德大街是南北走向的主街道，是当地最华丽漂亮的地方。那些凸窗上的雕像、建筑物的色彩，都是极尽奢华，让路人叹为观止。凸窗被称为“埃尔加”，是一个非常有趣的欧洲古建筑特色。林林总总加起来约有 171 扇在争奇斗艳。

12 日乘火车上午到达施泰因。施泰因被公认为是“瑞士中世纪气氛最浓的城市”，今年已经超过 1000 岁了。这里的建筑，最年轻的也已经有几百岁了，但每一座都保存完好。

施泰因城外广场

小镇中心是市政厅广场。广场两侧房屋林立。东侧有一座喷泉。两侧建筑画满了精美的湿壁画和雕刻精美的凸窗。

广场东南侧是市政厅。市政厅建于 1539 —1542 年，上面几层半木结构的部分是 1745 年修建成的。四面墙壁有大量的湿壁画。它是重要的看点，湿壁画原意是“新鲜”的意思。湿壁画为文艺复兴以前画家们常用的画种之一，后来被油画所逐渐取替。其绘制技法非常复杂，颜色效果很特别，最主要的是壁画不易褪色，非常持久。

出城上山。霍亨克林根城堡始建于 1225 年，是一个俯瞰城市和莱茵河的绝佳瞭望台。下山后，在小镇吃了一顿丰盛的午餐。走到城外广场，经过莱茵河的木桥。小桥、流水、五颜六色的木屋、尖塔、山上的霍亨克林根城堡构成一幅绝美的油画。

下午乘火车到达克罗伊茨林根。康斯坦茨方向火车 15:31 开，本来担心转车时间不够，实际从 2B 站台，走到 2A 站台，一分钟就来到了德国境内。18:18 到达康斯坦茨。

再一次来到德国，此次游览了康斯坦茨、圣乔治教堂、博登湖、圣史蒂芬教堂、因佩里亚等地。

康斯坦茨是一座有 2000 年历史的小镇，也是一座年轻的大学城。

13 日早晨开始逛小镇，马路两侧一栋栋小别墅，门前都有很大的花园，精心培育的鲜花盛开着，尤其是窗外装饰得别出心裁，特别漂亮，反映出德国人精致。马路上车辆和行人不多，人们说话轻声细语，环境非常安静。乘公交车到赖兴瑙岛，先到旅游信息处领取游览图，开始按图索骥。岛上曾经有超过 20 座大小教堂，如今只有圣玛利亚和圣马尔库斯教堂、圣彼得和圣保罗教堂（巴西利卡）、圣乔治教堂三座保留下来。

走到湖边码头，湖面大雾还没散开，地面铺满了金黄的落叶，秋意十足。

圣乔治教堂位于赖兴瑙岛东侧，是这里的头号地标。它展现了中世纪早期欧洲中部修道院建筑的面貌，教堂外观并不华丽，甚至看上去都有点简陋，不过矗立在鲜花丛中，自有一种独特的出世孤傲之美。教堂内部，空间淳朴简约，建筑保存完好，10 世纪奥托王朝时期的壁画完整呈现在四周墙壁，虽然颜色已浅淡，但依稀可以看到其原貌，不由慨叹曾经的艺术的杰出。

康斯坦茨赖兴瑙岛湖边

出教堂在岛上其他游览一番，环境幽雅，返回车站的途中经过一个南瓜园。园内出售水果和蔬菜的方式很奇特。贴上价格标签的菜果被放置在屋前篮子里随人选拿，也没有人看管。此时，大雾已完全散去，对岸的风景一览无余。

乘公交车前往博登湖。博登湖是德国最大的淡水湖，也是知名的“三国湖”。德国、瑞士、奥地利三国交界在此，站在湖东西两岸有一眼望不到边的辽阔感。这里独特的地理位置，美丽宜人的风光，成为德国夏天最受追捧的度假胜地之一。

走上老莱茵大桥上看博登湖，水天一色，依旧辽阔不辨边际。站在老莱茵大桥上看北岸，北岸则是新城区，康斯坦茨大学、迈瑙岛在新城区。博登湖的南岸是老城区和天堂区。

附近的康斯坦茨大教堂1955年被梵蒂冈授予乙级宗座圣殿，俗称巴西利卡。教堂内部外观有过修复，但仍旧保留了较多的罗曼式特征。登上教堂塔眺望，老莱茵大桥、莱茵塔，以及对面的新区风光尽收眼底。

圣史蒂芬教堂也是康斯坦茨最古老的教堂之一，其历史可追溯到6—7世纪，教堂所在的位置也是城市最早的发源地。经后世不断维修改建为今天的样子。

最后到达码头，这里是小城风景最佳的角落。风轻云淡的湖边，喜欢锻炼的市民三三

康斯坦茨老莱茵大桥

两两地在沿湖慢跑，停在岸边的水鸟单腿直立在栏杆上，恬静而悠然，并不会因为有人接近而惊飞四起。湖滨四周绿树成荫，鲜花烂漫，湛蓝的湖水如上天垂爱的倒影，朗朗晴空下一眼便可望到博登湖对岸，那里可能已经是瑞士或奥地利的境内了。湖边矗立着齐柏林飞船的纪念碑。1900 年 7 月 20 日，斐迪南·冯·齐柏林伯爵设计并制造的一架飞艇在博登湖的腓特列港进行首次飞行，实现了人类利用飞行器上天遨游的梦想。原来，人类首次制造和使用飞行器竟是在眼前这个美丽的湖泊上。

湖里矗立着那尊有名的雕像——“Imperia”（因佩里亚），这尊 360 度旋转的雕像还是康城一大特景。历史上没有因佩里亚其人，是雕塑家借用巴尔扎克小说里“Imperia”的形象塑造的。这座塑像高达九米，亭亭玉立在湖心，左手托着一个教皇，右手托着一个国王。

14 日由康斯坦茨返回瑞士苏黎世，翌日，从苏黎世乘飞机回国，环游欧洲六国的自由行至此结束。

康斯坦茨博登湖码头

行走澳洲

骑在羊背的国家——澳大利亚

澳大利亚联邦，简称“澳大利亚”(Australia)，位于南太平洋和印度洋之间，四面环海，是世界上唯一国土覆盖一整个大陆的国家，因此也称“澳洲”。有很多独特动植物和自然景观的澳大利亚，是一个多元文化的移民国家。我们先后游览了达令港、安萨桥、鱼市、海德公园、圣玛丽大教堂、新南威尔士州美术馆、麦考利夫人座椅、悉尼歌剧院、悉尼皇家植物园、维多利亚女王大厦、澳大利亚博物馆、太平洋风俗展厅、圣雅各教堂、悉尼医院、新南威尔士州议会大厦、新南威尔士州立图书馆、旧州立图书馆、墨尔本等地，其风土人情，让我颇受感染。

2018 年底决定来年到大洋洲旅游，以体验当地风土人情为主，因此在景点的选择上，颇费心思，澳大利亚常规旅游城市有悉尼、墨尔本和昆士兰黄金海岸。新西兰常规旅游城市有惠灵顿、奥克兰、皇后镇、基督城、罗托鲁瓦等。考虑黄金海岸以海上游乐项目为主，皇后镇以探险活动为主，这两项不适于老人。而罗托鲁瓦以火山景观为主，但去过东北五大连池后，就再也不想去看火山了，且皇后镇、基督城均在南岛。因此，最终选择了澳大利亚的悉尼、墨尔本，新西兰的惠灵顿、奥克兰。事实证明此安排合理，舒适惬意。然后通过网络顺利地办好了澳大利亚与新西兰的签证。

南半球纽约——悉尼

1788 年英国流放罪犯于此，是英国在澳大利亚最早建立的殖民地点。经过两个世纪的艰辛开拓和经营，它已经成为澳大利亚最繁华的现代化、国际化大都市。

3 月 11 日下午乘飞机从长沙出发，12 日早晨到达澳大利亚城市悉尼。入住以后，首先进入达令港。达令港是真正的港口，旁边停泊着很多游轮，也有到各地例如屈臣氏湾的独轮的码头。环绕着达令港，是一圈酒吧、饭馆，还有迷你型的悉尼摩天轮。蓝天碧水，棕榈婆娑、绿草如茵、游人如织。

安萨桥建于 1995 年，耗资超过 7000 万澳元，是游客驻足留影的必选之地 。

鱼市是南半球最大的集批发、零售与餐饮于一体的海鲜市场。巨大的澳洲龙虾，新鲜的生蚝、螃蟹，还有现场切割的各种体型的澳洲鲜鱼们。价格尾数都是 0.99 美元，不少游客，买了海鲜，由店家加工后，就地食用。

接着逛商店，买羊毛雪地靴和羊绒围巾。

海德公园初建于 1810 年，已经近 200 年的历史，是座美丽的主题公园，园内有 580 种异国及本土树木、大片洁净的草坪、各类艺术作品、纪念碑和水景设计，是悉尼当地人休闲的一个好去处，也是上班族中午休息的地方，阿奇伯德喷泉是为了纪念一战中法澳联盟而建。太阳神阿波罗的下面，围绕有三组铜雕。

悉尼塔金黄色的颜色和西藏转经筒般的外观，像是插在市中心的一根金针，你总是能在天际线上发现它的存在。

圣玛丽大教堂是悉尼大主教的所在地，建于悉尼第一个天主教堂的旧址。

走进教堂，宛如踏入了幽深浩渺的苍穹，巨大的圆柱支撑着巨大的拱形穹顶，拓展出一个犹如仙境般辽阔而高远的空间，那高深的中厅空顶令人目眩。两侧墙壁上有《耶稣受难图》。士兵雕塑是所有在战争中牺牲的澳大利亚人，他们的英名永世长存。教堂最令人着迷的地方还是那些彩绘玻璃。每一扇窗户便包含着一个圣经故事，无论是人物还是场景，都描绘着那么生动传神，恍惚间，令你如入天堂。可惜，因为不熟悉圣经故事，所以不知其表达的内容。就像外国人看到中国的梁祝化蝶画像，不知道其内容一样。

新南威尔士州美术馆建于 1874 年，澳洲国内 3 大美术馆之一，陈列着澳洲境内最优秀的艺术作品。馆内主要展出的是澳大利亚各个时期的美术作品，也有印象派大师和亚洲的美术作品。每年澳大利亚美术界最重要的三项艺术大奖的评选都在这里，获奖的作品也都在这里展出。

前往麦考利夫人座椅。一路绿茵如毯。对岸是东部舰队基地，岸边是军港，游泳池，人们悠闲地坐在岸边草地上，海滨小道走得真舒服。

悉尼麦考利夫人座椅

麦考利夫人座椅，它是一个被雕刻成了椅子形状的露天岩石，其中的故事讲述的是澳洲第四任总督拉克伦·麦考利（1809 年－ 1821 年在任）带着妻子从英国来到澳大利亚赴任，每逢其回国向报告情况时，其妻子都会在这里坐着，望向大海，期待丈夫早日归来，因此工匠们雕刻了这把石椅。其意义与中国一些景点的望夫石相似，都是在歌颂夫妻的感情深厚。

悉尼水上的贝壳形屋顶的悉尼歌剧院是澳大利亚地标式建筑。与歌剧院隔海相望的悉尼港湾大桥曾号称世界第一单孔拱桥，是连接港口南北两岸的重要桥梁，与歌剧院一道组成悉尼的海上美景。

悉尼歌剧院与悉尼港湾大桥

沿路返回来到悉尼皇家植物园，植物园很大，有 13 个大门。这是皇家植物园伍尔卢莫卢大门。收集了 7000 余种植物和 100 万份以上的植物标本。

维多利亚女王大厦（英文简称 QVB）建成于 1898 年，建筑原本的用途是作为市场及办公室，现在的 QVB 是悉尼最大的购物中心，占据了整个街区，内有近 200 家商店、咖啡馆和餐厅。在如此迷人的环境中购物真是别有一番风味。

不管是在一层还是二层和三层，抬头望去，总会看到两座巨大的镇店之宝：“皇家之钟”和“伟大的澳大利亚之钟”。大厦中央部分大量采用花玻璃窗采光，包括一扇半圆形的大型“车轮”窗，图案为悉尼市的纹章。此外，整个屋顶中央设置南北向的拱顶天窗，使得建筑内部得到大量自然光照。建筑细部的柱廊、圆拱、栏杆和圆亭等都具有细腻的维多利亚式特征。

13 日参观澳大利亚博物馆，澳大利亚博物馆是世界公认的十家顶级的展馆之一，是全澳最大的自然历史博物馆。绝大多数动物都是澳洲特有的，如考拉、袋鼠，真是大开眼界。

最令人感兴趣的是澳大利亚土著居民展厅。

还有太平洋风俗展厅。介绍当地的工艺品，非常精彩！

整个展馆的照明灯光全部熄灭，而一楼地板被楼顶的灯光打亮，原来博物馆把整片深棕色的地板当作银幕，通过投影播放了一段长约5分钟的科教视频。片子不长，以“200珍宝”（100件珍贵文物展品和100个对澳大利亚作出贡献的名人）为主线，简单介绍了澳大利亚的人文历史和自然生态环境。可惜，解说词说得太快听不懂。其中有两位华人：梅光达，商人和华人侨领，19世纪悉尼最具影响力的华人移民之一；张任谦，心脏外科医生，开发了人工心脏瓣膜。

先后参观圣雅各教堂、悉尼医院、新南威尔士州议会大厦、新南威尔士州立图书馆、旧州立图书馆。新旧大厦廊桥连接。特别的地方是有一间莎士比亚室。

悉尼博物馆是菲利浦总督塔楼工程的一部分，是一座展示悉尼从淘金热时期到现代的各种人文、地域和文化发展的博物馆，同时要对场地中澳大利亚第一总督府遗址上残存的那些石头的基础进行保护。

博物馆门前的获奖雕塑叫作“森林边缘”，这组由29根木制图腾柱、不锈钢柱和岩石构成的雕塑。当人们穿行在柱林中的时候，人的运动可以引发一些扩音器发出声音，里面传来的是不同的土著部落的语言。

继续前往岩石区。岩石区的名称源于1788年殖民地刚形成的时候，最早的建筑大多是用当地的砂岩建成的，这是悉尼最早开发的地区，1787年来自英国的亚瑟·菲利普船长，在250天的航行之后终于抵达了澳大利亚，他将这个首度落脚的港湾取名为悉尼湾，并带领随同前来的警卫与犯人，在这块砂岩海角上扎营，自此开启了澳大利亚的历史新页，岩石区也就成为悉尼发展的最佳见证。

悉尼当代艺术博物馆里专注于对现代艺术的展示、诠释与收藏，展品不仅包括澳大利亚的，还有世界各地当代艺术家的作品。

然后，到码头登船游览。天气不好，风很大。

登船游览

最后来到悉尼的超市，总体感受是和中国的超市差不多，商品琳琅满目，各式各样，其中最便宜的是牛奶，其次是酒和肉类。但水果、鱼类、海鲜和蔬菜要贵得多，已超出了中国超市的定价。

花园之都—— 墨尔本

墨尔本是澳大利亚维多利亚州的首府、澳大利亚联邦第二大城市，澳洲文化、工业中心，是南半球最负盛名的文化名城。

我们游览了维多利亚艺术中心、维多利亚国立美术馆 、皇家植物园 、墨尔本动物园、维多利亚女王市集、圣伯多禄大教堂、菲利普岛企鹅保护区、普芬比利蒸汽小火车和大洋路。

14 日一早从悉尼起飞，8:15 到达澳大利亚南部海滨城市墨尔本，墨尔本城市环境非常优雅，曾荣获联合国人居奖，并连续多年被经济学人智库评为“全球最宜居城市”。

旅店在墨尔本旧监狱附近。墨尔本有辆可免费乘坐环游主城区的 35 路有轨电车，电车运营时间是星期日到星期三的 10:00—18:00，星期四到星期六的 10:00—21:00，每 12 分钟一趟，分顺时针和逆时针方向围绕墨尔本城区外围行进。另外，还有免费旅游巴士，运营时间是 9:30—16:30，每 30 分钟一趟。全程约 1.5 小时，车上有讲解。可到达墨尔本大学、战争纪念馆、皇家植物园等 13 处景点。正是凭借以上免费公交，走遍墨尔本各著名景点。

第一站滨海港湾。前方是博尔特大桥，马路右侧是游艇码头，左侧是著名的伊蒂哈德球场。

第二站弗林德斯街车站，这幢百年的米黄色文艺复兴式建筑物，已成为墨尔本的著名标志。火车站的主楼入口处有一排时钟，指示的是每一班火车驶离的时间，若有个墨尔本人对你说：“我在圆钟下面等你”，指的就是这排时钟，而如果对方说：“我在台阶上等你”指的其实也是在这排时钟下的台阶。

维多利亚州国立美术馆伊恩波特艺术中心，由 20 个独立的分馆组成，专门收藏澳大利亚的艺术品，其中包括原住民和托雷斯海峡岛民的作品。

西侧是澳大利亚动态图像中心，在这里探索影视文化和数字科技的精彩世界，享受绝无仅有的幕后以及亲手操作体验。

墨尔本最令人印象最深刻的景观就是涂鸦墙，墨尔本最好的涂鸦以霍西尔巷最为著名，那满墙的艺术创作，已成为墨尔本涂鸦艺术的地标。

圣保罗大教堂，是墨尔本最早的英国式教堂，它因用蓝石砌成而闻名，后又加了三根赭色尖塔，看起来更加雄伟。教堂内部细致的大理石拱廊，拼花的彩釉地砖，雕花的木桌木椅，使教堂整体色彩绚丽而稳重，伫立其中，使人感觉神圣肃穆，高贵典雅。

墨尔本的母亲河雅拉河，它横穿市区，将墨尔本一分为二，是墨尔本最为重要的生态、景观、休闲、旅游和文化保护资源。王子桥是跨越雅拉河的一座历史性的桥。对岸维多利亚艺术中心高耸的尖塔外形，犹如旋舞的裙子，是墨尔本醒目的地标。

联邦广场是墨尔本市区最不可错过的综合性景点，周边聚集了圣保罗大教堂，澳大利亚电影中心，福林德斯火车站和涂鸦街，融合了艺术、休闲、观光和露天场地各种功能，是一个独特的市民聚集地和文化活动中心。建筑看起来和北京的鸟巢很像，对，它的设计者也是鸟巢的设计者。

乘坐电车回旅馆休息。

15 日参观墨尔本博物馆。当看到博物馆的口号是“玩乐，你的学习始于这里”时，感觉这个博物馆似乎是专门为孩子设计的。

墨尔本博物馆展示了澳大利亚社会历史、原住民文化、科学发展及环境。博物馆展出了大量的生物标本，澳大利亚最具传奇色彩的赛马法拉普标本也在此，它在 41 场比赛中取得了 36 胜的骄人战绩。

恐龙馆里大量的恐龙骨架向游客们展示了曾经地球霸主的姿态，海洋馆里的巨大蓝鲸骨架是迄今为止在博物馆展出的最大的动物。此外，那野生动物馆内垂直排列的 600 多种动物标本和昆虫馆内随处可见的昆虫标本令人震撼和眼花缭乱。思维展览馆可以探索精神的旅程，了解人类的情感、思想、记忆和梦境，让每一位参观者都陶醉于内。森林画廊馆内有与自然环境完全相同的生态系统，展示了高山上的树木、植物、野生动物和昆虫。2011 年 2 月和 3 月，在马雷斯维尔和金湖的重建咨询中心展出《纪念之树》，纪念 2009 年维多利亚森林大火 2 周年，鼓励人们积极参与在“纪念丝带”上写下一条信息。在一条“纪念丝带”上写下我们的寄语：“印象深刻 中国 刘国光”。

下午参加了普芬比利蒸汽火车和企鹅归巢一日游，均是在网上预订的本地参团项目。其中，普芬比利蒸汽火车是世界上保存最好的蒸汽火车铁路之一，票价对老人也有优惠。来到湖滨车站乘上火车，从贝尔格雷到丹顿农山脉，24 公里的行程将会经过美丽的森林和长满蕨类的溪谷。开火车的都是义工，且大多数是老年人，他们愉快地驾驶着火车奔

墨尔本普芬比利蒸汽火车

驰，不失为一种幸福的工作。沿途村庄的民众看到火车上的游客也会热情地举手致意，火车中途经过一座木桥时，即将过桥的汽车都会停下来，真是一片和谐的互动。

企鹅归巢的岛叫作菲利普岛，每年都有来自世界各地的游客慕名来到菲利普岛观看企鹅归巢大巡游。票价分为 24.5 澳元的普通看台、47.2 澳元的优选看台和 60 澳元的地下看台。我们怕冷，买的 60 澳元的地下看台。走进里面，看见外面穿着厚厚大衣的游客早已坐满了整个优选看台，真的庆幸买对了。

地下看台可平视企鹅，近距离观赏企鹅归巢。这种观景效果极佳的活动，受到场地限制，只能容纳 70 名游客，在舒适的室内环境中，体验企鹅从身边走过的奇妙感受。大约一个小时，天黑下来，远处海浪中出现的一个小黑点引起来人群的惊呼，随波逐流越来越近，最终是一只小企鹅被海浪冲上了沙滩，它打了个滚慢慢站起来，摇摇摆摆地向巢走去。只有 30 厘米左右高，一公斤左右重，背上深蓝的羽毛，腹部是浅白的羽毛，浑身油光闪亮，走路一晃一晃的，显得憨态可掬，稚拙可爱。

企鹅归巢

紧接着，一只，两只，三只……越来越多的企鹅成群结队地上了岸，排好队一扭一扭地走着，有的因为体型实在太小，刚扭几步就被潮涌的海浪再度带到海里，可怜兮兮地独自在海里扑腾挣扎，真让人心疼。经了解才知道：它们胆子很小，白天出海觅食，到天黑才回家，一是它们怕强光刺激，二是怕遇到捕食者。因为它们的背部深蓝羽毛与海水融为一体，可以骗过飞或游在上方的天敌，而浅白色腹部羽毛与天空融为一体，又可躲过游在其下方的捕食者，所以它们觉得在海水中是最安全的，大约有 80% 的时间生活在海水中。老伴儿此时说要是小孙子在看到这些企鹅一定会特别开心，是啊，真想他啊！

16 日参加大洋路和十二使徒一日游。墨尔本西部的大洋路，路的起点是托尔坎，终点是亚伦斯福特，全长 276 公里，是在悬崖峭壁中间开辟出来的。最佳的方式是自驾，但是只能参团，只能在指定位置停车欣赏。车行路上，沿途几乎不到一公里就是一处美景，耸立在海上的岩柱也没有一块是相同的，夕阳斜照，群鸟飞舞，是那真正意义上的远方美景。这里有宁静的海湾、冲浪海滩、热带雨林、山洞和风口，有举世知名的景点的天然石

墨尔本十二使徒岩

柱“十二使徒岩”。

十二使徒岩可以下到海滩参观，因海浪积年累月的不断冲击，那珍贵的岩石已不足十二个，也许有一天大自然的力量会让这一美景全部消失，当那些可循远方而去看到的美景姿态却只能出现在画册上，想想实在是令人惋惜。其他景点诸如阿德湖峡谷、剃刀背、拱门岛、雷公洞、烤炉石、哨兵石和哥洛多岩穴，以及塌落圆洞的伦敦桥岩石，这些奇景就像是大自然以鬼斧神工赠送给墨尔本一般，对于看惯了奇峰异石绝美景色的中国游客来说，此等美轮美奂的景色也令人忍不住地称奇。当夕阳坠海之际，苍寂的岩石上披上了落日的余晖，衬在五彩霞云之内，更是一种独特的风光之美。

风城——惠灵顿

惠灵顿是新西兰的首都，位于新西兰北岛南端，人口约 45 万，城市面积约 266 平方千米，是新西兰的第二大城市。惠灵顿附近群山连绵，满目苍翠，碧海青天，景色秀丽，四季如春，气候温和湿润，是南太平洋地区著名的旅游胜地。

我们游览了新西兰国家博物馆、惠灵顿国会大厦、维多利亚山、惠灵顿植物园、国立美术馆与多明尼恩博物馆、卡特尔天文台、国家图书馆等景点。

17 日早上从墨尔本出发，13:50 到达首都惠灵顿，旅店距离惠灵顿海滨不远，有充分的时间去欣赏它的美景。首先来到惠灵顿国家博物馆，又称蒂帕帕博物馆，蒂帕帕是毛利语，意为珍贵的容器。

惠灵顿国家博物馆观景台

进入大厅，正在举行的秦始皇兵马俑的特展海报令人眼前一亮，真想看看新西兰人看到中国秦始皇兵马俑时那惊奇的表情。按照参观博物馆的惯例，由上至下逐层参观，六层是观景台，可远眺惠灵顿市区美景。

五层是艺术展区，其中的万花筒只有中间一个是真人，令人玩得不亦乐乎。四层是毛利文化馆，是我们最兴趣的，里面通过大量实物和雕塑的展览，探索毛利人民丰富多彩的文化和强大的适应力。这是一座酋长屋，里面神圣无比，有大量精美的木雕。

三层自然展区包括独特的新西兰、活动土地、鸟巢、保护本土物种四个主要展区，拥有世界上最大的稀有乌贼标本。二层《战争之殇》展览，一个女护士流着泪在读弟弟的来信，收到信时她已经接到弟弟阵亡的消息，人像表情很逼真，旁边低沉的男声在朗读书信内容，令人不自觉地跟着她一起落泪。里面的雕塑全是制作《魔戒》的维塔工作室制作的。

一层丛林都市展览在博物馆的室外展厅，漫步其中，可以探索到新西兰原始生态丛林。

来到惠灵顿中心码头，这里曾是个繁忙的滨水码头，后改建成海边娱乐场所，据说约 77% 惠灵顿人每月至少来一次，41% 的人每周来一次。

维多利亚山顶观景台

经过有精美毛利雕刻的跨海人行桥，再经过图书馆、惠灵顿市政厅，来到格林公园。

随后乘坐公交车到达维多利亚山的

山顶，而这里也是奇幻系列电影《指环王》三部曲中第一部的拍摄地。登上山顶的观景台，可以 360 度全景欣赏惠灵顿城市景致。

下山后逛街。

18 日来到东方湾，这是一处非常幽静美丽的海湾，有着豪华的游艇码头、高档的海边别墅，是观看晚霞和休闲散步的绝佳去处。

沙滩上的海鸟也不怕人，即使你趴在地上拍摄或者从中穿过，也没有一只鸟会理会你，依旧悠闲自得。

乘公交车前往惠灵顿植物园，它修建于 1844 年，世界各国的名树名花在这里几乎都能看见。譬如中国的山茶，法国的月季，巴西的珊瑚树，阿根廷的“魔鬼之手”，加那利群岛的凤凰树，澳大利亚的毛榉等等。走进植物园，前方的山坡，身边的草地，高高的松柏，低矮的灌木，没有一处不是绿色的。如果你转进弯弯的甬路，或是登上曲折的山间小路，那绿意更浓。惠灵顿四季温差很小，园中虽然也有花开花落，叶荫叶凋，但那绿色却永不消退，永远带给游园人一抹绿色的清新。

惠灵顿植物园

下山后，乘车前往卡特天文台，山上有个太空博物馆，里面展示一些宇宙知识的图片和天体陨石实物，还有个球形银幕影院，可以观赏太空知识影片。天文台外面是一个日晷，人站在其中举起手臂当作指针，根据影子的位置可以判断出时间，游客争相尝试。

卡特天文台观景平台

然后来到缆车博物馆，它是新西兰闻名遐迩的博物馆，讲述了惠灵顿缆车系统及与之相关的社会历史。

最高处有一个观景平台，市内景观一览无余。图片左下角是新西兰的国花银蕨。银蕨与恐龙一样，同属“爬行动物”时代的两大标志。它所属的桫椤科，曾经是地球上最繁盛的植物，在地球的历史上近2亿年。它“目睹”过恐龙的灭绝、人类的起源，至今还茂密地生长在新西兰的南岛、北岛。银蕨在毛利语中是Ponga，具有坚韧的耐受力，是开拓精神的象征，因此广受新西兰人民的热爱。

乘坐缆车下山，穿过一个小巷，来到蓝布顿码头，这里有约翰和他的狗弗里茨的雕塑。约翰是惠灵顿商业和政治舞台的活跃成员，他将毕生精力致力惠灵顿市。他的狗“弗里茨”经常出现在兰姆顿码头散步。

20日来到惠灵顿圣保罗座堂，其被称为21世纪最具有生命力的教堂。里面一共有1000多个座位，是新西兰开展全国性宗教活动、研讨会、音乐会和重大活动的场所。

有着150多年历史的全木建造旧圣保罗大教堂。教堂里面不大，但其拱形的廊柱、祭坛、彩色玻璃都给人单纯而质朴的美感。阳光从透过巨大的彩色玻璃射入室内，使教堂内部看上去异常古朴神秘。

惠灵顿纪念碑看到新西兰议会大厦建筑群，大厦由哥特式的图书馆，英国文艺复兴式议政厅和圆形的办公大楼三大建筑组成，迥然不同的建筑风格使国会大厦成为一个奇妙的组合，惠灵顿最吸引游客的名胜之一。

逛以兰姆顿大道为主线的威利斯街、曼那氏街以及考特尼大街组成了惠灵顿市无与伦比的黄金购物区。游人如织的步行道上林立各色高端时尚店和精品店。黄色有旧银行购物中心这座建筑的历史可以追溯到1901年。

旧银行购物中心这个音乐时钟每当整点时，百合叶开放，展示一系列动画历史场景。我们到达时正好是下午四点。

21日像当地市民一样，闲逛购物。22日一早从惠灵顿起飞，8:45到达悉尼。23日上午从悉尼起飞，16:35到达长沙。结束澳新之旅。这次旅行安排极为宽松，充分地融入当地，深刻感受当地的风土人情。

浪漫五日巴厘岛

天堂之岛——巴黎岛

每年都有来自世界各地的游客聚集在这里，被巴厘岛的美景所震撼。当地有大片的海滩，配上清澈透亮的海水，浓郁的异地风情，曾被称为“天堂之岛”，我们先后游览了乌鲁瓦图断崖、海龟岛、金巴兰海滩、乌布王宫、蓝梦岛、卡斯普拉海滩等地，身临其境，浪漫氛围果然浓厚。

随团去巴厘岛是因为太便宜了，加上巴厘岛旅游本身是以休闲为主，事实上，五天就在巴厘岛中部转悠，不超过一个小时的车程。

巴厘岛是印度尼西亚的岛屿，是世界级度假胜地，以其水清沙白的自然风光和独特的印度教人文景观而闻名于世。巴厘岛风情万种，拥有诸如“神明之岛”“天堂之岛”“恶魔之岛”等多种别称，2015 年美国著名旅游杂志《旅游 + 休闲》调查结果显示，巴厘岛被评为世界上最佳岛屿之一。

首先到最南端的乌鲁瓦图断崖，因背后凄美的爱情悲剧又被称为“情人崖”，站在崖上低头看去，崖底美景尽收眼底。附近乌鲁瓦图寺庙能看到整个断崖的美景。

乌鲁瓦图断崖

巴厘岛南湾的对岸有座海龟岛，是东南亚重要的海龟产卵和孵化之地，也是濒临绝种的绿海龟和玳瑁龟的繁殖所。如果你胆子够大，岛上饲养着雄鹰、犀鸟、蟒蛇等动物，将它们把玩在手，再来个四目相对，绝对会是一场心跳之旅。

蟒蛇绕颈

黄昏来临，大批的游客涌向不远的金巴兰海滩，体会那壮观的海上日落美景。当夕阳西下，落日像沉入大海一样，虽短暂却美妙，也为这一天的旅途画上完美的句号。

飞跃

第三天来到乌布王宫，它始建于16世纪。整个王宫规模不大，但建筑之精美、雕刻之风华，对巴厘岛的宗教文化，雕刻、舞蹈艺术都具有举足轻重的影响，也足以窥见巴厘岛人的艺术天分和对神祇的崇敬。

乌布王宫

荡秋千

第四天的蓝梦岛和卡斯普拉海滩之旅令人印象深刻。蓝梦岛位于巴厘岛东南边，是座很小的岛屿，海水清澈到可以看到游来游去的水下生物，因此也被称为“玻璃海”。岛上那著名的“恶魔的眼泪”虽景色绝美但无比惊险，海浪毫无征兆地涌来，朵朵浪花拍打在崖石下方两个巨大的空洞峭壁上，发出巨大的声响，所掀起的十米多高水柱，在阳光折射下现出一道彩虹，极其壮观，也极容易让游客沉迷于此而忘记危险，因此得名“恶魔的眼泪”。

提醒到此的游客，“恶魔的眼泪”虽已装安全护栏，但还是要选择远观，万万不可亲身涉险。

五天的巴厘岛旅行即将结束，在温暖的阳光下，一边享受着在酒店无边泳池中畅游的快感，一边看着远处海浪起起落落地拍打着沙滩，一种度假才有的惬意涌上心头。当回到房间查询巴厘岛的历史地理资料图片补充游记时才发现，岛虽不大，可景点甚多，五天的行程充其量是在这美丽海岛的南部打了个卡。但即使如此，这一浪漫行依然让人收获颇丰、回味无穷，一瞬间突然感到，有如此美丽的东南亚海岛风情作为国外旅途的收官也未尝不可。不过世界那么大，还要去看看，旅途依然要继续，远方依然要触及。可此时此刻只想对这个海岛说一句：

浪漫巴厘，不忍与你分离！